青年学者文库 **13**

文学批评系列

访落集

——文学史"通三统"二编

刘 涛 著

中国言实出版社

图书在版编目（CIP）数据

访落集：文学史"通三统"二编 / 刘涛著 . -- 北京：中国言实出版社，2016.6

ISBN 978-7-5171-1885-5

Ⅰ . ①访… Ⅱ . ①刘… Ⅲ . ①中国文学—当代文学—文学评论—文集 Ⅳ . ① I206.7-53

中国版本图书馆 CIP 数据核字（2016）第 100211 号

出 版 人：王昕朋
责任编辑：史会美
文字编辑：何　勋
封面设计：王立霞

出版发行　中国言实出版社
　　　　　地　　址：北京市朝阳区北苑路 180 号加利大厦 5 号楼 105 室
　　　　　邮　　编：100101
　　　　　编辑部：北京市海淀区北太平庄路甲 1 号
　　　　　邮　　编：100088
　　　　　电　　话：64924853（总编室）　64924716（发行部）
　　　　　网　　址：www.zgyscbs.cn
　　　　　E-mail：zgyscbs@263.net
经　　销　新华书店
印　　刷　三河市祥达印刷包装有限公司
版　　次　2016 年 6 月第 1 版　　2016 年 6 月第 1 次印刷
规　　格　889 毫米 ×1194 毫米　1/32　8 印张
字　　数　184 千字
定　　价　35.00 元　　ISBN 978-7-5171-1885-5

序

　　对期望早点亲近作者的读者来说，置于正文前的任何文字，能够避免最好；如果不能避免，那次好的选择是，越短越好。

　　刘涛胸有大志，故不斤斤于文字之得失，不汲汲于文本之细读，读书推尊"观其大略"与"不求甚解"，或将有为于观风理俗："采诗之官行于四方，搜集民谣民歌，当然不是为了比较哪首遣词造句优美，研究有几个流派，各呈现什么风貌，而是由诗而判断政治，由歌谣了解民风，知民心民情，其意在了解当代，备王省察更正。"

　　与此志相应的，是他厚实的学术准备。"念终始典于学"，虽未至于"三年不窥园"，却也可称"苦身勠力"，渐积渐厚，渐厚渐转，知识结构已然不同于时流。"文学评论家若欲上出，必也更新深化自己的知识结构。文学评论行业若欲更上层楼，必也检查行业的整体知识结构。"

　　检是书标题，"时代"处其间者有四，文中更是所在多有，可见刘涛对时代之重视。对现时代的断代，刘涛定在曾国藩与洪秀全之争，"中西相遇、互相激荡，一个大时代开始了"。此一大变局，持续至今，刘涛从此转捩点开始，顺流而下，形于笔墨者，自晚清康有为，经鲁迅、钱钟书，以讫现今活跃的诸作家。

如此，眼光来自古典，用心始终在当下。所据之典册虽出于古，实着眼于"当下消息"，将有益于此间；所谈之书之人，虽存于今，而其间之呼吸吐纳，也往往未变于古。此生生不息之古今，也流经己身，将时时校正自己，所谓"通过文学观当下消息盈虚，为知语默进退"。

志向的构造大，学术的堂庑深，时代的格局广，自身的要求高，有时候便不免会显出现下的作品小，浅，窄，低，人物一路弱下来，有些几乎填不进这个庞大的建筑。我在想，有时候，刘涛会不会有足履的不适之感呢？

不久前，刘涛工作变动，其志与学，或将经历更实质的检验。书名"访落"，想来不是"嗣王谋于庙"，而是"慎始也"，即于此"常怀恐惧之心"。既来则安，那就用谨慎而节制的做事来一点点校正自己，"以保明其身"。

黄德海

2016 年 5 月 16 日

CONTENTS

目录

第二辑 作 品 //75

第 一 辑
思 潮

康有为的九种人与庄子的七种人

在《大同书》中，康有为想象了大同之世景象，并将未来人群分为九类。康有为言："凡仁、智兼领而有一上仁或多智者，则统称为美人。上仁、多智并领者，则统称为贤人。上仁、多智并领而或兼大仁或兼大智，则为上贤人。大智、大仁并领则统称为大贤人。大智、大仁并领而兼上智者，则可推为哲人。大智、大仁并领而兼至仁者，则可推为大人。上智、至仁并领而智多者，则可推为圣人。仁多者，则可推为天人。天人、圣人并推，则可合称为神人。"①

九种人自下而上分别为：美人、贤人、上贤人、大贤人、哲人、大人、圣人、天人、神人。起点为美人，终点为神人。康有为将贤人三分：贤人、上贤人、大贤人。贤人之所以再三分，可见人数众多，地位重要，贤人或谓大同之世中坚力量。圣人在康有为语境中位置不高，他讲《天下篇》"列墨子为四等，称圣人"；讲天人则是"其余列为二等，称天人"；讲神人则曰"列老子为三等，称

---

① 康有为：《大同书》，《康有为全集》第7集，人民大学出版社，2007年，178页。

神人、至人"①。

康有为区分九种人的灵感应来自庄子《天下篇》。②《大同书》所区分的九种人，其名亦与庄子《天下》的命名相合，圣人、天人和神人直接出自《天下篇》。康有为划分的九种人应是庄子《天下篇》所划分的七种人之变，变化了什么和怎么变化恰能见出康子的志向。

《天下篇》在庄书地位极重要，可谓全书后序③。在《天下篇》中，庄子区分了七种人，自上而下为：天人、神人、至人、圣人、君子、百官、民。庄子言："不离于宗，谓之天人。不离于精，谓之神人。不离于真，谓之至人。以天为宗，以德为本，以道为门，兆于变化，谓之圣人。以仁为恩，以义为理，以礼为行，以乐为和，薰然慈仁，谓之君子。以法为分，以名为表，以参为验，以稽为决，其数一二三四是也，百官以此相齿。以事为常，以衣食为主，蕃息畜藏，老弱孤寡为意，皆有以养，民之理也。"庄子所区分的七种人可将所有人纳入其中，且每种人品质与特征涵括殆尽，无论世界如何变化，人群皆可以分为这样七种人。庄子七种人是孔子上智下愚的细分，亦《诗经·大雅·抑》哲与愚的再分。上智与下愚、哲与愚是人群的顶端与末端，二分只言大概，中间系列则不甚明了。庄子七分则能将所有人定位，并将所有人的性质概括殆尽，人群七分也划出了进步阶梯，循此可进。

天人、神人、至人、圣人不世出，可遇不可求，但君子、百官

① 康有为：《康南海先生讲学记》，《康有为全集》第二集，上海古籍出版社，1990年，235页。

② 康有为极重视《天下篇》："通部《庄子》皆寓言，独《天下篇》乃庄语也。读之可考周秦诸子学案，直过于《荀子·非十二子篇》。"康有为：《南海师承记》，《康有为全集》第二集，上海古籍出版社，1990年，490页。

③ 王夫之：《庄子解》，中华书局，1964年，277页。

与民是社会绝大多数。若民与百官中的君子多些，社会就会正常运转，各方面皆能平稳；若百官与民中的君子很少，社会可能就会风气败坏，难行久远。

康有为言九种人是自下而上言之，庄子言七种人是自上往下言之。庄子自上往下言之，说明庄子处于人群最顶端，可纵览全局，故能理解七种人整体光谱。康有为自下往上言之，但未必懂得全局。尽管康有为自比圣人，但在庄子七种人谱系中，康有为或只在君子位置，在其设想的九种人谱系中，康有为或在大贤人位置。

康有为对九种人的区分，若以庄子七种人而论，只是自君子至天人的再细分，康有为将庄子的前五种人变为九种人。康有为九种人之最低者"美人"，其特点为"仁、智兼领而有一上仁或多智者"。康有为的"美人"相当于庄子的"君子"，君子是大同社会中人的起点。庄子七种人最下两者，百官和民，在康有为大同系统中缺失，大同社会可谓君子国，全是君子以上之人，人人皆能自理、自治，故百官亦不必存在。《联邦党人文集》所谓，若人人是天使，那么就不需要政府了，《易》所谓"群龙无首"，若社会中人皆是天使或龙，那么百官确实就没有存在的必要了。民在大同社会中也不再存在，盖因民可以脱离事、衣食、蕃息畜藏而进至九种人之中，可以成为美人、贤人、上贤人、大贤人、哲人、大人、圣人、天人、神人。

庄子立论基于现实，现实中人群确实有少数人和多数人之分，永远是龙蛇混杂、凡圣同居。康有为九种人的立论基于理想，假想未来之世人人皆君子或比君子层次更高之人。庄子基于现实，他看懂了他所处之世，也看懂了所有的时代，每个时代中的人皆如此。庄子立论亦基于对城邦的现实，城邦永远建立在意见之上，不可能建立于真理之上。若要施政，一定要认清现实，分清人群，不可为政治的浪漫派。

康有为设想了大同景象，提出一套方案，并且希望付诸实践，改造世界、城邦和人民。若人人皆天使，人人皆龙，这样就无敌于天下了。康有为曾讥讽朱熹对于"格物"的解释："而以之教学者，是犹腾云之龙强跛鳖以登天，万里之雕海鸒鸠以扶摇，其不眩惑陨裂，丧身失命，未之有也。故朱子格物之说非也。"① 可以子之矛攻子之盾，批评康有为如下：而以大同教众生，是犹腾云之龙强跛鳖以登天，万里之雕海鸒鸠以扶摇，其不眩惑陨裂，丧身失命，未之有也。

（2009年9月20日于复旦大学图书馆）

---

① 康有为：《教学通议》，《康有为全集》第一集，中国人民大学出版社，2007年，32页。

积应求厚

《汉书·董仲舒传》记载董仲舒"盖三年不窥园,其精如此。"春色满园,莺飞草长,董仲舒不为所动,读书不辍,日后取得大成就不足为怪。[①] 司马光曾作诗称道董仲舒:"吾爱董仲舒,穷经守幽独。所居虽有园,三年不游目。邪说远去耳,圣言饱充腹。发策登汉庭,百家始消伏。"司马光亦注重董仲舒功业与三年不窥园之间关系,无"三年不窥园"功夫则难有"发策登汉庭,百家始消伏"功业。

凡成大业者,或都有类似经历。范蠡,助勾践复国,功成身退,一叶扁舟飘然远隐,何其潇洒,其后又两度成为巨贾,富可敌国。司马迁深得范蠡之心,《越王勾践世家》几度言范蠡"苦身勠力",此正其下功夫处,亦其成功秘诀。于董仲舒、范蠡等,与其羡慕其功业之烈,不如踏实从"三年不窥园"与"苦身勠力"处着手。

董仲舒三年不窥园,重在积累,"水之积也不厚则负大舟也无力";积累不够深厚,则易竭,昙花一现,令人叹息。反面例子可

---

① 杜丽娘就是感春而动,游园惊梦,于是生出好多事端。

举王安石《伤仲永》。神童若仲永者，可逞一时之才，但断难长久，因其无"三年不窥园"之功夫与积累。今人，可举北岛与李零为例，他们是一起成长的哥们，起点所差无几。但李零老而弥醇，愈发精彩；北岛则越来越弱，家底日薄。原因就是北岛所恃者才气，青年恃之可成一时令名，但难以为继，遂日薄西山；李零则坚执中国典籍，沉潜反复，数年不窥园，于是功力日深。

或许有生而知之者，可不学而能、不虑而成。六祖慧能近似，偶听闻《金刚经》便有悟，遂直奔黄梅，随五祖学习。若细读《坛经》，可发现六祖开悟并非一次。尤其得衣法后，慧能曾在猎人队伍中"经凡一十五载"。这十五年，他经历了什么，思索什么，做了什么，值得深思。或许慧能再调服其心，一点一点去掉杂质，校正自己，使精之又精。当局势不再危险时，出山弘法，一举成功。慧能固可顿悟，但若没有这十五年艰苦卓绝，亦难有日后光芒万丈的六祖。

禅宗讲求顿悟，于破除繁文缛节等形式有利，流弊易导致狂禅，人人以为自己是慧能，可不经艰辛、一步登天，可呵佛骂祖、不顾经典。流风所及，学术界部分人亦如此，以为可凭一时才气有所成就。但或应更注意"三年不窥园"、"苦身勠力"、"凡经一十五载"等信息，从此入手，或可得之。

（2011 年 6 月 7 日于中国艺术研究院）

晚清至新中国家庭关系变迁研究
——以《精卫石》《一缕麻》《终身大事》《家》《青春之歌》为例

家庭在社会结构中是中转站，联系着个人和国家。五伦有三伦与家庭有关，父子、兄弟、夫妇。近代以来废除家庭之声不绝于耳，但火力集中于父子和夫妇，或因父子、夫妇似"上下级"，兄弟则相对平等。

家庭是矛盾的症结，是诸多关系的交汇点，通过研究家庭关系下可以研究个人问题，所谓家之本在人，上可以研究国家问题，所谓国之本在家。很多作家以家寓国，通过描写家庭来描写国家，通过颠覆家庭关系（父子、夫妇）来隐喻国家秩序。因此通过研究某一阶段描写家庭的作品，或可理解这一时段的主要问题。本文就是通过解读不同时期涉及家庭问题的五部作品，见证时代变迁。

一、《精卫石》

《精卫石》原载《中国女报》，约写于1905年到1907年，现仅存序言、回目、正文五回及第六回残篇。

"精卫石"典出《山海经·北山经》。秋瑾用精卫意象，寓意明显。①"执笔填成精卫词，以供有心诸姊妹，茶余灯下一评之。"②秋瑾自比精卫，欲衔石填海，海隐喻为"黑暗之女界"；秋瑾更希望通过其宣传和启蒙使所有女同胞都成为精卫，一起衔石填海，如此黑暗女界之海可填平，男女平权会实现。

《精卫石》是弹词。弹词有何特征？郑振铎先生言："弹词为流行于南方诸省的讲唱文学。"此明弹词流行地域，讲唱特性。又言："弹词为妇女们所最喜爱的东西，故一般长日无事的妇女们，便每以读弹词或听弹词为消遣永昼或长夜的方法。"③秋瑾志在革命，如此人物，何以有暇琐琐乎而为弹词？秋瑾说："仅就黑暗界中言之，岂随无英杰乎！苦无智识未开，见闻未广，虽有各种书籍，各种权利，各种幸福，苦文字不能索解，未由得门而入，窥女界无尽之藏，想与享受完全之功果业。余乃谱以弹词，写以俗语，逐层演出女子社会之恶习，及一切痛苦、耻辱。欲使读者触目惊心，爽然自失，奋然自振。务使人人能解，各各感激，各出黑暗而登文明，为我女界大放光明。"④《精卫石》第六回有首"他时扶祖国，身作自由

---

① 顾炎武曾作《精卫》诗"万事有不平，尔何空自苦；长将一寸身，衔木到终古？我愿平东海，身沉心不改；大海无平期，我心无绝时。呜呼！君不见，西山衔木众鸟多，鹊来燕去自成窠。"此顾炎武夫子自道之诗，表明了抗清之志。秋瑾的《精卫石》不知是否受此影响，但两件作品在精神气质上有相同处。

② 秋瑾：《精卫石》，郭长海、郭君兮《秋瑾全集笺注》，吉林文史出版社，2003年，464页。本文以此为底本，以下涉及《精卫石》之处只在正文标页码，不一一注出。

③ 郑振铎：《中国俗文学史》，上海人民出版社，2006年，478—482页。

④ 秋瑾曾改作此序，未改之前原文为："仅就黑暗界中言之，岂随无英杰乎？苦于智识毫无，见闻未广，虽有各种书籍，苦文字不能索解者多。故余也谱以弹词，写以俗语，欲使人人能解，由黑暗而登文明；逐层演出，并尽写女子社会之恶习及痛苦耻辱，欲使读者触目惊心，爽然自失，奋然自振，以为我女界之普放光明也。"见《秋瑾全集笺注》459页。

钟"，可视为秋瑾一生写照，以身为钟，为自由而鸣，以宣传唤醒国人。秋瑾因弹词特性用之，借弹词之名，行宣传之实。

小说第一回名为《睡国昏昏妇女痛埋黑暗狱，觉天炯炯英雄齐下白云乡》。"睡国"隐喻中国，"昏昏"言中国现状；秋瑾独醒，先觉者要唤醒后觉者。这是秋瑾对中国现状的判断，亦是其努力方向。"国王姓黄"言黄帝，司马迁以《黄帝本纪》开始《史记》，对汉民族有极大影响，故革命派推尊黄帝，比如章太炎。"妇女痛埋黑暗狱"言女界黑暗，如同处地狱中，这是秋瑾对女界现状的基本判断。秋瑾言："唉！二万万的男子，是入了文明新世界，我的二万万女同胞，还依然黑暗，沉沦在十八层地狱，一层也不想爬上来。"①《精卫石》历数女界黑暗景况：三从四德、缠足、包办婚姻等。秋瑾将女性现状定性为："女子已成奴隶性"、"如幽囚犯人一样"、"女子惨世界"。小说一开篇即将其两个主题摆出：一排满，二男女平权。

"觉天炯炯英雄齐下白云乡"言王母召男女仙人下凡，去解决这两个问题。诸女仙为：木兰、秦良玉、沈云英、班姬、梁红玉、黄崇嘏、关妹、谢道韫、平阳公主、卫夫人、红线、聂隐娘、左芬、诸葛妇……这是秋瑾所列的女英雄谱系，几将中国历史上女豪杰网罗殆尽。解析这个谱系可见秋瑾之志与其思想资源上端。秋瑾少时有诗："靴刀帕首桃花马，不愧名称娘子师"，"壮哉奇女谈军事，鼎足当年花木兰"等。②诗言志，秋瑾一生境界与事业不出此诗范围。男仙则是：岳武穆、文天祥等民族英雄，此与秋瑾排满志向有关。

---

① 秋瑾：《敬告姊妹们》，郭长海、郭君兮《秋瑾全集笺注》，吉林文史出版社，2003年，377页。

② 秋瑾：《〈芝龛记〉题后八章》，《秋瑾全集笺注》，吉林文史出版社，2003年，4—5页

第二回梁小玉在家庭中受到虐待，遭后母及兄长殴打。第三回写黄鞠瑞嫁给苟才，梁小玉受虐待。第三回是第二回矛盾之延续，展现家庭对女性的压制，女性如处地狱中。第四回四位女性历数女界现实，控诉女界暗无天日。妇女共同体已见雏形，她们有共同的靶子和共同的志向，要打破黑暗女界。第五回写她们决定离家出走，东渡日本求学。第六回写诸姊妹结成共同体，离家出走，东渡日本求学，更男名，换男装，结识革命党人，加入革命党。赴日之前，秋瑾曾作《泛东海歌》："登天骑白龙，走山跨猛虎。叱咤风云生，精神四飞舞。大人处事当与神物游，顾彼豚犬诸儿安足伍！……因之泛东海，冀得壮士辅。"[1]秋瑾东渡豪迈之情，建功立业之志，可见一斑。

《精卫石》仅存这些具体内容。从所存回目看，诸女杰历经波折，终于成就新天地。第十八回名为《姊妹散家资义助赤十字，弟兄冲炮火勇破白三旗》，以"姊妹"、"弟兄"称之，是男女同心同德之象。第十九回名为《立汉帜胡人齐丧胆，复土地华国大扬眉》，其时已排满成功，汉人得胜。第二十回名为《拍手凯歌中共欣光复，同心革弊政大建共和》，此为建成共和之象。《精卫石》亦可名为"新中国未来记"，只是梁启超主君主立宪，《精卫石》主种族革命，梁启超与秋瑾皆想象一个强盛的新中国。梁启超与秋瑾皆反对家庭，梁启超以家庭为建成国家之障碍，故欲去之；秋瑾亦如是，家庭虐待女姊妹，阻碍女姊妹们的发展，故女姊妹们破家而出之后，方能与男同胞同心同德，共建共和。

家庭在《精卫石》中被描述为：黑暗之地、地域、牢狱、范围、牢笼、网罗、火坑等。这几位女性离家出走，是从黑暗的空间走向

---

① 秋瑾：《泛东海歌》，郭长海、郭君兮《秋瑾全集笺注》，吉林文史出版社，2003年，257页。

了光明的空间，从地狱走向了天堂。"五四"时，这就是"娜拉出走"之象。

二、《一缕麻》

1971年包天笑回忆："《小说时报》出版后，销数很好，我在这个杂志上写有不少的短篇小说，此刻有许多也已记不起来了。只有最初出版的第一期上，曾写了一个短篇，题名为《一缕麻》。这一故事的来源，是一个梳头女佣，到我们家里来讲起的。她说：'有两家乡绅人家，指腹为婚，后果生一男一女，但男的是个傻子，不悔婚，女的就嫁过去了，却患了白喉症，傻新郎重于情，日夕侍疾，亦传染而死。女则无恙，在昏迷中，家人为之服丧，以一缕麻约其髻。'我觉得这个故事，带点传奇性，而足以针砭习俗的盲婚，可以感人，于是演成一篇短篇小说。"① 因时隔已久，包天笑之回忆有误，《一缕麻》并非发表于"最初出版的第一期上"，而是发表于《小说时报》第二期。包天笑的回忆基本上可以见出包氏其时作《一缕麻》的初衷。

小说为了突出盲婚"野蛮"，先叙"某女士"诸般好处，再叙其婿诸般恶处。如此美好之人配如此丑恶之人，一经对比，悲剧效果更为浓重，读者更同情某女士处境。小说写道："某女士……风姿殊绝，丽若天人，顾珠规玉矩，不苟言笑，解书擅文，不栉进士也。会吴中兴女学，女士本邃旧学，又益以新知，而学益进，以聪明绝特之姿，加以媚学不倦，试必冠其曹。同学中既慕其才，后惊

---

① 包天笑：《编辑杂志之始》，《钏影楼回忆录》，大华出版社，1971年，361页。

其艳，以为此欧文小说中所谓天上安琪儿也。"①此明"某女士"才貌双全，既谙旧学，又邃新学，名动一时，此是天上人，故被目为"安琪儿"。某女士婿则"某氏子臃肿痴呆，性不慧儿貌尤丑"。（614页）其婿来吊唁，丑态百出，痴呆、笨拙，言不及义，举止失当。"某女士"婚前曾与其邻居"某生者"相交甚厚，二人心心相映，志同道合，可父母之命不可违，不得不与傻子成婚。"某女士"与其婿结婚时，"某女士"与痴呆之婿相并，美者愈美，痴者愈痴，盲婚之害立现，可见作者"针砭习俗盲婚"意。

某女士与痴郎婚后即患"疫疠"，当其时也"妪婢不敢入新妇房"。然痴婿"乃不避……凡汤药之所需，均亲自料理。父母强起暂避之，不听，曰：'人人咸怕疫，疫者将听其死乎？昔我病，母之看护我亦如是。'"（617页）在非常之时，痴郎美好的一面显示出来。熟料，他被传染去世，某女士醒后大为感动，甘为守节。

某女士虽为守节，但因何守节已被置换。《一缕麻》表面上确实成全了家庭，成全了礼俗，然而实际上破除了家庭的基础。因痴郎对某女士一往情深，某女士"于是一易向者厌薄之心而为感恩知己之泪"。某女士与痴郎关系由此一变，结婚基础亦被置换，此前全凭父母之命，媒妁之言，现却建立于情上。故某女士拒绝某生者，甘为痴婿守节，非无情，恰钟情之举，非被迫无奈，恰自由意志。此前寡妇守节，或迫于礼义，不得不守，为消极守节；某女士化被动为主动，为痴婿之情心甘情愿守节，为积极守节。痴郎为情置生死于度外，某女士为情亦守节，此皆是至情之举。

《一缕麻》有显隐两个层次。显为保全家庭、礼教；隐为打破

---

① 包天笑：《一缕麻》，见《中国近代文学大系》，小说集7，上海书店出版社，1992年，613—614页。此文以此版本为底本，后文涉及该小说之处，不一一注出，只在正文中标出页码。

家庭、礼教。《一缕麻》以显见隐，隐就在显之中。这样的叙事方
式使其在新旧两方面都受到欢迎，但新旧两派又都不满意。旧派看
到保全家庭和维护礼仪，新学女子亦可以守节；新派看到尽管某女
士守节，但原因不是迫于礼，而是因为情。但是，反之《一缕麻》
亦受到新旧两派的批评，旧派觉得太新，新派觉得太旧。唯受欢
迎又不太满意，于是或赞扬或批评，但这都可以使读者增多，声
名日隆。

　　新派人物能够感受到《一缕麻》中的新思想，但对其中隐藏
的旧思想不尽满意。包天笑曾收到一位"前卫"女子"读者来信"：
"中国男女之情，向来总是说到恩爱两字，实在恩与爱是两回事，
不能并为一谈。《一缕麻》中新娘的对痴郎，只有恩而没有爱。对
于恩可以另行图报，而不必牺牲其爱，而尽可以另行觅我的爱人。"
包天笑辩解道："我的意思，以为人总是感情动物，因感生情，因
情生爱，那是最正当的。某女士说：对于恩可以另行图报，但痴郎
已死，试想何以图报之法。她自愿牺牲爱情，我们何能斥其为非
呢？"[1] 新派女子强调恩爱不同，因她要的是爱，包天笑强调"某女
士"是"自愿牺牲爱情"。

　　1915 年齐如山、梅兰芳《一缕麻》改编为京剧，搬上舞台，
轰动一时。[2] 梅兰芳嫌小说保守，于是改写了情节。"包先生在小说
里写的林小姐，是为她死去的丈夫守节的。事实上在旧社会里女子
再醮，要算是奇耻大辱。尤其在这班官宦门第的人家，更是要维持

---

① 包天笑：《秋星阁笔记·一缕麻》，转引自范伯群《包天笑文言短篇〈一缕麻〉
百岁寿诞记》，载《书城》，2009 年第 4 期

② 傅斯年言："我有一天在三庆园听梅兰芳的《一缕麻》，几乎挤坏了，出来见
大栅栏一带，人山人海，交通断绝了，便高兴得不得了。"，见氏著《戏剧改良各
面观》，《傅斯年全集》第一卷，湖南教育出版社，2003 年，49—50 页。梅兰芳演
《一缕麻》盛况，可见一斑。

他们的虚面子，林小姐根本是不能再嫁的，可是编入戏里，如果这样收场没有交代，就显得松散了。我们觉得女子守节的归宿，也还是残酷的，所以把它改成林小姐受了种种矛盾而复杂的环境的打击感到身世凄凉，前途茫茫，毫无生趣，就用剪刀刺破喉管，自尽而亡。拿这个来刺激观众，一来全剧可以收得紧张一些，二来更强调了指腹为婚的恶果，或者更容易引起社会上警惕的作用。"①梅兰芳抛弃了《一缕麻》显面，完全彰显了隐面。某女士本来为情守节，以情反礼，在戏剧中变成被礼教迫害至死。戏剧的《一缕麻》让某女士"用剪刀刺破喉管，自杀而亡"，乃为"刺激观众"，控诉"指腹为婚的恶果"。傅斯年言：梅兰芳《一缕麻》"是对于现在的婚姻制度，极抱不平了"②曹聚仁说："在结局上，馀翁的小说是林小姐感激这位侍候过他的丈夫，立志守节。梅氏的剧本是林小姐抱恨终天，无意人世，也就自杀了。主题当然是批评这类不自主的婚姻的错误，应该废除的。"③

　　20世纪40年代越剧明星袁雪芬、范瑞娟将《一缕麻》改编为越剧，又轰动一时。"在二十世纪四十年代演出时，上座率是'十成里的十三成'，简直挤破了上海明星大戏院。"④越剧增强了喜剧气息，痴郎被演绎得大放光彩。

　　《京剧》将小说隐面（废除家庭）推到极端，故让某女士死，如此增强控诉力；越剧将小说显面（成全家庭）推到极端，因此非但不让某女士死，亦不让某女士守节，反而让某女士将痴郎哭活，结局皆大欢喜。京剧意在控诉旧婚姻残酷，越剧看到了旧式婚姻合

---

① 梅兰芳：《梅兰芳自述》，中华书局，2005年，93—94页。

② 傅斯年：《戏剧改良各面观》，《傅斯年全集》第一卷，湖南教育出版社，2003年，51页。

③ 曹聚仁：《听涛室剧话》，中国戏剧出版社，1985年，94页。

④ 范伯群：《包天笑文言短篇〈一缕麻〉百岁寿诞记》，载《书城》，2009年第4期。

理性。京剧与越剧可谓小说《一缕麻》两极，在这不同文本中，《一缕麻》隐显两面张力清楚见出。

三、《终身大事》

《终身大事》是胡适的独幕剧，发表于 1919 年 3 月 15 日《新青年》第六卷第三号，被盛赞为"这是在中国出现的第一个新剧本"[①]。

《终身大事》是话剧。关于这一文体，胡适说："真正有功效有势力的国语教科书，便是国语的文学；便是国语的小说，诗文，戏本。"[②]戏本可以作"国语教科书"，教材就是为了达成共识，形成统一的思想，国语教科书可以塑造共同体。又说："于今《新青年》在这一期正式提出了这个戏剧改良的问题，我以为我这一次恐赖不过去了。幸而有傅斯年君做了一篇一万多字的《戏剧改良各面观》，把我想要说的话都说了，而且说得非常明白痛快。"[③]戏剧改良者的思路可以总结为：欲新民不可不新戏剧，改良戏剧，可以使旧剧变为新剧，更好地"使得中国人有贯彻的觉悟"。胡适作《终身大事》一方面倡导改良戏剧，另一方面身先垂范，以戏剧化民成俗。

《终身大事》故事发生在田宅，故事参与者皆与田字有关。"田"字四壁皆墙，层层分割，互不沟通，有封闭和不交通之象。田亚梅

---

① 耿云志：《胡适研究论稿》，社会科学文献出版社，2007 年，46 页。

② 胡适：《建设的文学革命论》，《胡适全集》第一卷，安徽教育出版社，2003 年，56 页。

③ 胡适：《文学进化观念与戏剧改良》，《胡适全集》第一卷，安徽教育出版社，2003 年，137 页。

离家出走，打破了"田"字之封闭，走向开放。[①]

　　《终身大事》就是围绕着田亚梅的"终身大事"展开故事，矛盾重重，一波未平一波又起。田家对于田小姐的婚姻没有统一的主张，三人三心。当时社会于婚姻观念相对混乱，反映到家庭中，就有三种意见。三人三种意见，势必互相冲突，三种意见各自皆希望成为主导，压倒其他意见。三方经过角逐，田太太败于田先生，田先生败于田小姐，自由恋爱观念胜出。在传统社会中，家庭以父母为主，子女听从"父母之命"，但是《终身大事》这个喜剧却颠倒了家庭秩序。"父母之命"失效，子女已经开始信奉"我是我自己的"。

　　田太太将女儿的婚姻诉诸"观音娘娘"和"算命先生"。田先生尽管反对田太太将田小姐的婚姻诉诸观音娘娘和算命先生，但也反对田小姐的婚姻，其理由是同姓不婚。田太太求诸菩萨和算命先生，田先生则求诸传统和礼俗。田太太诉诸"迷信"，田先生诉诸"礼俗"，他们立场不同，但皆有社会基础。胡适以喜剧的方式批评迷信与礼俗。《终身大事》以漫画的方式描写了田太太和田先生，田先生迂腐，田太太迷信，这都令人发笑。田先生和田太太被嘲弄，为观众所笑，这意味着"迷信"与礼俗受到了嘲弄，其神圣性和正统性遭到质疑和挑战。解构神圣和正统，喜剧是首选，神圣和正统在笑声中能够动摇。

---

① 新文化运动主将们或皆有此思路，欲打破此前中国文化的封闭与自足。比如鲁迅写的阿Q，Q即是破大圆镜之象。可参见张文江的论述："阿Q的Q似可作为圆象的O字对立。圆象O可作为传统文化的代表，包容数千年变化，然而受到外来文化冲击，其说已不能圆。而Q这一外来字恰可成为破圆象的象征。O与Q对立之间包含的对称性破缺的思想，在中西文化交流时代有深刻的意义。"见氏著《〈呐喊〉、〈彷徨〉的结构分析》，《渔人之路和问津者之路》，复旦大学出版社，2006年，165—166页。

田小姐尚自由恋爱，冲破重重阻力，离家出走，且未受到惩罚，这意味着迷信与立法已经失效，失去了权威，变得脆弱。田小姐与父母的对立，亦可视为是青年与老年之间的对立，新青年正在崛起，老年人正在退出历史舞台，田小姐离家出走意味着旧的秩序已经失序，新的秩序正在建立。

田太太诉诸迷信，在城邦中可理解为政治神学；田先生诉诸"那班老先生"，这是城邦的传统和礼俗。这两个维度不同，但在反对田小姐的婚姻问题上，二者却能一致。因为田小姐欲按照自己的意愿定夺婚姻，这是引进新神，置旧神和传统于不顾。田小姐逃走了，留下纸条曰："这是孩儿的终身大事。孩儿应该自己决断。孩儿现在坐了陈先生的汽车走了。暂时告辞了。"田小姐一走，保全了自己，颠覆了城邦两个最基本的向度：神和传统。田小姐的个人价值取向与城邦之神和城邦之传统起了直接的冲突，个人与传统、城邦新神与城邦旧神剑拔弩张、绝对对立。

四、《家》

《终身大事》和"易卜生主义"在当时影响非常大。巴金是在"五四"精神洗礼下成长起来的作家，《家》某种程度上演绎了胡适的"易卜生主义"和《终身大事》。易卜生具有无政府主义倾向，亦契合巴金信仰。废除家庭恰是无政府主义重要内容，《家》体现了中国无政府主义者的政治诉求。

巴金读过《易卜生主义》与《终身大事》，且一度深受其影响。《家》第六章《做大哥的人》："他底两个兄弟底思想要比他底激进一些，而他只是一个胡适主义者，并且连胡适底《易卜生主义》一篇文章，他也觉得议论有点过火。"① 第八章《请愿》："果然他看见了高他一班的同学黄存仁在那里说话，他演过《终身大事》里的父亲，不过闹乱子的时候，《终身大事》已经演完了。"②

《家》屡提及易卜生。第五章《母与女》，琴因母亲不同意她进外国语学校，万念俱灰。"屋子里显得十分凄凉，似乎一切希望都完了，甚至墙壁上挂着的父亲底遗容，也对她哭起来。她觉得自己底眼睛湿润了。她百无聊赖地解下裙子往床上一抛，走到书桌前面，先拨了桌上锡灯盏里的灯芯，便坐在书桌前面的凳子上。灯光突然明亮了。书桌上的《新青年》三个大字映入她底眼里，她随手把这本杂志翻了几页，无意间看见了下面几句话：'……我想最要紧的，我是一个人，同你一样的人——或者至少我要努力做一个人。……我不能相信大多数人所说的。……一切事情都应该由我自己去想，由我自己努力去解决。……'原来她正翻到易卜生底剧本《娜拉》。这几句话对于她简直成了一个启示，眼前顿时明亮了。她恍然地明白她底事情并没有绝望，能不能成功还是要她靠自己努力。总之希望还是有的，希望在自己，并不在别人。"③

"我想最要紧的"云云出自《娜拉》第三幕，是娜拉出走前对丈夫海尔茂所言者。这些话对琴而言石破天惊，意味着女性的觉醒，人格的独立。得到"启示"后的琴"一切的悲哀都没有了"，立即写信给情如："无论如何我们必须坚决地奋斗，给后来的姊妹们开一条新路，给他们创造点幸福。"读《娜拉》前后，琴精神面貌

---

① 巴金：《家》，《中国新文学大系 1927—1937》，第九集，上海文艺出版社，1984 年，49 页。

② 巴金：《家》，《中国新文学大系 1927—1937》，第九集，上海文艺出版社，1984 年，67 页。

③ 巴金：《家》，《中国新文学大系 1927—1937》第九集，上海文艺出版社，1984 年，40 页。

大不相同。旧家庭使青年绝望，《新青年》使青年充满希望。旧家庭使青年黯淡，《新青年》则使青年"顿时明亮"。《娜拉》中的几句话成了青年的"启示"，小说甚至渲染了神秘色彩，如"灯光突然明亮了"。启示是《圣经》词汇，灯光忽明忽暗也渲染了神秘的气氛。《娜拉》是青年们的《启示录》，《新青年》是青年们的《圣经》。《新青年》为青年人建构起新的宗教，青年一代奋起反抗，有着神学基础，于此或可见。

娜拉觉醒，离家出走，欲求己。家庭是个人的枷锁，个人只有破家而出方能得其自。此后觉慧离家出走，亦与此相关。觉慧是有宗教意味的名字，只是使之"觉"、"慧"的是易卜生和《新青年》，春江水暖新青年们先知，故能先觉先慧。

《家》第三十一章《逃婚》中言及《国民之敌》："觉慧便背转身子在书桌上顺便拿了一本书来翻阅，凑巧是《易卜生集》，里面有些折痕，而且有些地方加了密圈。他注意地翻看，才知道琴这几天正熟读着《国民之敌》一篇剧本。他想她大概是在那里寻找鼓舞之泉源罢。这样想着又不仅微笑了。他掉头去看她。她正和觉民起劲地谈着，谈得很亲密，善意的微笑使得她底脸庞变得更加美丽了，不复是先前那种憔悴的样子。他不仅多看她几眼，心里正羡慕哥哥。于是回过头去读《国民之敌》。读完第一幕，他又去看她，她还在和他说话。读完第二幕去看她，他们底话还没有说完。他把全篇读完了再去看她。他们还是在高兴地谈着。"[①]

《易卜生集》"有些折痕"，且浓圈密点，可见琴于此剧用功之勤。琴欲与父辈作战，自然容易认可斯多克芒医生坚守真理，不向庸众低头的战斗精神，因此《国民之敌》是琴"寻找鼓舞之源泉"。

① 巴金：《家》，《中国新文学大系 1927—1937》第九集，上海文艺出版社，1984年，340—341页。

"鼓舞之源泉"即是力量生发之处,《国民之敌》最后一句话"世界上最有力量的人是最孤立的人",读来确实会让人豪情万丈。萧乾曾言,《国民之敌》最末一句话对青年的影响甚于《论语》,《家》可为证明。

对于《家》中青年而言,易卜生代表着一个新的世界,青年人从中汲取力量,寻求鼓舞,对抗旧家庭,反对旧道德,以寻求个人独立。觉慧以此为思想资源,反抗了封建礼俗,敢于和高老太爷斗争,终于离家出走,几乎就是《终身大事》的翻版。

五、《青春之歌》

杨沫经历较复杂,但思想较简单。她出生于 1914 年,初中时为反抗包办婚姻离家出走,志在做独立自由的女性。早年的杨沫大致是"五四"的产儿,其思想水平、经历均在此范围之中。之后,杨沫思想发生变化,走出了"五四",逐渐"左倾",接受了马克思主义。1949 年之后,杨沫的正确抉择受到了褒奖。

面对她所经历的那场包办婚姻,杨沫自述"我当时已读了不少'五四'后反对包办婚姻、争取个性解放的小说,尤其冯沅君的小说《隔绝》对我影响更深。"[1]冯沅君在"五四"时是反对包办婚姻的急先锋,之后转向古典文学研究。《隔绝》彼时影响较大,其中有一句宣言"生命可以牺牲,意志自由不可以牺牲,不得自由我宁死。人们要不知道争恋爱自由,则所有的一切都不必提了"。《青春之歌》前半部分是《隔离》翻版,其实也是《娜拉》《终身大事》等之翻版。林道静为了反抗包办婚姻,追求个人自由离家出走,去小学谋职,碰到了余永泽,二人相恋。这个故事若发表在"五四"

---

① 杨沫:《青春之歌》,《杨沫文集》第 1 卷,北京十月出版社,1992 年,1 页。

时期，或亦可轰动一时。

　　然而，毕竟时代已变。娜拉出走之后怎么办？各人有各人的答案，各个时代有各个时代的答案，譬如秋瑾要革命，要实现男女平权，并为之献身，田小姐是追求爱情。《青春之歌》给出了不同的答案，娜拉走后再度出走，具体而言就是林道静扬弃了"五四"时期的自己，再度抉择。《青春之歌》写了林道静的双重抉择——思想抉择和对爱人的抉择，二者密切相关。早期的林道静是胡适的信徒，之后成了"马克思的大徒弟"；林道静早期的爱人是余永泽，是胡适的信徒，之后的爱人则是卢嘉川们，是共产党员。胡适在20世纪50年代"缺席"受到广泛批判，杨沫或为避时讳，故不谈曾受胡适影响，甚至在小说中对胡适极尽嘲讽之能事，也丑化描写了胡适，以此撇清与胡适的关系。余永泽是胡适的信徒，林道静之所以喜欢她，亦因二者有共同的思想基础。《青春之歌》可称为是"革命＋恋爱"模式，但亦有变化，"五四"时恋爱就是革命，以此反对封建礼教；但抗战时期，革命内涵又有了新的变化，并非仅仅是恋爱，而是要反对阶级压迫。

　　林道静抉择的关键时刻在新年，这是一个辞旧迎新的时刻。林道静受到流亡学生，尤其是卢嘉川思想的震撼，心向往之。相应，她读的书也发生了变化，改读左翼的《铁流》《毁灭》《母亲》等。之后，林道静告别了"五四"，迎来了革命；告别了余永泽，迎来了卢嘉川。行前，林道静留言"永泽：我走了。不再回来了。你要保重！要把心胸放宽！祝你幸福"。这是林道静第二次离家出走，态度极为决绝、坚定。《青春之歌》中林道静有两次离家出走，第一次是反抗包办婚姻，表现在反抗父母之命和封建礼教；第二次出走是反抗胡适思想，表现还是反抗家庭，寻找新的爱情和思想归宿。

　　"五四"之后，围绕如何救中国，确有很多不同的思路。但大略言之，有国民党和共产党两种主要思路，有"两个中国之命运"。历史证明，共产党取得了胜利，这条思路吸引了全国人民，自然包括知识分子。当时，很多知识分子冒着生命危险转向左翼，盖有由也。① 《青春之歌》虽然写得很长，涉及很多人物，但一言以蔽之，这是一部关于抉择的书，尤其写了知识分子心态的转变。首先是杨沫本人的抉择，也是彼时许多人的抉择，亦是国家的抉择，所以该书出版能够引起极强共鸣。

世易时移，20 世纪 90 年代以来"告别革命"之声高扬，《青春之歌》中的正面人物在今天被嘲笑；反面人物却变成了正面人物。"余永泽"在 20 世纪 80 年代成为新的"时代英雄"，譬如徐迟《哥德巴赫猜想》即受推崇，不问政治、专心科研的陈景润成为新时期的"新人"。余永泽的原型人物，一度被嘲讽、非议，现在却成了高人、逸士，受到许多人的推崇，其作品被很多人模仿。《青春之歌》所批判的胡适，在 90 年代亦逐渐大红大紫起来，成为自由主义者的祖师爷，再度被祭起。

《青春之歌》其命运多舛，浮浮沉沉，三起三落。此书有如此"曲折"的命运，盖因其确实触碰到了真实的能量。透过此书之命运，可了解这六十多年来的变迁与风气。

（2014 年 6 月 15 日于太阳宫）

---

① 齐邦媛在《巨流河》中极力嘲讽闻一多先生的"左倾"，但闻一多为何"左倾"，为何逐渐与国民政府渐行渐远，齐邦媛却没有反思。

重新安排四种关系
——"一带一路"视野下的文学新格局

　　晚清以降，中国最根本的变化是从天下退至国家。此前中国所
主导的朝贡体系崩溃。不仅如此，中国摇摇欲坠，被强行开放，甚
至面临将被瓜分的局面，抗日战争时期至于高峰，"中华民族到了
最危险的时候"。基于彼时现实，中国不得不全面调整自身定位及
内外政策，以期实事求是，走出困境。经过一百余年努力，中国作
为国家已自立于世界民族之林，期间艰辛何可胜道，前贤行迹令人
景仰，经验教训值得深思。在此过程中，中国的文化姿态与民族心
态产生了重要变化。昔者以天下中心自任，为世界立法，冒天下之
道，是普世价值。昔者出使、留学被认为"放诸四夷"，进新式学
堂则被视为"走投无路，将灵魂卖给鬼子"，之后则文化自信逐渐
丧失，言必称希腊，"拿来主义"大行其道。

　　今天，局势改观，非昔可比。中国处境虽艰苦，但立足已稳，
且正复兴。天下到国家的转变已彻底完成，下一步目标在哪？"一
带一路"提出恰逢其时，体现了国家的大志，有助于重新理解今日
中国定位，有助于重新思考中国在亚洲的位置和在世界的位置。"一
带一路"力行后引发的变化将慢慢见出。此战略立足今日现实、藉

助古典资源，海陆东西并重，既具亚洲视野，又有世界抱负。

在此大思路下，诸多领域都应随之调整，文化姿态、民族心态亦应改变。就大者言，中国应重新思考、安排四种关系：中西关系、古今关系、中国内部东西关系、海陆关系。近百余年，中国重西轻中，是今非古，厚东薄西，褒海贬陆。处乎危时，国家战略有轻重缓急，无可厚非。今承平日久、有为之时，不可不综合考虑上述四种关系，以期平衡发展。

在"一带一路"大格局中，中国文学何去何从？首先应认清现状。理解中国当代文学，必须理解当代中国核心任务及中国实际位置，先立乎其大。其次，应走出过去思维，适应新现实，建立新文学生态。具体如何施行？也应从调整上述四种关系着手。

先言中西关系。此为晚清以降最重要问题，彼时有"三千年未有之大变局"之说，盖因中国困境空前绝后，军事上屡败于欧美船坚炮利，甚至败给日本，割地赔款，丧权辱国；文化上亦受到严重挑战，西学澎湃而来；政治制度受到严重挑战，皇权岌岌可危。太平天国藉基督教之名起义，民族矛盾与中西矛盾交织，竟一呼百应，攻占大半河山，西方能量可见一斑。彼时有"保国、保教、保种"之倡与行，皆因全方位地感受到了西方的挑战。

迄今，中西文化交流有三期。如何安顿中西关系，从明代至今历经了艰苦的论辩与争斗。明时，西学水泼不进、针插不进。清末因中国一败涂地，遂愈发激进，一日千里，变化之速，实难暇接，甚至终于要抛弃中学。譬如，戊戌变法时康有为尚被抨击为"貌孔实夷"、"雅各宾派"、过度激进，世人见面，寒暄之后即大骂康党。然而不过十余年，康有为竟成保守象征，复为世诟。明代，中西交流已颇广泛，但西学尚未构成挑战。利玛窦来华积极活动，李贽等曾往见与接，并与焦竑私下写信讨论，度其来意，以为或欲以其道"易吾周孔之道"，然皆认为此天方夜谭。清代，康熙曾对西学有较

深入的了解，但他以为西学不足与中学抗衡。清末民国为西学东渐二期。彼时先有中源西流说，以为西学不过中学流变，盛行一时，因现实冲击，此说破产。又有"中体西用"说，且一度成为共识。此说可整齐中西关系，有主客之分，可解清廷境，故被采为基本国策。民国初肇，经即废读，"五四"运动"打倒孔家店"，树起"德先生"、"赛先生"，期间虽有复辟、尊孔、再倡读经、"科玄之争"、中国本位的文化建设运动等，但大致中学伏而西学昌。之后，国共均曾采取措施，试图中主西辅，确立自身主体性。1949年之后，西学、中学均被边缘化，思想渐趋单一。80年代，西学传播又起高潮，译作铺天盖地，留学大潮复起，歌词"千万里我依然追寻着你"可谓当时民族心态写照。此潮经久不息，至于今日。

在80年代，文学秩序亦被重构。90年代虽有"断裂问卷"事件试图挑战，然事未遂，此秩序今日依然岿然不动。当时，延安文艺座谈会建构起来的文学传统被反思，文学史被重写，作家被重新评价，一些被高度评价的作家被贬低，譬如鲁迅等左翼作家，一些一度被边缘化的作家被抬高，譬如张爱玲、沈从文等。文学评论亦被此思潮主导，路遥《平凡的世界》虽为读者所喜爱，但终究不被主流文学评论界认可，而先锋文学虽大多言而无物，却被高度评价。

80年代所建构起来的文学传统推尊西方，弊端日渐显露。文学评论界对此有反思者，譬如张江倡"强制阐释论"，反对西方文论对中国文学的强制阐释，批评以西学为主的文论现状。有艺术家则试图以中化西。譬如，王晓鹰以中国精神重释莎士比亚《理查三世》，虽未触核心，但尝试有益。理查三世时英国大乱，可比中国春秋时代，但戏剧《理查三世》虽称名剧，止为朴素的《春秋》而已（昔常言，中国某书为朴素的某西方某学问云云）。若以《春秋》观《理查三世》，如牛刀杀鸡。徐冰作《天书》后，复为英文方块字，以中国字形写就英文，从西化走到化西。一些作家，譬如陈润华、东君、马笑泉、计文君、肖江虹、杨典、胡竹峰等都在努力向中国传统典籍中寻求资源，作品风貌与众不同。

然而，虽欲向中而求，却未必得门径，只不过读《红楼梦》《水浒》、文集而已。小说属"十家"，"街谈巷议、道听途说"而已，虽不可废，但致远恐泥；文集属集部，只言个人处境、得失、是非，含金量低。中学不彰久之，目前渐复，对之有较正确和较深入的理解尚需时日。但中国文学欲在"一带一路"格局下有所作为，欲更上层楼，向中而求或为正途。

但需注意两种倾向。一为原教旨主义儒家，过分强调中学，非议"五四"，否定近现代以来传统。"五四"学人，尤以胡适为典型，破除经学，恢复孔子本来面目，使回归诸子，有大功劳。经学立于汉朝，有彼时现实原因，之后逐渐成为意识形态，深闭固拒，难以应付晚清新局面。破经学，乃为张申府所言"打倒孔家店，救出孔夫子"；破经学，乃为直探先秦之学。二为极端民族主义，以为中国尽善尽美，西方不必学、无所学。中华民族大规模研究西方一百余年矣，对其认识虽渐深入，然未必知其根底，遑论化之。今后所努力者应为辨章中西学术，考镜中西学术源流。在中西相摩相荡背景下，平衡二者关系，看清中西学术根本，基于今天处境，走出一条新路。

次言古今关系。古今关系难言矣，向有法先王与法后王之争，亦有古今之争。为政在今，若执古道御今有，殆矣。然为政虽在今，岂可不法古，岂可不明古今兴废之由与变？王者必通三统，以知天命靡常，常与善人；王者亦不讳言更替，故常存忧患，夙夜在公。观古知今，知今学古。然而，古今岂有异？古也，今也，虽言有别，其实一也。若体乎此，当平衡二者，进退自如，不可执着、偏废。

近百余年，中国过厚于今太薄于古。无数人以为中国今日问题发端乎古，故欲纠正今，必批判古。整理国故、古史辨、国民性

批判云云本此思路，末流为《丑陋的中国人》、批判中庸之道为中国奴性人格之源、殖民现代性云云。龚自珍"欲要亡其国，先灭其史"，实伤心者言，可不三复斯言。中国非白纸，岂能任性画最新最美的图画？唯有知古，始可观今；唯能因古，始可言变；唯依乎故，方可成做（"做"字，左人右故）。

今日文学有两种不良倾向。一作家太薄。多知琐事，絮絮叨叨，没有整体观，无历史积淀，故作品失之小、碎，观之何益。二否定历史。或否定中国古代历史，或否定近现代革命史，或否定改革开放以来历史；或擅作"翻案文章"，公论肯定者否定之，公论否定者肯定之，是者非之，非者是之。有人不了解民国史，却动辄言民国范儿，溢美甚也，用心彰矣。只有深究古今之变，作家才可具备大义，发持平之论，作品才会有宏大气象。

再言东西问题。观中国历史大势，东渐胜西。昔定都西安，又在洛阳、南京，近则在北京，国之重心逐渐东移。东胜于西，实因世界格局已变，中国在世界中地位亦随变。梁启超曾言，广州在中国固属边缘，海国大通，在世界则为中心，故地位提升。近代以来，上海崛起并发挥重要作用，亦因此也。昔年谈"苏气"（苏州号为"天堂"），今则一变为"洋气"，时代巨变，此亦一征。

今日，中国东西部差别极大。东部为发达地区，首被现代性辉光；西部为落后地区，正在或尚未被现代性辉光。文学格局亦如此。江浙沪粤蔚为文学大省，作家众，作品多。籍贯在外，身在其地者何其多也，一旦有所成就，即被吸纳为当地作协会员或签约作家，成果归之。其地文联、作协、文学类期刊、出版社经费充裕，大学文学系实力雄厚，评论家富有影响，创作、发表、出版、推介、评论、研究、会议、转化等有渠道，可保障，成系统。其地活动频矣，会议多也，南来北往者众，了解其地创作的朋友多，一呼百应、一唱百和。相较而言，西部因经费问题捉襟见肘，大会鲜，往来疏，号召力不强，人才流失严重。就文学创作言，西部正被他者化。譬如，先锋文学常言西藏。先有马原、扎西达娃、格非等，后有阿来、宁肯等，他们对西藏的书写以个人经历或想象为主，只是一得之见，于西藏历史和现实无实质性涉及。西藏只是借用的符号，要以之成就先锋作品，故过分渲染西藏神秘性，以期可与先锋文学神神道道的气质相得益彰。此调弹之久也，竟几成定论，故以描写小资产阶级情调和性爱见长的安妮宝贝也要这样描写：女主人公亲赴西藏求死，仿佛死于斯灵魂才得救赎。再如，天下霸唱《鬼吹灯》写盗墓历险，流行一时。古墓多在西南、西北，内有异禽怪兽、奇花异草、干尸奇观、灵异事件，主人公历险其中，虽在当代，却似身处远古。天下霸唱如是安排，亦时代集体无意识之体现。尤为可怖者，西部作家竟亦同声应之，以为西地也，天地氤氲，西人也，灵气独钟，故逐渐脱离现实，流为装腔作势一路。相较而言，譬如沪上卫慧等，写现代性声光电、酒吧咖啡馆、老外摩登女郎、情感纠结性爱历险等，《上海宝贝》尤为集大成。继《我的禅》后，卫慧又作《狗爸爸》，此小说可谓上海宝贝西游记。在路上，上海宝贝感受到不摩登的西部，遭遇到贫困、肮脏、混乱，性感、忧郁、失眠、撒娇统统失效。卫慧离开上海，一路向西，希望能走出上海宝贝小圈子，走出上海小格局，也希望中国作家能够走出固化的东部想象，降到更为真实广阔的大地上。西部为中国之西部，不可自我他者化，不可景观视之，不可神秘之，否则将生出无穷事端。

最后言海陆问题。海陆问题与东西问题有重合，但不尽同，故亦单列。晚清之际，因有舟楫之利，济之不通，由此世界大变，中国不能外之，亦被卷入新格局。林则徐、魏源默查局势，看出世界进入"海国时代"，作《海国图志》以揭之，标"师夷长技以制夷"

以应之，至今尚蒙其惠。[①]但陆地对中国的作用不可小觑，依然发挥重要作用。抗日战争期间，东部中部相继失守、沦陷，西南、西北却分别发挥了重要作用，终于以为根据地，重新建国，再开出新局面。

20世纪80年代，中国国门再度开放。海洋、陆地（可变为山、为地）成为文学的重要意象，但一边倒地褒海贬陆。陆地是封闭、落后之象，海为开放、文明之象。譬如韩东诗《山民》："小时候，他问父亲 / 山那边是什么 / 父亲说是山 / 那边的那边呢 / 山。还是山 / 他不作声了，看着远处 / 山第一次使他这样疲倦 / 他想，这辈子是走不出这里的群山了 / 海是有的，但十分遥远 / 他只能活几十年 / 所以没等他走到那里 / 就会死在半路上 / 死在山中 / 他觉得应该带着老婆一起上路 / 老婆会给他生个儿子 / 到他死的时候 / 儿子就长大了…… / 他不再想了 / 儿子也使他疲倦 / 他只是遗憾 / 他的祖先没有像他一样想过 / 不然，见到大海的该是他了。"山民为愚公之变，要子子孙孙无穷匮也地奔赴大海。《山民》是当时的中国寓言，体现了民族集体无意识：要离开山、奔向海，走出封闭、追求开放，摆脱落后、拥抱文明。再如王家新诗《在山的那一边》，意象、内容、思想与《山民》高度一致。诗人感受时运，发之于诗，所见略同。电影《黄土地》亦如此。黄土地意味着束缚、封建、落后，翠巧要摆脱黄土地，追求自由、幸福。时代方变之时，心存怨气，国门甫开之际，美化西方，尚有情可原。今日，与西方接之也久，其中利弊应有体察，故须摒弃此思维。一国家立住，必须海陆并重，海有海用，陆有陆用，不可分别褒贬、偏废。一国之文学亦应如此，以

[①]《海国图志》在今日依有回响与知音。近年，几位深受刘小枫、甘阳、施特劳斯、施密特等影响的青年学者（主要代表为林国华）翻译出版"海国图志"系列图书，出版《海国图志》刊物（以书代刊），颇具影响。

上略举四端，非为颠倒现有关系。时既异矣，方针当变，不可厚此薄彼，应综合考虑、平衡发展。

（2015年6月6日于易文堂）

近年三种乡村叙事

近年，中国农村发生着巨大的变化。小说对此亦有反映，很多作家关注农村、农民问题，老中青三代作家均有力作推出。通观描写农村的小说，计有三类，各呈现出不同的农村风貌，也表现出作者不同的志向和趣味。

第一类是"三农问题"视野下的农村，这一类强调了农村存在的社会问题，描写乡村的凋敝破败、精神危机、矛盾冲突等，譬如孙惠芬的《生死十日谈》、摩罗的《我的村，我的山》和梁鸿的《中国在梁庄》《出梁庄记》等。第二类写农村之美，他们笔下的农村是和谐安静的，充满山水田园之趣，农村有隐逸的高人、奇人和古老的智慧，譬如韩少功的《山南水北》、马笑泉的《巫地传说》和凸凹的《玉碎》。第三类介乎第一类与第二类之间，他们笔下的农村尽管贫穷艰难，但也有坚韧积极的品质，其笔下的诸多人物充满着光辉，譬如曹乃谦的《到黑夜想你没办法》、李进祥笔下的农村世界及尼玛潘多的《紫青稞》。

一、"三农"视野下的农村

2000 年前后，经过曹锦清、李昌平、温铁军等推动，"三农问题"逐渐引起社会各个阶层关注，成为公共话题。1996 年，曹锦清两度赴开封作田野调查，研究农民情况与农村的问题，其中为农民家庭算的一笔收入、支出账非常令人震惊。[①]2000 年 3 月，李昌平上书朱镕基总理，反映湖北农村的问题，提出"农民真苦、农村真穷、农业真危险"，引起中央对三农问题的关注。[②]于建嵘的《岳村政治》写于 2000 年前后，谈农村的问题和政治等，其《安源实录》调查始于 2001 年五一节，关注工人命运变迁。2003 年，《中国农民调查》出版，以报告文学的方式揭示了农村问题。2004 年《当代》第 5 期发表了曹征路的小说《那儿》，由此引发"底层文学"的争论。

近几年，反映农民问题的文学作品逐渐增多，但描写农民经济困境者多，关注农民精神世界者颇少，《生死十日谈》（人民文学出版社，2013 年）则是二者兼之。孙惠芬以自杀为突破口，既关注了农村的物质生活，也关注了农民的精神世界。

孙惠芬的《生死十日谈》讨论农民自杀问题。人，尤其是重要人物，为何自杀一直引人瞩目。晚清以来诸多自杀事件，陈天华自杀、梁巨川自杀、王国维自杀、陈布雷自杀、老舍自杀、海子自杀等均曾引起巨大的社会反响，引诸多人进行研究。20 世纪 80 年代，加缪哲学流行，关于自杀的研究一度颇为盛行。20 世纪 80 年代末，刘小枫的《拯救与逍遥》研究诗人自杀，曾一纸风行。重要人物的

---

① 参见曹锦清：《黄河边上的中国》，上海文艺出版社，2000 年。
② 参见李昌平：《我向总理说真话》，光明日报出版社，2002 年。

自杀背后原因复杂，由其自杀或能见出时代消息。据说，他们的自杀极具象征意义，事关重大。农民或地位卑微，他们的自杀牵动不了重大历史事件，也无精彩的政治、学术八卦，故尽管农民自杀事件层出不穷，但关注者甚少。用孙惠芬的话则是"他们就像秋天枝头凋零的树叶，飘摇着堕入大地，之后悄悄地归于寂然"。孙惠芬将这些"堕入大地"的"凋零的树叶"收拢起来，归为一束，以文学的方式写出，或能引起社会关注与关怀。

《生死十日谈》扉页上写着"在中国，80%以上的自杀死亡发生在农村"，此言触目惊心。农民自杀比率如此之高，关注度却如此之低，孙惠芬以文学作品的方式揭起此问题之一角。《生死十日谈》通过调查农民自杀问题，展现农村问题，揭示农民精神世界，反映了农村现实。

关于此书写作缘起，孙惠芬有交代："得以接近这些悄然陨落的生命，得感谢我的好友贾树华。她是滨城医科大学医学心理学教授。她拿到的第三个国家自然科学基金资助项目，就是做农村自杀行为的家庭影响评估与干预研究。关于农村自杀死亡者及其自杀遗族的研究和预防课堂，树华已经做了十二年之久。她带了自杀研究与预防课题组五个研究生，刚入秋就深入到翁古城的村村屯屯。我和丈夫张申一同加入了这个团队。"由此机缘，孙惠芬直面了农村自杀现象，得以和自杀者的家属、邻居等有所交谈、交流。贾树华教授和她的团队以心理学方式解释、研究农民自杀问题，孙惠芬则以文学的方式呈现农村自杀现象及背后原因。《生死十日谈》乃实录其事，可谓之报告文学或"非虚构"。记录就是力量，若没有孙惠芬这支笔，这些故事将会很快"零落成泥碾作尘"，无人顾及。

《生死十日谈》之名大致可以见出此书主体："生死"言自杀问题，每一起自杀事件结局相同，但具体人物、具体原因不同；"十日"盖因孙惠芬与丈夫加入此研究团队，采访、整理、分析自杀案例，前后历时十天；"谈"乃对谈，孙慧芬在作品中处于采访者的地位，她摸到线索之后，让与自杀当事人有关的人直接出场，让他们陈述、诉说，通过他们展现自杀事件前因后果，由此也带出了农村的现实和面临的困境。

《生死十日谈》记录了多起自杀事件，这些事件各不相同，或因婆媳争端引起自杀，或因丈夫抛弃妻子，导致妻子自杀，或因家庭内部纠纷引起自杀，或因社会压力过大自杀等。原因不一而足，大致可归于经济问题、情感问题、社会压力等。孙惠芬以写实之笔，展示了这些事件的前因后果与影响等。

《生死十日谈》除了讲述自杀者的故事外，还写及贾树华教授的团队，也谈及孙惠芬与张申，写了他们深入采访前后精神面貌的变化。孙惠芬等人的贯穿、牵引、分析、议论、抒情固然重要，但不若做得更为彻底，干脆让渡出自我，纯任与自杀有关者说话、讲述。

摩罗是一位富有争议的作家，此前是自由主义者，2010年作《中国站起来》，忽变为民族主义者。其转型原因引人猜测。促成摩罗转变的一个重要因素是他对民众的理解："我按照书文上的说法，一直把我的母亲、我母亲的母亲、我母亲的母亲的母亲的信仰，看做迷信。……我像所有政治精英、文化精英一样，骂他们愚昧无知，骂他们封建迷信。……我骂的是我的父母，那每天挑水、种地、舂米将我养大成人的人。"[①]此后，摩罗一直致力于理解乡村和他的父母，也重新审视了自己的立场。

在此意义上，摩罗《我的村，我的山》就可以得到理解。摩罗从"国民性批判的大合唱中撤离出来"，"为我的父老兄弟一一立传"。摩罗将自己定位于"万家村的巫师"，其使命是沟通人鬼，"代

---

① 摩罗：《我的村，我的山》，东方出版社，2011年，153页。

村民说话，代死去的和活着的村民，说出他们的甜蜜和忧伤"。这就是《我的村，我的山》用意所在。

《我的村，我的山》似与1987年摩罗的《深的山》类似，二者都写深山中的农村生活和农民境况，但其实差别已经极大。《深的山》时期的摩罗对中国社会和世界格局尚无整体理解，他所能写且擅长的只是身边生活；但写《我的村，我的山》时摩罗视野已变，他不是自发地写身边的人，而是通过他们写农村和农民的处境。

《我的村，我的山》关注的重心是"非正常死亡"的村民，摩罗要代他们发出声音。80年代以来，农民纷纷涌入城市，这些人在城市中浮浮沉沉，少数"得道升天"，多数凄凄惨惨，生活于城市的边缘。其中还有一部分因为种种原因死于非命，每一起非正常死亡事件都有着复杂的原因和沉痛的故事，摩罗将这些一一写出。逝者很快就会烟消云散，摩罗则希望将这些死者的信息收集起来，立此存照。

梁鸿始以文学评论名。2008年前后，梁鸿暑假探亲，住在梁庄，难免耳闻目睹了农村的现状，难免忆起人与物的变迁，不免怆然涕下，因此开始调查农村现实，要写一部关于农村的书。2010年，梁鸿出版了《中国在梁庄》一书，描写河南穰县农村现状，打动了诸多读者的心，旋即引起强烈反响。

在《中国在梁庄》中，梁庄是该书主角，全书记述了河南穰县梁庄近三十年来的变迁，涉及革命时期、改革开放时期，虽亦涉及历史，但全书以现实为主。梁鸿试图追问："从什么时候起，乡村成了民族的累赘，成了改革、发展与现代化追求的负担？从什么时候起，乡村成为底层、边缘、病症的代名词？又是从什么时候起，一想起那日渐荒凉、寂寞的乡村，想起那在城市黑暗边缘忙碌、在火车站奋力拼挤的无数农民工，就有悲怆欲哭的感觉？这一切，都是什么时候发生的？又是如何发生的？它包含着多少历史的矛盾与错误？包含着多少生活的痛苦与呼喊？"梁鸿要探讨、解答这些问题。

《中国在梁庄》呈现了梁庄在城市化进程中的诸多问题：农村留守儿童缺乏家长管教，农民养老、教育、医疗缺失，农村自然环境遭到了破坏，农村家庭的裂变，农民的性生活，新农村建设流于形式等。梁鸿"和村里人一起吃饭聊天，对村里的姓氏、宗族关系、家庭成员、房屋状态、个人去向、婚姻生育作类似于社会学和人类学的调查"。梁鸿通过一个个具体案例，以小见大，描写了梁庄的现状。《中国在梁庄》很多情节令人震撼：留守小朋友游泳屡屡被淹死；王家少年强奸了八十二岁老人，并残忍地将其杀害；儿童就学率低，梁庄小学变成了养猪场；秀菊怀着梦想，几度试图挣脱现实，但磕磕绊绊几次摔倒，于是说"世界上最坏的东西就是理想"；春梅因为久久见不到丈夫，恍恍惚惚，终于喝药自杀；光河的儿女被车撞死，以赔偿的钱盖了一座大房子……

《中国在梁庄》是非常好的题目，体现了梁鸿的关切。她讨论的是梁庄，却有着中国的视野，要以梁庄见出中国，通过梁庄理解中国。梁鸿藉梁庄讨论了中国的农村、农业和农民问题。梁庄可谓中国农村的缩影，它被城市挤压，正在凋敝、萎缩、衰败。

梁鸿写完《中国在梁庄》之后，欲罢不能，又接着写了《出梁庄记》。《中国在梁庄》写了梁庄的内部生活，写了梁庄的现状、留守者的情况，写了梁庄的变迁；《出梁庄记》则是写了梁庄之外，写了离开梁庄在中国各个城市打工的梁庄人的情况。两书合而观之，方可见出梁庄内与外的全体。

梁鸿自述道："但是，这并不是完整的梁庄，'梁庄'生命群体的另外重要一部分——分布在中国各个城市的打工者，'进城农民'——还没有被书写。他们是梁庄隐形的'在场者'，梁庄的房屋，梁庄的生存，梁庄的喜怒哀乐，都因他们而起。梁庄的打工者进入了中国哪些城市？做什么样的工作？他们的工作环境、生存状

况、身体状况和精神状况如何？如何吃？如何住？如何爱？如何流转？他们与城市以什么样的关系存在？他们怎样思考梁庄，想不想梁庄，是否想回去？怎样思考所在的城市，怎样思考自己的生活？他们的历史形象，是如何被规定，被约束，并最终被塑造出来的？只有把这群出门在外的'梁庄人'的生活状态书写出来，'梁庄'才是完整的'梁庄'。"①梁鸿以调查实录的方式，呈现了"农民工"在城市中的生存状态，令人震撼。

梁鸿循着梁庄人的足迹，去西安，访南阳，赴内蒙古，下郑州，走青岛，进行探访、调查。《出梁庄记》亦如此结构全书：以空间分篇章，展现了分布于不同城市中梁庄人的情况。梁鸿在序言中列出了她采访的时间表，也列出了采访者的姓名、职业、打工地等，以示实录，亦示对被采访者的尊重。

在西安，梁鸿对梁庄蹬三轮车群体进行了深度描写，展现了他们的现状、工作之艰辛，打架讨生活等，也描写了部分不法城管与之争利的故事。这一群体有固定的"被报道的形象"，他们是城市的不安定因素，影响市容市貌和城市交通，梁鸿则以写实的笔法颠覆了被报道的蹬三轮者形象，展现了他们的日常生活、喜怒哀乐、被压抑的无奈等。在南阳，梁鸿走访了梁贤生一家。在内蒙古，梁鸿走访了校油泵者，表现了他们的生存现状、子女受教育情况，尤其对外地务工人员相亲情况的描写让人慨叹。在北京，梁鸿描写了几类人，有人虽有体面的工作，但过着艰苦的生活，有人喷漆，吐出来的痰都是绿的，有人发了财，成了腰缠万贯的大老板，但家家有本难念的经，个人都有被侮辱与被损害的经历。在郑州，梁鸿描写了富士康工人的内部生活、情感状态、心理状态等，描写了"新生代农民工"的情况。在深圳，梁鸿描写了小鞋厂老板的创业历程，

① 梁鸿：《出梁庄记》，花城出版社，2013年，1页。

起起伏伏，也描写了鞋厂一日，展现了工人的工作情况、心理状态与日常生活等。在青岛，梁鸿写了在韩国企业就职者的情况，光亮叔和婶子带着儿子在此打工，工厂缺少安全保障，空气混浊，小柱就是因为在此地打工，中毒而死。梁鸿在很多时候让打工者直接出场说话，把话筒交给他们，让他们自己讲述故事、经历、遭遇、现状，对所在城市、工厂的态度，对梁庄的态度等，不通过转述，如此更能见出打工者的情况与心境。

《出梁庄记》中尚附有大量照片，形成一个潜文本。摄影亦叙事，可以呈现现实，梁鸿将在城市打工的梁庄人的"面相"呈现出来，他们大都风尘仆仆，脸上写满皱纹与沧桑，穿着土里土气，与城市格格不入，一看即知操劳过度，怨气内积，处境不佳。

二、山水田园的农村

农村远离城市，生活相对简单，所以成为很多文人雅士的精神寄托之地，他们将农村比作"桃花源"，那里神秘、富足、纯净，农民不是"闰土"，而是高人、隐士。今日，依然有很多作家在歌咏着农村和农民。

韩少功是思想家型作家，其格局较大，除了写作之外，还翻译作品，亦主编过《天涯》杂志，诸多论题曾引发知识界大讨论。

韩少功《山南水北》所呈现出来的乡村世界跟"三农"问题视角之下的乡村世界迥异。韩少功像一个隐者，像陶渊明，他笔下的乡村世界田园山水一般，乡村中隐藏着民间高人，乡村生活恬淡而自由。韩少功是知青，曾"上山下乡"，之后通过升学离开农村，由于写作成为著名作家。可是，韩少功逐渐厌倦了城市生活，回到乡下，过起了隐居的田园生活。他说："融入山水的生活，经常流汗劳动的生活，难道不是一种最自由和最清洁的生活？接近土地和五谷的生活，难道不是一种最可靠和最本真的生活？"①

如果韩少功留在了农村，未能出山，真成了一个农民，不知道今日作何感想？若如是，他眼中的农村会不会如同"三农"视野笔下的农村一样？然而，韩少功毕竟离开了农村，进城，然后再回农村，心态已然不同：他非但衣食无虞，而且是社会名流。韩少功所见到的农村、农民和农业，其中充满着奇人异事，充满着神圣感，草木鱼虫，靡不有情。

书名"山南水北"有两层意思。一、其中有隐逸之思，山、水有隐者之象，韩少功或因厌倦城市生活，或因厌倦城市中人事纠纷、矛盾重重，故生出隐逸之意。韩少功自道："我一直不愿被城市的高楼所挤压，不愿被城市的噪声所烧灼，不愿被城市的电梯和沙发一次次拘押。……于是扑通一声扑进画框里来了。"② 二、其中有探究之意。山乃高者，是上；水乃低者，是下。山水并用，是上下求索，也是"鸢飞戾天，鱼跃于渊"，亦是"鹰击长空，鱼翔浅底"之意。故"山南水北"是探索、研究、理解当下农村之作。

《山南水北》写法亦如《马桥词典》，一个一个人物写来，一个一个事件展开，仿佛是一部"农村词典"。譬如，写乡间的青蛙，它们富有灵性，可辨别捕蛙者；写如何治虫；写村口的疯树，仿佛树有灵，可以使人发疯；写月夜美景，万物俱寂；写家里的葡萄树"娇生惯养"，瓜果使小性子；写普通草药治好了怪病；写鸡鸭猫狗；写年节风俗；写乡村行政，乡长、村长；写奇人异事，塌鼻子可以治病行医，可行方术；亦有各色人等，"卫星佬"、"意见领袖"、"笑花子"、"垃圾户"等。

韩少功这种风格被湖南青年作家马笑泉继承下来，其《巫地传说》写了俗世中的奇人。马笑泉执拗地说，乡土社会其实还有着巨

---

① ② 韩少功：《山南水北》，作家出版社 2006 年，2 页。

大的力量，这片土地是"巫地"，这里有着大量"传说"，可以证明昔日这片土地的神奇与力量。这种声音在乡土社会日益陷落之际，显得弥足珍贵。小说有两个关键词："巫地"与"传说"。"我"就是这片"巫地"、"传说"的记录者，"我"要以小说的形式将巫地的传说保存下来，呈给世人。

《巫地传说》以"我"贯穿始终，共分六部，每部写两三位奇人。第一部"异人"，既自述童年，也写了黑头与陈瑞生，他们二人以力量和武术著称。这一部颇似其《愤怒青年》，亦写"黑社会"。第二部"成仙"，以少年之"我"写了秀姨与霍铁生的悲惨遭遇。"成仙"既是对秀姨和霍铁生的美好祝愿，也是对"文革"的控诉。第三部"放蛊"，写"我"的大学时代，通过"我"的转述写了两件放蛊之事，并且能够笔力一转，写出"我"和同学的故事，最后称"世界上还有一类无声无色的蛊，比有声有色的蛊虫更可怕，那就是人心的疑惧和各种被扭曲的欲望。"第四部"鲁班"，写工作之后的"我"。二伯会鲁班术，凭借巫术他战胜了对手，养活了家人，赢得城里人的尊重。这一部融入了一些民间传说，故事非常好看。第五部"梅山"，写了铜发爹（放鸭子者）、铜顺爹（捕鱼者）、铜耀爹（猎人），三人皆会"梅山术"。这部分或也取自传说故事。民间传说已经经过时间淘洗，故能广在民间流传，譬如铜顺爹大战鱼王等都写得惊心动魄、精彩纷呈。其实，"我相"弱一些，作品就会越好些。第六部"师公"，写当下的情况，法术在现代的冲击之下已然失效。

《巫地传说》颇重视小说形式。"我"是故事中的主角，"我"的各个时期贯穿着不同的奇人，而且小说并未按照自然时间的顺序写出，而是天马行空，忽东忽西，忽南忽北。

凸凹是北京的作家，却执着地写乡土北京。即使他写官场小说，其实也是官场小说为表，农村变化为里，以官场小说写农村情

况，譬如他的《大猫》。

《玉碎》写农村人进城问题。此主题贯穿于1949年之后的文学。柳青《创业史》中梁生宝坚持留在农村，但改霞却进了城。柳青对梁生宝持赞赏态度，对改霞则有批评态度。路遥《人生》主题完全变了，高加林可谓"梁生宝走了改霞的路"，他千方百计要进城，而路遥对高加林的态度则比较暧昧。《玉碎》也写农村进城者，凸凹有自己的立场和判断。小说的名字已经见出整部小说的内涵：玉碎了。

小说在结构上交叉进行，一章写农村的南晓燕及农村，一章接着写城市中的南晓燕及城市。如此能够形成鲜明对比，农村的南晓燕是玉，她勤劳、厚道，各种美德集于一身；城市中的南晓燕却一步一步走向了堕落，安心成为罗建东的"小三"。小说尾处写道，南晓燕"虽然身处城市，却有些认不清前边的道路了"，即卒章见志。《玉碎》与《骆驼祥子》主题类似，祥子进城前是好青年，在城市中却逐渐走向了堕落。

凸凹有着较强的文人情结，他本人即追求此种风格与情趣，故他笔下的农村被诗意化了，笔下的农村人物被文人化了，农村好比其桃花源。农村风景极美，农村民风淳朴，农民温柔敦厚，是产"玉"蕴"玉"之地。在农村的南晓燕是玉人，质朴纯洁、有情有义；南晓燕的爷爷更是被赋予诸种美德，他虽是羊倌，但却极喜欢民歌，好似民间艺术家。

凸凹笔下的农村更多是个人趣味和情感的投射，他笔下的农民进城亦是其趣味的投射，但与真实的农村状况或有距离。

三、贫穷但积极的乡村

第三类写农村的人、事、风俗、爱情、悲欢，他们笔下的农村虽然凋敝却又雄奇，贫穷却又积极，其中依然有着浑厚的能量。这一类作家，譬如有山西的曹乃谦、宁夏的李进祥、西藏的尼玛潘多等。

曹乃谦本名不见经传，是山西的警察，由于汪曾祺和马悦然的推动，他在文学上的价值被广泛认可。

汪曾祺曾写一文谈《到黑夜想你没办法》，开篇即说："一口气看完了，脱口说，'好'。"接着说："作品的形式就是生活的形式。天生浑成，并非'返朴'。"又夸赞曹乃谦的语言道："语言很好。好处在用老百姓的话说老百姓的事。"① 马悦然是高本汉的学生，是汉学家，懂汉语，了解一些中国文化。因为他是诺贝尔文学奖评委，常在中国行走，被作家们前呼后拥。马悦然翻译了曹乃谦的《到黑夜想你没办法》，并写长文推介，一时有人称曹乃谦将获诺贝尔文学奖，引发无数人对曹其人及小说好奇。

曹乃谦自述写作用意："我在北温窑呆了一年。这一年给我的感受实在是太深刻了，给我的震动实在是太强烈了。这深刻的感受这强烈的震动，首先是来自他们那使人镂骨铭心撕肝裂肺的要饭调。十二年后，我突然想起该写写他们，写写那里，写写我的《温家窑风景》，并决定用二明唱过的"到黑夜想你没办法"这句呼叹，作为情感基调，来统摄我的这组系列小说。在这二十九题系列小说中，我大量引用了'山曲儿'、'麻烦调'、'苦零丁'、'伤心调'、'要饭调'、'挖莜面'，只有这些民歌才能表达出人们对食欲性欲得不到应有的满足时的渴望和寻求。也惟有这些民歌才能表达出我对他们的思情和苦恋，才能表达出我对那片黄土地的热恋和倾心。"②

① 汪曾祺：《〈到黑夜想你没办法〉读后》《汪曾祺全集》，第四卷，北京师范大学出版社，1998年，243—247页。
② 曹乃谦：《你变成狐子我变成狼——我与雁北民歌》，见《到黑夜想你没办法》，长江文艺出版社，2009年，240页。

《到黑夜想你没办法》写山西农村，时间是"文革"期间。曹乃谦作此书时"文革"已时过境迁，故写"文革"已完全脱离"伤痕"文学腔调。他另有抱负，这部小说可以归结为一句话"饮食男女"。此人之大欲也，无论时代如何变迁，饮食、男女不变，故曹乃谦虽写"文革"时期的山西农村，但他似乎要写人永恒的方面。

小说以饮食展现山西的贫穷，但主体是以男女展现情义和伦理。穷则穷矣，但是很多人穷得有志气；虽然性压抑，但是羞愧之心、伦理、礼仪等依然起着作用。

《到黑夜想你没办法》语言非常有特点，大量使用方言。方言经过几千年的沉积，其中能量不可小觑。《到黑夜想你没办法》结构亦有特点，各个章节之间似无关而实有关，共同写出了"到黑夜想你没办法"这个主题。

汪曾祺评价《到黑夜想你没办法》说："写两年吧，以后得换换别样的题材，别样的写法。"这确实指出曹乃谦的问题，他的格局应该大一些，应该有所转变，否则就完全定格了。

李进祥自述："我出生在这群人中，出生在清水河畔，在清水河的碱水里泡大了。我的良知的眼睛睁开了，我便有了一种责任；我思索的眼睛也张开了，心生出一种悲悯，为自己、为清水河畔的人，也为多灾多难的回民族。我知道自己无法站得更高，采取一种审视的姿态，解剖历史，可我也无法抑制自己的思索，只能拿起一只秃笔，把能领略到的苍凉而又雄奇的自然，贫穷而又积极的人生，压抑而又张扬的个性，叙写出来。为的是让更多的人了解这块地方，了解这群人，了解这个民族。"[①]此李进祥见志之言，就小说主题而言，李进祥有两类小说写了农村的情况。第一类写清水河畔的民风、民俗，譬如《捎脸》（《芒种》2012 年 12 期）、《方匠》（《民

---

① 李进祥：《走不出清水河》，见《换水》，漓江出版社，2009 年，259 页。

族文学》2009年第1期）等。第二类写清水河畔回民受到现代性的
冲击，情况新生，人心已变，譬如《换水》（《回族文学》2006年第
3期）、《你想吃豆豆吗？》（《回族文学》2005年第6期）、《害口》（《回
族文学》2007年第3期）、《女人的河》等。

　　清水河必有独特的民风、民俗，虽然现在已经四通八达，你中
有我，我中有你，进入"小世界"，但民俗古迹依有留存。李进祥
生于斯，长于斯，工作于斯，对此应有了解与感受。他挑出一些关
键词：挦脸、方匠、剃刀匠、跤王等，写成一篇又一篇小说。其实
这些可作整体观，挦脸、方匠等可视为"清水河词典"中的具体词
条。"挦脸，清水河一带的方言。类似开脸，是姑娘成人结婚前的
一道仪式。"李进祥详细地介绍了挦脸的工具、工序、效果等，然
而如此并不能成为小说，毕竟还需要故事。于是，李进祥讲述了一
个挦脸师傅的故事，她为情敌挦脸，虽然已时过境迁，但毕竟心有
余恨。挦脸师傅潜意识发之于外，刮破了菊花的脸。"方，应该是
一种棋，类似围棋，但比围棋的路路道道要少，下法也不尽相同。"
李进祥还介绍了"方"的形式、下法、风俗，也介绍了什么是方匠，
展现了一幅风俗画。然后，作者转入正题，写《方匠》的主人公韩
绝绝，他以"阻"成名，不急于求成，却能逐渐占尽上风。他接二
连三取胜，名动一时。

　　"换水"所展现的是传统的世界，然而这个世界逐渐被改变了，
小说《换水》即写此。新婚夫妇马清、杨洁（其名，一为清、一为
洁，乃有寓意）进城打工，始也顺风顺水，之后噩运不断，马清受
伤，手臂伤残，杨洁为帮其疗病，不得已卖身，然而祸不单行，她
感染了病毒。二人在城市中水土不服，伤痕累累，于是决定换水回
乡，重新"清清洁洁"做人。《换水》所写的城市似乎是罪恶的渊薮，
而清水河则类似乌托邦。

　　《你想吃豆豆吗？》乃是性隐语，阿丹在城市打工，一方面是

性的压抑与性的诱惑，一方面是古老的道德、习俗约束，二者交战。阿丹不堪忍受，于是连夜回乡，却意外发现妻子与他人有染。《换水》写城市，《你想吃豆豆吗？》则既写城市众人遭遇，也写出了留守妇女的情况。

李进祥这些年围绕着清水河畔，也写出了不少佳作。但也让人担心，清水河是否足以支撑他走得长久。李进祥自述，他走不出清水河。此亦有问题，若真能理解清水河，或能做到一地具足一切地，能在一花中见出世界。但若能做到此，则须对清水河之外的世界有较深的理解，欲理解清水河，功夫固然在清水河本身，但功夫也在清水河之外。由目前李进祥创作的格局和成就来看，他对清水河下的功夫已经较大，但对清水河之外的功夫则似乎欠缺。

尼玛潘多是西藏的女作家，曾在农牧局工作，由于工作需要，对农村情况非常了解；之后尼玛潘多入报社做记者，时常跑基层。尼玛潘多对西藏的过去和今天，对于西藏近几十年的变化，有着清晰的了解。这些都化为写作资源，进入《紫青稞》之中。

《紫青稞》为西藏提炼出一个关键词——"紫青稞"，代表了西藏的精神和西藏的气质。尼玛潘多不是实写"紫青稞"，紫青稞在小说中更多的是具有象征和隐喻的意义。紫青稞是贯穿全书的核心意象，故用作书名。紫青稞是农作物，与大地、乡村、耕作等有关，这是《紫青稞》立足点。小说写了城市对乡村的冲击，写了紫青稞从乡下被"挪移"到城市的境况；紫青稞"产量低，品质差"，虽然卑微，但是"极具生命力的植物"，恰如普村之人，他们艰苦地生活，但却能一代一代繁衍至今，其中有着积极的力量。

《紫青稞》这部小说有"三位一体"结构："紫青稞"乃整部小说之体，"紫青稞"似有若无，但贯穿整部小说；家族、女性、乡下人进城乃小说之三位，这是小说之用，情节就是围绕此展开。

《紫青稞》具体写阿妈曲宗一家的情况，写了妈妈，一个儿子，三个女儿各自的情况和遭遇。小说写了母亲、儿女以及普村村民的具体遭遇，但也能以家见村，写普村的境遇与总体情况，甚至可以家寓西藏，通过一个家庭见出改革开放以来西藏的现实情况。

《紫青稞》虽写家庭情况，但重心在写女儿，儿子罗布丹增之事只是几笔带过；故事重心的重心是写大女儿桑吉和二女儿达吉的不同性格与不同遭遇。

《紫青稞》中看不到先锋文学的影响和影子，尼玛潘多以老老实实的笔触，写现实中的普村，写了普村中人的生活状况、心理情况和情感状态，写了普村中人在城市中酸甜苦辣的遭遇。通过《紫青稞》，可以了解西藏普通人的日常生活，了解一个世俗的西藏，了解西藏农村"紫青稞"一般的坚强和积极。

（2014 年 6 月 14 日于太阳宫）

如何写"可怜"的人

可怜的人往往不是生而可怜,可怜的人是形成的。可怜是果,因在何处?可有两种解释,一是外部压迫使然,二是自身"作"之使然,今所谓"no zuo,no die"。

小说如何描写可怜的人?亦有二途。一是从外部写,强调可怜的人受到了经济或政治上的压迫,他们是被侮辱与被损害者。这类作品较多,在各个历史时期都有代表。革命时期,譬如有夏衍《包身工》,强调工人遭受到压迫,物质生活与精神生活均困顿,委实可怜。《白毛女》写可怜的喜儿,强调"旧社会使人变成了鬼"。"文革"之后,"伤痕文学"、"知青文学"亦写"可怜的人",作家将原因归结为外部,时代环境、政策等造成了可怜的人。2004年兴起"底层文学",昔日的领导阶层工人和农民,境况忽变,今昔对比天壤之别,他们沦为可怜的人,作家们于此多有触及。二是从内部写,写可怜的人本身的缺陷,他们或因性格导致失败,或因一朝之忿陷入困境,或一念之差铸成大错,或天人交战,人欲战胜了天理,或文过饰非,导致错上加错,或处理不当,小事变成了大事。性格决定命运。如何改变命运?唯有变化气质一途。可是,这类作品较少,很多作家不屑于行此道。譬如,阎连科在台湾作过一个演讲，名为《没有尊严地活着和尊严的写作》。该文提及鲁迅所说"可怜之人必有可恨之处"，阎连科说鲁迅是深刻的，但他对没读过书的人不宽容、不体贴。其意谓，鲁迅写农民可怜的人都是错的，因为他强调可怜人的可恨之处。由此，也能看出阎连科写作的取向与定位：要写"没有尊严地活着"的人，但不写其可恨处。

　　第一类写法求诸外，作者思维简单，因果分析浅薄，可怜人乃是由于外部原因导致，原因大都可以追究至体制问题。这类作者可获"斗士"、"自由主义者"等"荣誉称号"，这类作品也非常具有煽动性，可能一时内流传甚广，称誉者众。甚至在特定时期，可以"启蒙"民众，发挥特殊作用。第二类写法求诸内，作者思虑较深，可怜之人之所以可怜，盖有由也，或因他有"可恨之处"，但并不自知，故易陷入困顿之中。但这类写法容易被攻击缺乏勇气，不敢直面人生，而且这类作品在一定时间内也可能行之不远。第一类呼吁改变社会，第二类要求改变自己；第一类外求因果，第二类内求因果；第一类怨天尤人，第二类退而修身。改变社会似乎与己无关，似乎可以毕其功于一役，激进而痛快；改变自己则须"多识前言往行"，修身、蓄德，遏人欲存天理，这是一条漫长而艰险的路。

　　近年，可怜的人逐渐成为文学的主角，他们以各种身份呈现出来，农民、工人、大学生、屌丝、小市民等，他们各有可怜之事，大都有可怜的下场，引人唏嘘嗟叹。譬如方方的《涂自强一个人的悲伤》、余华的《第七天》等。方方的这篇小说似乎要为80后大学生立像，涂自强就是"徒自强"音之转，一切都是"天注定"，农民的儿子尽管成了大学生，还依然是"农二代"，在城市中悲伤地死去。在小说中，造成涂自强"悲伤"的原因是社会。但是涂自强自强得够不够呢？是不是他有"可恨"之处呢？方方于这些处未触及。《第七天》中的杨飞是一个好人，但"中道而夭"，下场凄惨。原因者何？余华亦说，社会造成。

一些古典的教义，譬如"不责于人"、"三省吾身"、"不见人过，但见己过"、"在予一人"等，在今天的诸多小说中都被摒弃了。小说若不想只流于表面，还是应该循此而行。但这样的写法是一条寂寞的路，难在一时之间大红大紫，故不被看重。

（2014 年 7 月 7 日于太阳宫）

论电影不可能创作出真正经典

　　一个时代有一个时代的公共体裁（所谓唐诗、宋词、元曲云云），影视可谓今之公共体裁，地位显赫，万众瞩目。其中识者若具忧患意识，就有道而正，或可较长时间保其地位；若心存傲慢，不思进取，弊积久之，终将淘汰。公共体裁从不固定，因时变化，影视冲击了文学，但也面临着网络冲击，此消彼长，向来不已。另外，公共体裁本身有其难以克服的弱点，不可能尽善尽美。就电影论，其长可惟妙惟肖地展现场面（3D等使人身临其境），其短不能表现高人，因此不能产生真正的经典。

　　何为佳作？记录、描述或体现高人行迹与思想者也。高人或有嘉言懿行，或有超拔见识，或有高超境界，或深谋远虑，著于竹帛，于世道人心有益，即是佳作。何为经典？不同时空的高人将能量集中起来，越积越厚，至于可与民族或世界共存亡，普世无遗、万古不易，可谓经典。譬如《论语》之所以重要，乃因记录了孔子及其高足的言行与境界。《论语》之所以成为经，乃因不同的整理者、注释者放入了自己的能量与时代消息，使此书越来越厚重。

　　拍鬼容易拍人难，因为鬼皆未见，可随意发挥，人皆见之知之，故受限颇多。拍人容易拍高人难，因不能知高人所居。拍高人容易拍圣人难，因为圣人境界莫测。电影表演常人常事尚可，譬如喜怒哀乐悲欢离合，情感恐怖动作科幻武侠宫斗等，其中颇有优秀作品；但电影一旦要表现高人甚至圣人，往往失败。何以故？影视是集体创作，最少涉及投资方、导演、编剧、演员、工作人员、预期观众、审查机构等相关方。就目前中国电影现状看，参与创作的几方一般皆差，管窥蠡测高人之境，故成品必差。少有的情况是参与创作一方或两方强，于高人境界有所体悟，但其他方弱，如此一平均，水平依然不高。几方都强是否可能呢？可能，但概率很低。因为与其做表现高人的导演或演员，不如做被导演或演员表现的高人。当然，高人可以化身导演或演员，隐于此职业，但时空凑巧、群贤毕至，共同完成一部影片可能性极低。而且，即使导演、演员等阵容强大，但依然未必传之久远，因经典非一时一地一人可完成。电影受时空限制，在不同的时空不可能续接，过去就过去了，不可能起导演、编辑、演员等于地下。只能重拍，但往往尚不如从前，譬如两部《小城之春》非但无继承，反而每况愈下。当然亦有技高一筹者，但毕竟各自归各自，不能叠加累积。

空谈理不如以事言之。譬如近年《赤壁》《孔子》《一代宗师》《道士下山》四部电影皆如此，它们志虽高远，然力不能逮，故徒具其形毫无其实，流为装腔作势、不明觉厉一路。

赤壁之战名役也，三分天下由是。运筹帷幄之中，决胜千里之外，一时多少豪杰。战略对于战争胜败至关重要，电影欲展现赤壁之战，关键在于体会决策者之心。而《赤壁》长处为以视听手段展现了恢弘的战争场面，短处则在于对英雄处理不当。赤壁鏖战是英雄之间的较量（《赤壁》主题歌称"心的战场"庶几近之），但导演和演员难体会英雄们的志向、心境及长短，以己意度之，拉低了英雄，故电影品质下降。

电影《孔子》长处在于表现宫廷权谋斗争、战争场面等，但其中的孔子充其量是从政者、军事指挥者，何来圣人气象。投资方、胡玫、周润发、周迅及相关工作人员异口同声，要拍作为人的孔子。其言皆如是，或因境界近似，故言语、理解雷同，未必因口径统一。"五四"重要功绩是使孔子与诸子平等，经学之弊在于将什么都配到孔子身上，如此中华学问格局缩小，亦难理解孔子真正的意义。去圣是否能得"真孔子"？未必。还应进一步，孔子尽管去圣但依然是圣人。导演、编剧尚难体孔子之心，何况演员，因此电影中的孔子完全立不起来，故引发当代儒生攻击。孔子学生中，子路容易演，因为其人性格鲜明，事迹较多，境界亦稍低。颜回则难，盖因回重视内心调整与进步，且唯进德而不修业，如何加以表现？"见其进也，未见其止也"又如何表演？唯演员达颜回境界，德充有符，或方可。但若到此境地，又何必做演员？颜回尚难表现，况孔子乎？颜回视孔子且"仰之弥高，钻之弥坚，瞻之在前，忽焉在后"，何况常人？

《一代宗师》其长在于格斗场面花里胡哨、富有表演性（此亦《卧虎藏龙》《十面埋伏》之长），其短处则是不能状一代宗师气象。因王家卫及演员于"一代宗师"应该是什么样子没有领悟与体会，故其笔下人物内心纠结、进退失据，可称某地一霸，但非一代宗师。庄子笔下的子祀、子舆、子犁、子来等"安时处顺、哀乐不入"，可谓大宗师也。《一代宗师》所呈现出的叶问等与之相较，何啻天渊。电影言"见自己、见天地、见众生"，原意极好，但在其中皆为浮词，因所呈现的人物与此三重境界毫不相干。

《道士下山》亦有类似弊端。据说主角何安下原型是胡海牙。胡海牙师从陈撄宁，不仅是技击高手，于道家学问亦有较深体会。尝言，高明之武术必可养生，可养生之武术技击必高明，极有见地。但即使电影描写类似胡海牙者，亦只能写其形而不能触其实，依然因为导演和演员于高手之实没有体会。故电影中的所谓高手装

腔作势、无事生非、节外生枝。电影中的大道理完全外在，识者一笑而已。

识短之后，有二途。一、扬长避短。如此固可极视听之娱，获利甚多，但电影品质难以提高。二、努力突破短处。此路艰险，但历经累积，电影品质或可提高，天时地利人和皆来凑之，生出经典亦未可知。

（2013 年 3 月 15 日于中国艺术研究院）

从作家到"作"家

——以韩寒、郭敬明为例

十几年前，几位 80 后作家通过"新概念作文大赛"、出版图书等方式登上了舞台。今天，80 后作家格局悄然有变，有人销声匿迹，不见于报章刊物图书；有人却黯然日章，作品显示出较大的气象和潜力；有人则从作家变成了"作"家，跨界、转行，最为典型者是韩寒与郭敬明。

韩寒从新概念作文大赛中冒出，其作文《杯中窥人》颇受好评，之后《三重门》（2000 年）出版，引发阅读高潮。《三重门》写高中生的生活，尤着力写师生、同学与父母等关系，无它长处，唯语言幽默。青年作家起步之初，尤其写长篇时，因内里不足，生活阅历较浅，往往倚重语言，欲弥补不足。之后，韩寒以作家名世，不断推出新作。《零下一度》《像少年啦飞驰》《通稿 2003》《长安乱》《韩寒五年》《就这么飘来飘去》《1988，我想和这个世界谈谈》，大都热卖。《1988，我想和这个世界谈谈》这部作品写"在路上"的遭遇，韩寒似乎具有极大的抱负，他"想和这个世界谈谈"，但小说的志向和实际风貌之间并不对称。

韩寒在文学界奠定了作家地位之后，于是开始跨界、转型，逐渐

从作家变成了"作"家，他有四方面尝试。一、作公知。韩寒通过写博客，或发表对时局的看法，或批评时政。其新浪博客2006年开通，迄今点击量已达597180304人次，影响力实在惊人。前几年，博客是非常重要的发布、交流、传播平台，一些公知依此博得了眼球，集聚了人气，走进了大众视野。韩寒高中退学时，就引起媒体热炒，似乎他是反对教育体制的英雄。之后韩寒刻意强化这一形象，他与媒体合流将自己塑造为反体制者、自由主义知识分子。韩寒博文所论范围甚广，但基调、主张、立场一致。博文为韩寒赢得巨大名誉，他被称为《时代周刊》全球最具影响力100人、中国80后十大杰出代表人物、2009年《亚洲周刊》风云人物、《新世纪周刊》2009年度人物，风云一时。二、编刊物。2010年，韩寒编印《独唱团》，事先高调宣传，似乎前无古人后无来者，但旋即被禁。《独唱团》雷声大，雨点小，只给人留下稿费高的印象，其余似无过人处。三、赛车。要是韩寒只赛车，或应是不错的赛手。四、进军娱乐业。韩寒参演胡戈的短片《动物世界宅居动物》，出演了贾樟柯执导的电影《海上传奇》；为范冰冰、李宇春等人填词，亦发行了自己的专辑《寒·十八禁》，但其中著名的《私奔》《混世》等言不及义，让人"不明觉利"。

2012年，方舟子终于看不惯韩寒，于是出来打假，声称其作品并非完全出乎自己手笔，而是有人代笔。之后，二人吵吵闹闹，成为2013年度娱乐景观。不论指控最后确否，曾读韩寒自述读书历程的文章，觉其中破绽百出。韩寒说，他小时候读科普、发蒙等类书籍，但高中竟能"彻夜读《管锥篇》'二十四史'《论法的精神》《悲剧的诞生》"。"二十四史"尚不论，《管锥篇》旁征博引，若对中国典籍缺乏深入研究，一读之下肯定一头雾水，昏昏沉沉，断不能"彻夜"读之。

韩寒早熟早慧，有过人之处，但不久就被高捧。虽然其力不称其名，但因已获得了市场认可，品牌已经树立，有利可图，故不可倒掉"韩寒"这面金子招牌。于是，或会有团队站在背后，代笔操刀，冠以韩寒品牌出售，最后大家分成，共同富裕。

郭敬明早年亦是作家。高中时，他以"第四维"为笔名，在"榕树下"发表文章。2002 年，出版了第一部作品《爱与痛的边缘》。2003 年，《幻城》热卖，郭敬明逐渐为人熟知。之后，他陆续推出《梦里花落知多少》《悲伤逆流成河》《爵迹》《小时代》"三部曲"等作品，大都受到追捧。《梦里花落知多少》等小说大都是关于成长故事，写高中生、大学生们的恋爱、友情纠葛。《爵迹》将动漫人物写入小说，贯穿以武侠的套路，辅以游戏的术语，让成人读来一头雾水，但熟悉动漫的读者或会乐在其中。

郭敬明以文学成名之后，亦变成"作"家，近年"作"了两件较大的事情。一、2010 年，郭敬明创办了上海最世文化发展有限公司，以《最小说》系列刊物和图书为载体，推出了一批年轻的创作者，其中佼佼者有笛安、七堇年、落落、安东尼等。郭敬明非常强调这些刊物和图书的经济效益，在给笛安写序时，他屡屡夸奖其作品，主要原因是因为卖得好。二、2013 年至 2014 年，郭敬明"触电"，推出电影《小时代》系列。《小时代》毁过于誉，但票房却极高，电影《富山春居图》亦如此，观众在骂声中掏钱走进了影院。《小时代》内容极简单，延续了写高中生、大学生的成长经历的主题，几个男生、女生之间有诸多纠葛：恋爱的、友谊的、家庭的……《小时代》有特色处就是大量展现主人公活色生香的日常生活，他们穿名牌衣服，拎奢包，开豪车。《小时代》故事发生在上海，郭敬明写北京时显得隔膜，似乎鱼脱于渊，可是一旦写上海，则是如鱼得水，故事瞬间变得风生水起。新世纪以来，卫慧、安妮宝贝等皆试图写出与上海相关的现代性精神，她们写出了市场经济的"新人"：小资气质、文艺范儿，大都有外国男友，夜生活丰富，出入酒吧，性生活开放。郭敬明笔下的人物完全抛弃掉了卫慧、安妮宝贝笔下人物的文艺范儿，他们也不再谈论精神问题，而是完全拥抱了物质，他们似乎是"新新人类"，是"小"时代中的新人。《小时代》似乎抱负更大，要为时代命名："小"时代，要写出"小"时代的时代精神：拜物教。《小时代》通过奢华的场面和景象，勾起了广大中学生们对奢华生活的向往。

郭敬明虽未被指斥代笔，但关于他抄袭的声音一直不绝于耳，据说《幻城》《梦里花落知多少》《爵迹》等均存在抄袭现象。名声大噪，力不足任，实不足继之时，心存侥幸，于是有了抄袭。抄袭是饮鸩止渴，暂可维系声名，实则中断创作生命。

《论语》中有一句话："子路使子羔为费宰。子曰：'贼夫人之子'。"因为子羔年龄尚少，使之为"宰"，非但未必会担当起大任，还可能会折掉自己。韩郭二人崛起之际皆不满二十岁，积累少，消耗多。一旦成名，市场或各种力量不会让他们停下来，自己或因尝到了成功的滋味，亦不想停下来，于是创作时间减少，应酬增多，是非蜂起，环境复杂，然而他们产品的订单反而会激增。如此久之，穷于应付，难免被拖垮。于是有风言风语起，方舟子指斥有人为韩寒代笔，多人指斥郭敬明抄袭，言之凿凿。

成名早者，往往成了仲永，有识者会有"伤仲永"之叹。目前，韩寒、郭敬明毕竟不过三十多岁，路正长。他们从作家变成了"作"家，未必不是好事。唯一希望的是：他们应努力做到名实相副。盛名之下不可久居，尤其在名远远大于实的情况下，久居者必蹶。可举两个正面的例子：李泌与张居正皆在少年时期就显出极大的才华，亦得了大名，但因有人保护、指点，将他们隐藏了一段时间，故未成仲永，终于在彼时起了极为重要的作用。对此二人经历与心态，可深思之。

（2014 年 2 月 23 日于太阳宫）

2013 年四个重要文学现象

2013 年，四个文学现象值得关注：一、长篇小说大年，二、非虚构涌现佳作，三、青年作家崛起，四、80 后评论家集体亮相。

今年长篇小说尤多，韩少功《日夜书》、余华《第七天》、阎连科《炸裂志》、苏童《黄雀记》、邵丽《我的生活质量》、杨志鹏《世事天机》等。《日夜书》是关于"日夜"之书，日夜相代乎前，追忆似水年华，其中多少往事啊。《日夜书》成书之际已距"上山下乡"几十年，世易时移，《日夜书》没有定格于"伤痕文学"，而是"与时俱进"，写了知青的前世和今生，誉为"知青精神史"可也。《日夜书》重心在于写"后知青"时代的知青状况，以他们的经历与遭遇，见出时代变迁。《第七天》采用"饥饿营销法"，书未上市，广告、宣传已铺天盖地，首日即订出七十万册。小说以死写生，鬼讲故事，形式上近乎"先锋文学"，但却有极强的现实针对性，近似《聊斋志异》。《第七天》最大的问题是两条线索互相拆台，描写儿子与养父的关系非常感人，但为了批判社会，余华大量引用新闻，插入不相干人物，使得小说四分五裂。"第七天"云云引《圣经》，拉大旗作虎皮，余华不能当之。阎连科写河南的村庄和农民较好，但后来屡屡触及大题材，缺乏深入地研究，故不能胜任。《炸裂志》所描写的炸裂从村庄变成镇，变成县城，变成市，变成直辖市，如同"炸裂"一般暴增，影射深圳或海南。他通过炸裂三十年的发展，意在批判改革开放的问题。但是阎连科对于改革开放的提出、争论、开展和深入没有深入地理解，对于 20 世纪 70 年代、80 年代、90 年代及新世纪的基本发展脉络没有理解，他有"大志"，但缺乏"下学"功夫，故《炸裂志》写成了一个男女恩怨纠结、女人复仇的故事。形式上采用"志"的写法，但与内容不协调，只是为借用"志"而借用。苏童《黄雀记》写 20 世纪 80 年代发生的青少年强奸案，写青少年心态、时代变迁、罪与罚、自我救赎、绝望和希望等。邵丽因经家庭变故，从天上落到深渊，《我的生活质量》既是回忆，也是自我救赎，亦是为家人辩护。《我的生活质量》好比绳索，她可以藉此从深渊攀缘而出。杨志鹏经历丰富，是报人、商人，亦是作家，其大地艺术工程失败，但收之东隅，写了《世事天机》，融合了官场小说、商场小说、情感小说、佛教思想等元素，试图从世事见出天机。但其一旦对佛理解程度增强，其小说风貌亦会一变。

几部"非虚构"作品也颇有反响：黄济人《将军决战岂止在战场》、孙慧芬《生死十日谈》、梁鸿的《出梁庄记》。

黄济人是知青一代作家，因了解父辈一代的经历，而且又有父辈的人脉在，写成《将军决战岂止在战场》一书，描写了国民党降将改造行状，新生始末。2013 年，黄济人又推出《将军决战岂止在战场》完整版，该书除了收录 1982 年的《将军决战岂止在战场》之外，又增补了下部。写了他们在"反右"和"文革"中经受的冲击，写了他们在文史资料以及两岸和平等方面所作出的贡献，也写了他们面对死亡的时刻。但《将军决战岂止在战场》所长者乃是史实，但所应努力提高者则是史识。孙慧芬《生死十日谈》则是调查当前农民自杀现象。2010 年，梁鸿出版了《中国在梁庄》一书，描写梁庄留守者情况，写了河南穰县农村现状，旋即引起了强烈的反响。梁鸿今年又出版《出梁庄记》写离开梁庄在中国各个城市打工的梁庄人的情况。两书合而观之，方可见出梁庄内与外的全体。

70后、80后，甚至90后作家贡献了大量优秀的作品。70后作家这一群体日益崛起，已成文坛中坚，亦得到文学研究界重视，蒋一谈、金仁顺、张楚、计文君、朱文颖、田耳、张锐强等今年均有佳作推出。80后孙频、甫跃辉、郑小驴、王威廉等亦贡献了佳作。90后温方伊《蒋公的面子》、冬筱《流放七月》皆可圈可点。温方伊是90后，其《蒋公的面子》2013年全国巡演，所到之处受到热烈欢迎。《蒋公的面子》写一个流传在南京大学校内的故事。话剧采用时空穿越安排，从"文革"时的牛棚开场，三位被打成牛鬼蛇神、学术反动权威的教授，为洗刷自身历史问题，回忆起1943年，三人在重庆茶馆讨论是否应蒋介石邀宴的情境。《蒋公的面子》或参照了《哥本哈根》，因有利益、面子、利害关系等，试图还原某个历史时刻只能是徒劳。这部戏之所以成功，导演吕效平亦有大功劳。冬筱是90后作家，是冀汸先生的孙子。《流放七月》写三代人的创伤，写了"七月派"作家入狱出狱之后的经历、家庭情况，写了他们的儿辈的遭遇，亦写了孙辈的经历和心理感受。

80后批评家今年集体亮相。云南人民出版社推出"80后评论家丛书"，共有八本：金理的《一眼集》、杨庆祥的《现场的角力》、何同彬的《浮游的守夜人》、刘涛的《"通三统"——一种文学史实验》、周明全的《隐藏的锋芒》、徐刚的《后革命时代的焦虑》、傅逸尘的《叙事的嬗变：新世纪军旅小说的写作伦理》、黄平的《贾平凹小说论稿》。这些评论家大多身在高校和科研机构，在大学接受了专业的文学史和文学理论训练，各有所长，皆有所本。

（2013年12月9日于太阳宫）

70 后作家的古典追求
——以张学东、计文君、东君为例

先锋文学成为文坛主流之后，70 后作家在成长阶段，往往曾深受先锋文学影响。在文学起步阶段，他们也往往写过先锋调调的作品。之后，他们面临抉择，是继续先锋文学模式，还是另辟蹊径，寻找新的文艺资源，走出自己的路。部分 70 后作家坚持了先锋文学，也取得了可观的成就，然而部分根据自己的处境、思想资源、性格等成功实现了转向。

其中，有一路转向了中国传统，他们在其中寻找资源，逐渐走出了与众不同的路，形成独特的风格。这一路不乏其人，正在形成新的创作潮流。下文以张学东、计文君、东君为个案，谈这一路创作者的风貌。

一

张学东的小说有三对关键词：革命时期与当下、乡村与城市、儿童与成人。此三者纠缠在一起，大致构成了张学东小说的内容、总体风貌，也能见其视野、关注重心。

张学东的立场趋向中国传统伦理，这是他理解时代的入手处，亦是其开具的药方。《人脉》可谓张学东集大成之作，集中体现了这三对关键词，亦能清晰地反映出张学东的立场。

《人脉》写了三个层面的故事。一、"我史"，小说从"我"之童年写起，历经"革命时期"与"新时期"，从幼至壮。二、讲述了其他人的故事，若乔虹、乔雨、乔云、曹大壮、上官莲等，他们各有不同的性格与命运。三、总体描述了小镇从革命时期到新时期的历史和变化，时代的讯息从中可见，故可谓小镇生活史。

"人脉"指人际关系、人之脉络，人就是在人际关系（人脉）中成长，自立，上出，堕落。"我"处于"人脉"中心，如何与生父母、义父母、义姐妹、老师、朋友、恩人、仇人、爱人、爱恨交加的人等相处确是大问题。"我"出生于革命时期，父母因"我"揭发而遇难，"我"遂成流浪儿，孤苦无依。所幸，乔万金收留"我"为义子，入住乔家，改名换姓，扎根异乡。"我"是闯入者，难免与乔家三姐妹有纠葛、矛盾、冲突，小说于此颇多展开，人性之复杂让人慨叹。

张学东写《人脉》有大抱负："仁、义、礼、智、信、爱、恶等均相承于一脉，是人脉的根本。我始终认为，这些最本源的为人处世之道，正是经历了三十年改革开放后的国人亟待倡导和遵从的。因为，在那些特殊年代人脉避之唯恐不及，而市场经济飞速发展的今天，人们又追名逐利无暇顾及。孔子说过：人而不仁，如礼何？人而不仁，如乐何？老子也有一句：天地不仁，以万物为刍狗。其实，我就是想借主人公乔雷在他乡异地扎根的故事，对人脉进行一次反思，同时，也想深入地探究一下人群排他性、共融性以及相互依存等社会心理学话题。"①此为张学东自道其志之言，他试

---

① 张学东：《人脉·后记》，河南文艺出版社，2011年，310页。

图探讨"人脉"之本，希望人能循此而行，动之以礼，这是他
为时代开具的药方；同时张学东也试图研究人与人之间的排斥
与融合。

《人脉》能见出张学东的立场，他取传统文化，而且左右开弓，
既批评革命时期，又批评"新时期"，以为皆有问题。《人脉》共分
五部：第一部义，第二部礼，第三部情，第四部仁，第五部信，每
一部分皆围绕着一个关键词展开。此为张学东所言"五伦"，相较
于"仁义礼智信"，他强调了"情"，忽视了"智"。以情易智，此
正是小说家视野，由此也可知张学东得与失。情为文学所喜，譬如
"情不知所起"、"为情生，为情死"，《牡丹亭》《一缕麻》等演绎出
多少惊心动魄的爱情故事，父子之情、母子之情、兄弟手足之情亦
在文学中得以长足表现。但哲人或具哲人素养者则求智慧，求智慧
之路，虽亦上天入地求索，但变化往往只在微妙之间，所谓"人心
惟危，道心惟微"，文学或难理解，或不易表现。张学东若欲求变，
求新，求进，或可从此处入手。

二

很多评论者注意到计文君与张爱玲的关系，以为她深受张氏影
响，但计文君的小说，或始学于张爱玲，但就目前已与张爱玲貌合
神离。她曾讨论张爱玲和《红楼梦》的关系，此文可谓计文君告别
张爱玲的宣言。"张爱玲才情富艳，思力敏锐，一生恋恋踯躅依依
盘桓于'红楼'之下，却不无反讽与悲凉地跟真正的'红楼精神'
擦肩而过。张爱玲对《红楼梦》的继承，是一种'弃珠取椟'式的
继承。"计文君所云"真正的"红楼精神是"曹雪芹是在不确定性
的原则下通过小说把握世界和存在的，这也正是他所禀赋的小说精
神。曹雪芹在小说中实现的全部选择都可以看到这一小说精神的存

在：人类世界本质上是相对的，世界是暧昧的，人性是复杂的"。而张爱玲笔下的作品则被"单一力量掌控"，"偏执、封闭、狭窄，是一个带着张爱玲独特主观投射的风格化的世界"。《金锁记》中小叔子季泽来找七巧表白时，张爱玲写道"七巧低着头，沐浴在光辉里，细细的音乐，细细的喜悦"，但旋即七巧机警地看出季泽的真实目的，此后情节急转直下，七巧也暴怒起来。计文君评价道："这里隐藏着一个可以拓展小说人性空间的契机，如果张爱玲肯松开'封锁'，注入一种异质力量，让季泽骗钱的真实目的成为情节破损处，那么七巧的内心就有了一次面对善和美好情爱的机会。至于这善和美好是真是假并不重要，而七巧的内心在这样力量作用下的景观才是我们关心的。"① 计文君不会让女主人公成为"黄金枷锁的奴隶"，她所关心者乃是七巧沉浸于喜悦中的"内心景观"。

　　计文君所弃者是张爱玲的路子，所取者是她认为的"真正的红楼精神"。计文君小说的主题与张爱玲小说的主题虽然接近，甚至部分情节也颇类似，但二者气质与精神内核绝然不同。计文君以其所言"真正的红楼精神"改造了张爱玲，她借用张爱玲的故事框架，以男女三角、四角甚至多角，写出了人与人之间的隔膜，此即计文君的文学风貌和立意。

　　计文君笔下的男女们或为白领，混迹于出版界、影视界、公司，或是研究生、教授，混迹于高校，他们或为剩男剩女，或已为人夫或妇，但他们是孤独的，心也飘忽不定。由计文君的这些小说，大致可以了解城市中产阶级的心态和状况。《阳羡鹅笼》典出于《太平广记》，原故事带有神话色彩，计文君以现代人对故事进行了演绎。《阳羡鹅笼》小说有一楔子，叙述了这个传说，为小说

① 计文君：《一树春风有两般——〈传奇〉与〈红楼梦〉继承关系再分析》，《红楼梦学刊》2009 年第 2 期。

奠定了基调，之后转入正文，谈了春、高、红、张、雪之间千丝万缕的联系。这些人表面上各在其位，但背后却有不可示人的秘密和秘而不宣的关系。小说以全知全能的视角进行叙事，每个人都登台表演，如此可以展现众人的内心与各自的秘密，读者亦悉知悉见，于人性之复杂或生慨叹。计文君写了一个多角故事，但其重心却并不在多角故事本身，要写人与人之间的隔膜。

计文君的另一类作品写女性的成长，这些女子往往经历了波浪与劫难，但却能逆增上缘，由蛹化蝶。《天河》尽管亦写了男女纠葛，重心是秋小兰这个"非遗"传承人如何真正成为传承人。秋小兰经历了演戏换角风波，经历了丧失姑妈之痛，又经历了家庭纠纷，历尽波劫，终于从火中炼出了金莲，破茧成蝶。秋小兰放弃了戏角，但却悟道，剧艺由此大进。

《白头吟》双管齐下，一方面写情感纠葛，另一方面也写了女性的成长与长成。《白头吟》可谓《飞在空中的红鲫鱼》与《天河》之结合，以男女三角纠葛写女性成长与长成，也写了人与人之间的隔膜与难以交通。《白头吟》情节貌似《飞在空中的红鲫鱼》，但精神气质却与《天河》更为接近。谈芳在与丈夫疑神疑鬼的斗争中，在耳闻目睹周老爷子和保姆事件之后，"龙场悟道"。计文君确实在实践她之所谓"真正的红楼精神"，将事件写得异常丰富，其中存在着多种可能性，"白头吟"事件似有若无，不知是心病抑或实有其事，其中纠纷亦难说清。

"红楼精神""真正"与否，见仁见智，亦有程度之别。计文君所理解的"真正的红楼精神"强调不确定性的原则，强调本质上是相对的，世界是暧昧的，人性是复杂的，文君的小说确实追求这些。譬如《阳羡鹅笼》《白头吟》等作品确实写出了本质之相对，世界之暧昧，人性之复杂。但这些是否就是"真正的红楼精神"则吾不知，但文君所理解的"真正的红楼精神"或会随着其阅历的再增加，学问的再深厚可能产生变化，到时文君小说的风貌或许会再有变化。

三

东君典出屈原《九歌》，意谓太阳也，以此为名，可知胸襟与志向。纵览东君创作，知他经历较长的先锋文学阶段，但近年逐渐向中国古典寻求资源。由于所取资源不同，东君小说前后呈现出极为不同的风格。

东君自述读书历程："我喜欢读的书的确有点庞杂，但最喜欢读的还是中国古代的笔记小说、欧洲现代派作品（包括诗、小说、戏剧）。我从海明威、卡佛那里学会了如何使用隐匿材料；从贝克特、加缪、图森那里我学会了如何用一种冷静、低沉的语调说话；从蒲松龄、博尔赫斯、周氏兄弟那里我学会了如何更简洁地调遣文字；从芥川龙之介、川端康成那里我学会了如何尊重本国的传统文化，使之有效发挥。早些年，我写作之前要先看看博尔赫斯或卡夫卡，现在呢？我是写完一部作品之后再看看他们。一前一后，感觉是完全不一样的。"①解析这个书单，可知东君目前状态与所居之境界：东君有文人的气息和趣味，故喜谈禅，喜书法，亦喜古琴。东君目前的气象较之于从前已然两样：此前他写作之前看博尔赫斯、卡夫卡，彼时在他们面前是小学生；现在东君写完作品之后再看他们，有欲与博尔赫斯、卡夫卡一比高之意。但是，欲与之比较的人还可以再变化，可以抛开博尔赫斯、卡夫卡，再上层楼，再上层楼，文人气息固不错，但还是应该抛却，若能如此，作品又会两样。

---

① 东君：《入世既深厚，出世愈浓》，《东莞时报》2012 年 7 月 8 日。

东君将目光转向中国古典作品之后，逐渐扬弃了先锋文学花哨的形式与夸张的手法，其作品呈现出冲淡、平和、宁静、典雅的气质。浸染古典作品久之，作品自然流露出与众不同的气质，故东君在当前文坛中颇显另类。

就所写内容而言，转型之后的东君小说可分两类：一、写古典世界类，其"东瓯系列"属此，譬如《东瓯小史之侠隐记》《东瓯小史之风月谈》等；二、写当下世界类，譬如《听洪素手弹琴》《苏蕙园先生年谱》《苏静安教授晚年谈话录》《子虚先生在乌有乡》等。

《东瓯小史之侠隐记》有熠熠生辉的内容，可证明他读《庄子》确有心得。侠与墨家有关，但因会以武犯禁，故在平时遭禁，非常时期侠可起到除暴安良、维护社会稳定之效。东君所写乃是"隐侠"，真是隐中更有隐者，高手之外更有高手。谁曾料到，名震江湖的剑圣竟会是病病歪歪卖茶叶蛋的糟老头子；但谁更曾料到，盗圣竟是猥琐的、以扑苍蝇为业的吕大嘴。剑圣捕蝉，盗圣在后。剑圣是大隐隐于市，盗圣是"隐于几"，忘记自己是盗；相形之下，剑圣还是小隐，盗圣乃大隐。东君能体此境，故可写于小说之中。《东瓯小史之侠隐记》或有庄子"圣人不死，大盗不止"之意，剑圣死后，盗贼之乡安靖，"是年莺飞草长，盗贼不生"。读罢此小说，可追问谁是《东瓯小史之侠隐记》中的"隐侠"？剑圣欤？盗圣欤？《东瓯小史之风月谈》乃"儒林外史"，儒林酸腐之象跃然纸上，士林不肖者丑态百出，令人作呕。先锋文学时期的东君喜欢动物，走"变形记"一路，借猫、狗、虱子等之口批判现实；转向之后的东君喜欢借古讽今，《东瓯小史之风月谈》所写乃古代世界，但不知今日诗坛、士林可改观否？《苏静安教授晚年谈话录》可与《东瓯小史之风月谈》对读，这篇小说写当代学林，题头东君引叶芝的诗"我听那些老人说：一切美好的东西，都像流水般地永逝了"，可见其意。光鲜明亮的国学大师，背后却有见不得人的勾当，缠缚于名、利、美女，不得解脱。《苏静安教授晚年谈话录》是当代"儒林外史"，是《东瓯小史之风月谈》之当代篇。

东君写当下世界的作品亦多写雅士，譬如弹琴者洪素手、文士苏蕙园。东君在他们身上寄予了美好的理想、高贵的品质，他们超凡脱俗，身上流溢着古典之美。

《听洪素手弹琴》写出了东君心目中的高手洪素手，行为高洁，不为钱而弹，不为情面而弹。洪素手可谓清人也，一如其名"素"，但能否称为高人则未必。清固然值得称赞，但清、素未必可以通向得道之路。《苏蕙园先生年谱》叙事形式别开生面，以年谱述苏蕙园先生一生。编纂年谱须避轻就重，要乎见出传主性情、成长历程，更为重要的是应见出其人在时代中的行止、应对与抉择。《苏蕙园先生年谱》记录了苏蕙园先生一生四个时期。苏先生虽不享高寿，但大致做到了"终其天年而不中道夭"，但他是否"知之盛也"则吾不知。《苏蕙园先生年谱》除苏蕙园经历之外，亦写及历史，由此可见七十年历史之变迁。《子虚先生在乌有乡》并非"子虚乌有"，神州大地到处发生，小说写资本家的圈地运动，其中似乎颇有禅机，小说中的法师、头陀煞有介事，不知真懂抑或假懂。由《子虚先生在乌有乡》可知东君在阅读《五灯会元》，但此书实在能量太强，一时或难有深入理解，且禅宗固强调阅读，但更强调身体力行。譬如，《子虚先生在乌有乡》用到丹霞烧木佛之典，《五灯会元》中丹霞天然禅师此举有深意在焉，然小说中郑头陀烧木佛之臂完全懵懂，徒学丹霞禅师其表而已。以小说写禅机者亦有人矣，譬如废名，但也差强人意。或因写小说者难体此境，但已体此境者则未必写小说，因小说这一体裁实在水分太多。

由于大环境"向西"，中国当代青年作家谈起西方作家、作品头头是道，但对于中国古典与现代作品却普遍隔膜，以为不足道也。晚清以来，中国所面临的最大问题是中西相遇，理解西方是几

代中国人的责任，但诸多青年作家所阅读的只是西方现代主义作品，这只是西学局部的局部。西方现代主义作品较为简单，且这些作品有较强的形式感，一旦学习，很容易上手，亦可较快地运用到自己写作之中，做到形似。这些作家自以为有得，沾沾自喜，如此造成两个后果：一、根本不理解西方，二、也不理解中国。这些作家所凭借的资源只是自己的经历与部分西方现代派作品，如此断难成为大作家。

（2013 年 10 月 16 日于太阳宫）

"青年学者的困境与出路"谈

　　谈论青年学者困境与出路问题，须先明何谓青年学者，何谓困境，然后可谈出路。

　　青年学者是从事学术研究的青年，就目前教育体制而言，若一路顺风，没有间断，约三四十岁可以完成小学、中学、大学、硕士和博士教育。研究生毕业之后，如果在高校、科研机构或其他部门从事教学与科研等工作，大概可谓青年学者了。

　　困为《周易》第四十七卦，卦象为下坎上兑。泽中无水，故成困境。青年学者十年寒窗，辛辛苦苦，读书时赶上研究生扩招高峰，毕业时遭逢高校扩招结束，各学科科研人员大都饱和，所以如意工作难得也。高校或研究机构亟亟以求者是学界大师、学术明星，他们风光无限，亦有学术资源，刚毕业的博士生，鲜有人问津。青年学者初叩学界之门，学问积累不够，人脉不广，论文发不出，课题申不到，职称评不上，成果也不多，一时难得学界承认；一线城市米贵，房价飙升，居大不易；父母望之深，老婆责之切，儿子嗷嗷待美国奶粉而哺，应酬无美酒不欢；故青年学者身心交困，灰头土脸，此或为众人所谓青年学者困境也。

　　不管青年、中年或老年学者，须努力知命，知命则不困，不知

命则困。知命首先须知时代精神，其次须认识自己。

先言时代。晚清以来，诸多变革由青年人推动而成，他们充当了社会变革的急先锋，摧枯拉朽，破旧立新，让后面的青年人无限神往，摩拳擦掌。20 世纪 80 年代被称为"新时期"，以区别于前。20 世纪 80 年代之后，社会主题不再是革命，而是发展，故阶级斗争转变为以经济建设为中心。新旧交替之际，是青年人大有作为之时。老年人浸旧社会也深，利害关系盘根错节，或不见用，或在被革命之列。旧范式由老人体现，新范式则须由新人体现，青年是主要依赖对象，要凭其去除旧的范式，建立新的范式。彼时，"文化：中国与世界"编委会主要成员、"重写文学史"的倡导者们不过三十多岁，他们变革了旧的学科范式，确立了新的学科范式。当年青年学者们所奠定的学科范式逐渐成为主流，一直到今天依然主导着学术界，他们也成为各个学科的中坚力量和领军人物。90 年代以来，虽有来自新左派和自由主义等各种挑战，但亦未能撼动其主流地位。2012 年，莫言获得诺尔贝尔文学奖，国内褒扬之声为主，就是世界范围和国家范围对这一代人的充分肯定。

就目前而言，大变革的可能性较小，平稳改革的可能性较大，故在 20 世纪 80 年代所确立起来的学科范式亦不会有大的变化。若如此，青年学者一时难有机会担当革故鼎新大任。

再言认识自己。每个人的情况千差万别，要乎明白处境和性情。就学术研究而言，三十岁充其量只处于起步阶段。若操之过急，或徒增烦恼，或会舍本逐末。

就学者而言，三十岁的根本困境是"学之不修，德之不讲"。那么，如何走出困境？方法很简单，就是修学与修德。君子之道，黯然而日章，没有蓄积，焉有能量。三十岁处乎黯然阶段，若能持之以恒，修德修学不辍，必可日章。其时，个人物质方面的困境，亦会随之解决。

要乎，不可将个人困境迁怒于社会或他人，永远从自己身上找原因。若迁怒他人，因果无穷，青年学者的困境只会越来越大；若从自己身上找原因，自强不息，青年学者的困境将逐渐得到解决。处乎困卦，要在"有言不信"，不是通过言辞来解困，而应实实在在地做事，如此方可解困。

（2013 年 3 月 12 日于中国艺术研究院）

第 二 辑

作 品

杨绛说，"孔子偏宠子路"

　　杨绛出身名门，父亲杨荫杭为中国早期留法学习法律者（可
参其散文《我的父亲》)，姑姑就是著名的、曾被鲁迅批判的、不为
世人了解的杨荫榆，先生是钱钟书，女儿是钱媛。20 世纪 80 年代
之后，钱钟书先生"解冻"，出任中国社科院副院长，成为学术界
改革开放的标杆性人物，逐渐大红大紫，一时研究者甚众，有"钱
学"之目；他在文学方面也成就卓著，粉丝极多，再加上《围城》
拍成电视剧，几乎家喻户晓。但是，杨绛没有被钱钟书的盛名盖
住，她不仅只是钱钟书的太太，而在诸多方面均有重要的建树与贡
献。她写过小说，譬如《洗澡》，写过大量散文，写过戏剧，翻译
过很多名作，譬如《堂吉诃德》，写过论文且研究范围甚广，譬如
《春泥集》。在近现代历史上，很多杰出的女性最后只以某某的太
太名。譬如，许广平之于鲁迅，萧珊之于巴金，梅志之于胡风等，
她们尽管亦有所成就，但毕竟没有更大的能量，所以完全被先生
的盛名笼罩。

　　《走到人生边上》乃杨绛九十六岁时作品。此书看似哲学著作，
杨绛不动声色地在讨论人生问题、死生问题、灵肉问题等，其实背
后有现实和复杂的经历兜底。好比《道德经》，老子看似冷冰冰，

不食人间烟火，但他实在是悲天悯人，五千言背后包含着多少鲜血淋漓的经验与教训，世人不觉，故历史不断重复，悲剧不停上演。杨绛"走到人生边上"，要谈神鬼、命运、天命等，而这些"怪力乱神"一度被看作迷信，扫进了历史的垃圾堆。杨绛自称"老夫子"、"老朽"、"老陈人物"，她说"可是为'老先生'改造思想的年轻人，如今也老了，他们的思想正确吗？他们的不迷信使我很困惑。"这位被"改造了思想"的"老陈人"自述对人生的体悟与见解，写成《走到人生边上》，目的之一是要改造曾经对她进行过思想改造者。

杨绛先生晚年喜读《论语》，谈及孔子时，她常用"我们最循循善诱的老师是孔子"等语称之。在《走到人生边上》一书中，杨绛频频征引《论语》，用以自证，亦称"尤其想见见孔子的夫人"。《走到人生边上》中有一文《〈论语〉趣》，杨绛写道："'四书'我最喜欢《论语》，因为最有趣。读《论语》，读的是一句一句话，看见的却是一个一个人，书里的一个个弟子，都是活生生的，一人一个样儿，各不相同。孔子最爱重颜渊，却偏宠子路。钱钟书曾问过我：'你觉得吗？孔子最喜欢子路。'我也有同感。子路很聪明，很有才能，在孔子的许多弟子里，他最直率，对孔子最忠诚，经常跟在夫子身边。"

在《仲尼弟子列传》中，司马迁记孔子弟子"受业身通者七十有七人，皆异能之士也"。子路名列"孔门十哲"，"政事：冉有、季路"。另最为著名的学生有颜回、子贡、子夏、闵子骞、子游等。在众多学生中，孔子最喜欢哪位，历来争论纷纭。孔子的这些学生各有性格、志向、成就，孔子到底最喜欢谁，难言之矣。每个人都可以有一个答案，但每个人的答案未必代表孔子，但由此却能见出各自的志向、境况、心性、成就等。

杨绛则言孔子最喜欢子路。子路是一个什么样的人呢？在很多古典文献中均有关于子路的记载，通过这些片言只语，大概可以勾画出子路的整体形象。《论语》提及子路四十多处。譬如，子曰：由也好勇过我，无所取材；子路有闻，未之能行，唯恐有闻；愿车马衣（轻）裘与朋友共，敝之而无憾；暴虎冯河，死而无悔者，吾不与也；衣敝缊袍，与衣狐貉者立，而不耻者，其由也与；由也升堂也，未入于室也……《仲尼弟子列传》中称"子路性鄙，好勇力，志伉直，冠雄鸡，佩豭豚，陵暴孔子"。关于子路之死，司马迁写道："于是子路欲燔台，蒉聩惧，乃下石乞、壶黡攻子路，击断子路之缨。子路曰：君子不死而冠不免。遂结缨而死。"刘向《说苑》称："昔者由事二亲之时，常事藜藿之实，而为亲负米百里之外。"是说进入"二十四孝"，在民间流传甚广。大概总结一下，子路好勇，有力气，但也颇鲁，他讲义气，忠于君、师、朋友，崇尚力行，孝顺母亲，任劳任怨，他自身修为程度也很高，片言可以折狱，未之能行，唯恐有闻。

在《走到人生边上》中，杨绛慨叹"人生实苦"。她说："天灾人祸都是防不胜防的。人与人、党派与党派、国与国之间为了争夺而产生的仇恨狠毒，再加上人世间种种误解、猜忌、不能预测的烦恼、不能防备的冤屈，只能叹息一声：'人生实苦！'多少人只是又操心，又苦恼地度过了一生。"这些看似泛泛之言，但包含着诸多历史消息、体验与感悟。20世纪中国多灾多难，杨绛历经战乱、大变故与抉择，其境况、心态可以想见。除此之外，她还经历了人伦之变，丧父母之痛，丧女之痛，丧夫之痛。到今天，她一个人茕茕独立，经受老、病之苦，还要应付各种日常琐事，迎接各路人马。这个时候要是有一个生龙活虎般的、像"子路"一样的学生在身边该有多好啊。他"好勇"，身体强壮有力气，可以处理各种日常琐事，也可以有思想上的交流与碰撞，可以借书、抄稿、论辩。颜回"一箪食，一瓢饮"，应该身体孱弱不能干重活吧，他"不违如愚"，也不爱说话讨论问题吧，他"见其进，不见其止"、"屡空"，只是进行"思想改造"，力行方面可能会弱一些吧，所以颜回难以在日常生活方面对孔子有所助益，故杨绛论之甚少，亦未必喜欢。

杨绛说，"孔子偏宠子路"，一方面可以清楚看出其处境与心态，另一方面也见出杨绛毕竟是文学家。

（2014 年 7 月 10 日于西长安街）

思想改造史

——读黄济人《将军决战岂止在战场》

　　黄济人是知青一代作家，有几部报告文学颇著名，他有着复杂的家世，其父亲是黄剑夫，其舅父是邱行湘。黄剑夫何许人也？他乃黄埔军校第 5 期毕业生，1948 年 8 月任第 16 军 22 师师长，1950 年在四川阆中率部起义，后任解放军南京军事学院教员，四川省江津县政协副主席。"文革"期间因遭受迫害，1969 年绝食自杀，1978 年平反。邱行湘更为显赫，乃国民党军少将，黄埔军校第 5 期毕业生，是黄埔系和土木系骨干将领，1948 年 3 月 13 日在洛阳战役中被俘，建国后为江苏省五、六两届政协委员及文史专员。黄济人是国民党降将后代，其出身在非常时期应是极大负累，其父亲的非正常死亡亦应让他久久难忘。但黄济人能化消极为积极，世易时移，风气遂变，昔年的负累却成就了他。黄济人身处这样的家庭环境，肯定耳闻目睹过这一群体改造的内幕，肯定知道一些真实的情况。1977 年，黄济人考入四川内江师专中文系，开始从事文学创作，于是切问而近思，从父亲、舅父经历写起，又推及舅父"改友"。黄济人了解父辈一代的经历，而且又有父辈的人脉在，故采访了杜聿明、沈醉、黄维等，积累了大量第一手资料。后来，经过杜聿明等介绍，黄济人被借调到全国政协文史专员办公室工作，与这些降将们成了同事，朝夕相处，更是近水楼台先得月。

黄济人是此书直接作者，间接作者应是邱行湘、杜聿明、黄维等人。原国民党改造始末其中有实实在在的内容，黄济人以报告文学碰触到了这块能量，故此书亦有含金量。或可言，国民党降将藉黄济人之笔现世，假黄济人之手留下了形象。黄济人截取了他们后半生，通过此书为他们作了传，给了他们较为正面的形象，亦相对客观地评价了功过。《将军决战岂止在战场》可谓黄济人献给父亲、舅父及与他们有相似经历者之书，据说杜聿明、沈醉、黄维等人皆视黄济人为子侄，关系极好，可见一斑。

1949 年是中国历史的大分野时期，国民党败退至台湾，大量高级军官被俘。这些人一度叱咤风云，或是方面军统帅，或亦独当一面，参与了众多重要事件与战役，他们昔日万众瞩目，一朝却身陷囹圄。他们在解放战争之际，起了劝降与瓦解敌军的作用，之后经过改造，大都成了"文史专员"，写回忆录，叙历史事实，为后人留下了可资参考的材料。这些将领们被俘之后的情况如何，心态如何，他们经历了什么样的心路历程，他们对国民党的态度如何，对新中国的态度如何等，确实是颇吸引人的话题。《将军决战岂止在战场》所写者即是国民党投降将领思想改造的历程，写了他们如何被捕，如何进入功德林受讯，如何接受了改造，转变了立场等问题。

该书在当时或有三个方面的意义。一、20 世纪 80 年代，中国处于思想解放时期，黄济人闻风而动，打破了题材的禁区，将国民党降将写入报告文学之中，可谓破天荒之事。《将军决战岂止在战场》以邱行湘为主角，写了沈醉、杜聿明、康泽、宋希濂、黄维、王耀武等人的思想改造情况与"新生始末"，将此书誉为"参与了思想解放的大合唱"亦不算过誉。1982 年，此书由解放军文艺出版社出版，在当时产生了极大的影响，1991年被改编为电影《决战之后》，又产生了广泛影响。影响深且广，意味着切中了时代的敏感地带。二、国民党形象在文学作品中有统一的口径，他们作恶多端，近乎恶魔，譬如《红岩》中的严醉等。《将军决战岂止在战场》一改此前国民党将领简单化的形象，写出了他们复杂的心态，读者从中看到的原国民党将领是一个有血有肉、有爱有憎的人。三、该书对国民党将领的功过给予了大致客观的评价，他们并非一无是处，而是曾对中华民族有过贡献。

《将军决战岂止在战场》在选题上填补了空白，写了他人所未写，但对这些降将的处理却失之于简单。彼时，黄济人不过是三十多岁的小伙子，读中文系，爱好文学，对这些降将的认识与理解并不会深入。他们都曾各领风骚，统御一方，真刀实枪地走过来，大都各有所长。黄济人看他们是低手看高手，他不知道他们居于何处，故所见甚少，因此读者透过黄济人之眼所得亦少。再因为，黄济人虽然力图解放思想，但毕竟心有余悸，还如同放过脚的小脚走路一般，依然摇摇晃晃，他的书依然带着他所批评的书的痕迹与倾向。由于有所顾忌，根本原因还是不能懂得那些将领，所以1982年的《将军决战岂止在战场》并不真实，其中所提供的有效信息也颇少。

2013年，黄济人又推出《将军决战岂止在战场》完整版，该书除了收录1982年的《将军决战岂止在战场》之外，又增补了下部，上下部合出，皇皇近五十万字，这项工作算是善始善终。

黄济人写下部之际已六十多岁，几十年依然不能放下这个题材，可见这部书在其生命中的重要性。下部可谓上部之续篇，黄济人又写了邱行湘、沈醉、杜聿明等人大赦之后的经历与状态，写了他们在"反右"和"文革"中经受的冲击，写了他们在文史资料以及两岸和平等方面所作出的贡献，也写了他们面对死亡的时刻。"反右"、"文革"对于从旧社会走来者是一道一道门槛，对于这些国民党曾经的高级将领们更是大槛。有的没有过去，黄济人的父亲即去世于彼时，其父亲的遭遇或是他几十年如一日写此书的动力之一；有的人挺了过来，但难免身心俱疲，其中肯定有诸多悲喜的故事。1978年之后，部分降将尚在，黄济人也写了他们在新时期的活动情况和心态，譬如写了沈醉和前妻的相见，场面让人唏嘘感慨。

黄济人又经历了几十年的磨砺与积累，思想日趋成熟，对世事亦渐洞达，或因为年龄也大，顾忌渐少，因此下部胜过上部。遑不论下部有多高明之见识，多深刻之思想，但其中真实、有效的信息增多。由下部，大致可真实地了解原国民党将领们在"反右"、"文革"、"新时期"的遭遇和各自表现。

黄济人有得天独厚的资源与人脉，但所短者乃是史识。可举陈寅恪与之比较，陈寅恪祖父被赐死，父亲隐居不出，故其少时读《中庸》"衣锦尚炯"于心最有戚戚焉。陈寅恪祖父、父亲皆曾为风云人物，其亲戚显赫者无数，故他曾耳闻目睹过清末诸多内幕，闻人所未闻，同时因其史识亦高，故亦能见人所未见，《寒柳堂记梦未定稿》可证。黄济人《将军决战岂止在战场》所长者乃是史实，但所应努力提高者则是史识。

（2013年5月16日于西长安街）

花繁花衰

——《繁花》论

　　《繁花》作者金宇澄，此前只知是《上海文学》编辑。仔细查考后，才知他有不平凡的经历。金宇澄的父亲是"潘杨反革命集团"成员，覆巢之下，安有完卵，金先生个人浮沉，可想而知。此前研究夏衍、胡风时，曾慨叹，在敌后工作，环境恶劣，人事复杂，且又远离中心，功成之后，易遭挫折。《繁花》中阿宝的父亲或有着金先生父亲的影子，其人在小说中曾多次出场，立场坚定、风度翩翩，深具老一辈革命家风采。"潘杨"事件发生之前，因金宇澄的父亲参与缔造了新中国，故得重用，家境应是极好。"潘杨"事件后，其父亲锒铛入狱，由开国功臣变成阶下囚，何止"由小康之家陷入困顿"，其中辛酸苦辣，悲欢离合，唯处其中者才会深有体会。之后，金宇澄境遇再变，他赴黑龙江插队，从大城市到农村，一待八年，且成分又不好，期间经历了什么，有什么感想与体悟，外人不得而知。然后，金宇澄返城为工人，混迹于市井之中。1988 年起，任职于《上海文学》至今。2012 年，《繁花》发表、出版，引起了极大的反响。金宇澄遂被推到媒体风口浪尖之上，功成名就。

　　金宇澄一生大起大落数次，其经历就好比一朵花，花开花落，繁盛而衰，沉潜之后，复起开花。金宇澄对于人生起落、进退应有较深的体验，故通过文学，藉机发于笔端，这让人想起曹雪芹和《红楼梦》。"繁花"之名极大提升了小说品质，其名不空，其中有着实实在在的内容，写出了金宇澄的人生体悟。繁花、梦云云皆言于一时之得失不可执着，一切如花如梦，如露亦如电，要乎见微知著，明白处境，保守住那朵"年年岁岁去来之花"。关于小说的名字，金宇澄自述："2011年底给《收获》投稿，发表要等隔年的9月，暂名《上海阿宝》，可以换。想过用《花间一壶酒》，也觉得轻率，如简化为《花间》，这词在上海1930年代，是纺织厂棉花车间的意思。我因为比较勤劳（笑），小说某些人物服装，都会查ELLE或某某时尚杂志，看里面怎么说。专业杂志有好句子，比如'千鸟格'、'单肩设计'、'一双电眼胜衣衫'。梅瑞出席重要活动，穿什么？翻开ELLE，就看见'繁花似锦'四字。这么熟的成语我怎么没想到？小说里这么多人物、颜色、内容……'繁花'都能涵盖。"①若小说取名为《上海阿宝》，则花开花落之意不显，只是突出了主人公阿宝及其生活场地上海而已，或可让人想起另外一部关于上海的小说——《上海宝贝》；"花间一壶酒"典出李白《月下独酌》，显得过于孤寂，热闹繁花一面并不彰显。"繁花"一出，小说中的人与物各得其所，立即鲜活起来。繁花之"花"可以写实，小说中一个一个美丽的女人好比一朵一朵花，可是时光无情，鲜亮的女子们在时光中逐渐黯淡了下去；②繁花之"花"亦有深意，花开花落，

---

① 参见木叶与金宇澄的对话《〈繁花〉对谈》，《文景》2013年第6期。

② 比如，韩庆邦的《海上花列传》，就是写一朵一朵的"海上花"。再如，有一部电视纪录片《繁花——三十年打工妹实录》，以纪录片的形式讲述了许多打工妹辛酸的经历。打工妹们亦好比一朵一朵花，可是经历风霜较多，故更容易枯萎，令人慨叹。

阴晴圆缺，小说因此具有了形而上的品质。

"上海阿宝"之初名确可见出《繁花》内容。金宇澄以上海的阿宝为中心人物，四面八方辐射，"一万个好故事争先恐后地奔向终点"。小说核心人物是沪生和阿宝。童年时期：由沪生牵出小毛、姝华，由小毛带出银凤、大妹妹、兰兰；阿宝带出蓓蒂、阿婆、小珍、雪芝。当下则是：沪生已成为律师，他认识了陶陶、芳妹、梅瑞、小琴，阿宝从事外贸工作，结交了李李、汪小姐、葛先生、苏安、康总、玲子等。《繁花》百花竞放，园中没有花神；小说众声喧哗，却没有主旋律。张定浩说："《繁花》是由很多的人声构成的小说，每个人都在言语中出场，在言语中谢幕，在言语中为我们所认识，每个人在他或她的声音场中，都是主导性的，他或她的说话不是为了烘托主人公，也不是为了交代情节，换句话说，这些说话不是为了帮助作者完成某段旋律，发展某个主题，抑或展开某种叙事，这些说话只为人与人真实交往的那些瞬间而存在，一些人说着说着，就'不响'了，接着另一些人开始说话。就这样，声音从一个瞬间到另一个瞬间，从一个平面到另一个平面，我们从中听到的，是声音本身，是声音的情调、音质、音色、速度。"①《繁花》分为两个部分，一部分写当下，一部分写过去，当下是改革开放时期，过去是"革命时期"，两部分交叉叙述，一进一退，一见一隐，最后合二为一。《繁花》结局虽不至于"白茫茫一片大地真干净"，但已似秋天，有人去世，有人枯萎凋零，万物悲矣。同时，两个部分并列，亦能使人感受到时代之巨变。"革命时期"的上海已成为历史，痕迹亦已消除，《繁花》似乎要用文字和部分图画建立一个博物馆，展现"革命时期"上海的人情、氛围和市容市貌等。

① 张定浩：《拥抱在言语所能照明的世界——读金宇澄〈繁花〉》，《上海文化》2013年第1期。

　　《繁花》的故事发生在上海。近代以来，上海地位特殊，在各个时期都发挥了重要的作用。20世纪三四十年代是"上海摩登"，五十年代因上海是"十里洋场"，成为被改造的对象，《霓虹灯下的哨兵》可证，六七十年代俨然革命中心，八九十年代则成为改革开放的前沿阵地，浦东飞跃发展，今天"全面深化改革"之际，上海则成立自贸区。然而，上海的文学与上海的重要地位并不匹配，写上海且出众者，前有韩庆邦、包天笑，后有张爱玲，今人有王安忆，且很多作家不是上海本地人，只是"在上海"而已。新世纪以来，几位青年作家譬如卫慧、安妮宝贝等出场，"他们经历了市场经济发展的前前后后，感受到了上海的新变化、新气象，于是趁着新风，迅速地登上了历史舞台，成为市场经济时代上海的'恶之花'。"①金宇澄不同于《长恨歌》，王安忆在其中蕴藏着对摩登上海的批判，也不同于卫慧等人全心全意拥抱市场经济，他要通过写上海市井中人，写出花开花落，阴晴圆缺。《繁花》的出现，丰富了书写上海的文学传统，而且金宇澄又是土生土长的上海人，因此上海方方面面都高兴了，快速行动起来，发表、出版、宣传、研讨会、评论也都迅速跟上。

　　金宇澄笔下的上海市井碎屑却真实，所以非常动人，尤其能引发上海土著的共鸣。金宇澄说，起初他并没有清晰构思，他只是一段一段地写出往事与现实，以"上海老叔"之名发表在网上。很快，他的这些文字受到网友们追捧，有读者甚至苦苦地等着他更新。以至于，金宇澄出差时都会跑到网吧写上几段。这真是动人的情景，作者与读者惺惺相惜，"我有嘉宾，鼓瑟吹笙"，于是小说的气息遂生动活泼起来。

　　在《繁花》中，金宇澄不说教，不作知识分子状，只是描述

---

① 刘涛：《70后六作家论》，《中国现代文学研究丛刊》2013年12期。

他熟悉的上海和上海人的今昔生活，津津有味地铺陈细节。《繁花》写日常琐事，节奏异常缓慢。譬如《繁花》开篇沪生和陶陶相遇，二人谈话，东家长西家短，有一搭没一搭，尤其陶陶给沪生讲那对野鸳鸯的故事，更是缓慢，甚至拖沓。小说中写道："看眼前的陶陶，讲得身历其境，沪生预备陶陶拖堂，听慢《西厢》，小红娘下得楼来，走一级楼梯，要讲六十讲，大放噱，也要听。"《繁花》真是有此意，"小红娘下得楼来，走一级楼梯，要讲六十讲"。对于市民而言，日常生活就是如此，哪有那么多"传奇"与故事，不过就是吃饭、喝酒、出游、工作、赚钱，偶尔春心荡漾，耍耍滑头。日子一天一天如流水般过去，人也一天一天老了下去，《繁花》相应了这种节奏。因此，《繁花》故事场景往往在客厅中、酒桌上，客厅半公开，半私密，最能见出一个人的内与外，酒桌上可以见出人心之复杂，男女调情，勾心斗角。对于这些，金宇澄却大张旗鼓地写，一丝不苟地写。如此多少显得小题大做，仿佛架起了高射炮，打到的却是小鸟。

好在，"繁花"之意拯救了这些琐屑的、不足道的细节，为它们赋予了意义。否则，何必要看这些街谈巷语，蜚短流长呢。这些散落一地的珠子，因为"繁花"有了一以贯之的道。花开花落，此调不弹久矣，金宇澄复弹之，却意外成功。"五四"以来，小说从形式到主题全部更新，被塞入"思想"，成为"启蒙"的工具。或因花开花落过于悲观，不能使人进取；或觉这个道理老生常谈，过于简单，所以要谈自己也未必懂得的现代性、后殖民、隐微写作等。很多古典小说通过不同的故事反复说"花开花落"的道理。可是，几个人能听得进？孰能繁花之际，竟作花衰时想？孰能在天堂中看到地狱，孰能在地狱中看到天堂？阴阳二气，流转不息，孰能思虑深远，见几而作？《繁花》中的女性何等光鲜，流水席里觥筹交错，活色生香，花团锦簇，然而一朝就枯萎陨落。

今日，时代风气正在发生变化，愈发珍视中国传统文化。金宇澄的《繁花》此时出版，亦算得了天时。在《繁花》中，小说人物多次提到一些古代小说，或有意无意地流露出金宇澄的思想资源。《繁花》从主题、语言两方面看充满话本小说趣味，唯交叉之结构似先锋小说。《繁花》不中不西，亦中亦西，恰是这个时代精神的映像。

《繁花》另外一个特色是通篇使用上海方言。《海上花列传》用地道的上海方言，因此起初受众颇少。之后，经过胡适的高捧和张爱玲的翻译，此书逐渐流行开来。《繁花》虽用上海方言，但经过改造，已普通话化，故易懂，否则受众亦不会如此广泛。20世纪90年代以来，上海因其"摩登"的品质，引人瞩目，爱屋及乌，故与上海有关的小说、学术研究一度极为流行①。卫慧、棉棉等虽写上海，但毕竟是外来人视角，故使用普通话，毕竟与老上海隔了一层。金宇澄则不然，他是老上海，沉浮于市井多年，懂得老上海市民的生活方式，见惯饮食男女，以沪语写出，夹以半文半白的语言，更为贴近上海的体温。下面随便征引一段，以见《繁花》语言特点：

> 拳头师父笑说，猪头三，这也会吓，同学真要打，建国要记得，不可以打面孔，鼻青眼肿，老师会发觉。建国不响。小毛说，如果是三个同学，冲上来一道打，我要挡吧。师父说，要看情况，眼睛要睁圆，看来看去，容易眼花，拳头敲过来，再痛也不许闭，不许抱头，不可以吓。小毛说，四个人扑过来呢。师父说，记得，盯牢一个人用力，懂了吧，人多，不

---

① 新世纪前后，学术界曾掀起过上海研究热潮。《上海摩登》《上海酒吧》《上海妓女》等著作一度非常流行。

管的，拳无正行，得空便揎，盯牢一个人揎，一直揎到对方吓为止，即使头破血流，也要揎，要搬，拳头出去，冰清水冷，掇到北斗归南。小毛不响。师父说，宁敲金钟一记，不打破鼓千声。小毛想到班级的场面，血涌上来。

沪语、普通话，文言、白话夹杂在一起，多用短句子，这都是《繁花》的特点，确实具有很强的辨识度①。

大多作家成名之后唯恐被忘记，于是竭尽全力，一两年推出一部长篇，繁华一阵，归于遗忘，旋复再出新作，于是终年热热闹闹，身处文坛中心。可是，一个作家哪会有那么多心事要倾诉，哪会有那么多情感要抒发，哪会有那么多志要言说，岂会有那么多现实要批判。但作家们恐惧于被遗忘，或自己"发愤忘食"，或被市场推着笔不离手，结果因为写作没有时间深入研究问题，因为要鸣叫，所以苦苦追寻不平。于是，逐渐内中虚空，结果每况愈下，作品一部比一部差，或竟至于剽窃抄袭，身败名裂。金宇澄则走了另外一条路，尽管此前他亦发表过一些作品，但大都未引起反响，这些年他虽未有作品发表，但呼吸暗积，在不觉白头之际推出《繁花》，好评如潮。作家怕寂寥，热热闹闹，事件话题不断，方觉此身存在，而金宇澄则走出了另外一条路，亦可资文坛借鉴。

（2014 年 3 月 16 日于太阳宫）

---

① 金宇澄在采访中自述，追求小说在语言、叙事方面的辨识度，此志足以使其成为不错的小说家，但距离大作家尚有距离。

以狼窥天道

——评电影《狼图腾》

　　近年，涌现出一批知青题材小说，但与"知青文学"已有差异，小说《狼图腾》即是典型。《狼图腾》虽言知青事，但作者藉外论之，另有志向，他以"狼图腾"概括蒙族尚武精神，以之为资源进行国民性批判。但小说出版之后被过度阐释或误读，或以民族冲突论解之，或以自由之精神释之，或以为言环境保护，或谓隐喻市场经济竞争精神。此四者均是当下重要问题，牵涉者众，关注者广，故持续吸引读者也在意料之中。

　　电影《狼图腾》截断众流，唯取主题之一。电影强调腾格里对大草原自有调节，高者抑之，下者举之，有余者损之，不足者补之，于是人狼和谐，天地万物相安，此长治久安之道也。可是由于外来者介入，或因权势之威，或携启蒙之傲慢，或因生存压力，侵狼领地，夺狼食物，犯狼忌讳，人狼平衡局面遂逐渐打破。狼不甘心，作困兽之斗，于是展开反击，侵人生活，咬死畜物。如此，电影既符小说之意，又有极强现实意义，且各方均可接受。导演阿诺诚智人也。人与狼展开了一次又一次的角逐和战争，双方斗智斗勇，互有伤亡胜负。电影用很大篇幅、以宏大的场面描写人狼之

争，人进狼退，狼进人退，人疲狼扰，狼疲人打。其中狼马大战更是惊心动魄的大场面，此为电影重要看点。因人乘私智、恃机械，驱汽车、持机枪，驱狼若羊。人对狼痛下杀手，赶尽杀绝，大获全胜。但天道平衡被打破，草原陷入困境，恶果今日已见。

平衡如何被打破，事端如何生出，局面何以至此？狼之报复虽曰天灾，实为人祸。电影中有两类人，毕力格、陈阵为一类，包顺贵等属一类，围绕着狼他们之间有分歧和竞争。包顺贵等人占尽上风，正是由于他们对草原横加干涉，引起狼群报复，打破了草原的平衡。电影虽言天道循环，但其实也在追问造成天道循环不畅的原因，批判锋芒虽然不显，但隐藏其中。老成人毕力格非常完美，俨然腾格里化身，他熟知人情狼性，知道如何安狼安人，对于天道循环了如指掌。毕力格为解狼之围，意外受伤，终于死去，极具象征意义，此后草原或将遭受厄运。陈阵虽是外来者，却能"入太庙每事问"，他通过养狼、观察狼、研究狼逐渐对狼产生了感情、迷上了草原，也以狼为切入点逐渐了解了腾格里精神，融入了草原，成为毕力格的传承人和腾格里精神的体现者。包顺贵是草原的管理者，亦是外来者，在电影中承担了革命者或改造者的角色。他进入草原之后，无视腾格里精神，罔顾自然循环，夸己卑人，喧腾己意，对草原指手画脚，事事改作，终酿大祸。

除此之外，电影《狼图腾》尚有四点值得重视。一是真狼出演，此为破天荒之事。《狼图腾》主角为狼，但让如此桀骜不驯的动物俯首帖耳与人合作，共同参与故事、推动故事、表现故事委实极难。但电影如愿以偿将真狼搬上银幕，且取得成功，驯狼拍狼甘苦可想而知。电影一方面通过陈阵所养之狼，展现了狼由小变大的过程，电影中小狼萌萌的神态让人疼爱不已，成狼的勇武之姿令人神旺。另一方面通过对群狼的拍摄，展现了狼在野外的日常生活，电影对狼之动静起伏、喜怒哀乐、团结合作、智慧勇气等都有栩栩如生的展现。《狼图腾》可谓狼的视觉动物园，此电影一出，或许可以展现狼的真相，改变世人对狼的认识和态度，消除世人对狼的恶意与成见。二是电影《狼图腾》强强联合制成。小说《狼图腾》热销十年，有广泛的读者群体与舆论基础，投资方、导演等能因而用之拍出电影，可见其眼光。导演阿诺是著名导演，擅长动物电影，此次挑战自我，担纲拍摄狼故事，值得期待。三是画面优美，电影对大草原四季皆有表现，展现了草原之宏阔崇高、优美柔和，令人惊叹。四是电影倾十年之力打造而成，在当代电影史上罕见。资本要求迅速流转，当前诸多电影皆是快速完成、上映，希望尽快收回成本、获得利益，故有粗制滥造之弊。十年磨一剑，且欲将真狼搬上银幕，成败与否难以逆料，投资方、导演、演员等肯如此下功夫，令人钦佩。

（2014 年 11 月 17 日于太阳宫）

他的时代在 20 世纪 90 年代之后
——宋长江论

宋长江有着丰富的社会阅历。做过知青，回城当过建筑工人，80 年代初，进政府机关做过宣传工作，之后又分别在国营、合资、股份制企业做过管理工作。2003 年，转身至《满族文学》杂志社，先后担任编辑、副主编、主编等职。丰富的阅历是宋长江小说创作的重要资源，他曾浮沉于社会的上上下下，对各个层面、诸多领域皆有深入的接触与了解。宋长江曾说："丰富的生活底蕴，为我的写作提供了取之不尽的源泉。坐到电脑前，有写不尽的感觉。"宋长江作为职业文学编辑，加之阅读过大量文学作品，于文学作品、文学潮流见多识广，于文学现场了然于胸。他曾自述"作为职业编辑，写小说往往眼高手低，喜欢变换手法写作。愿意标榜自己写的小说是'我的'。""眼高"是因为披览多矣，故能眼界、品位高；"手低"则是谦虚的说法。

按年龄和经历，宋长江是知青一代作家，他也写过一些类似伤痕文学的小说，譬如《灵魂有影》《关于陈中成失踪经历的三次陈述》《月光下的青苹果》等，但他未搭上知青文学、伤痕文学、寻根文学等文学潮流的列车，所以在当时未能成名。如此亦好，宋长江可以大器晚成，近几年他表现出极佳的创作状态，佳作不断。

宋长江小说光谱虽然长且广，但其道一以贯之，他写的是 20 世纪 90 年代以来的中国，他以小说展现了当下各种人的情况。通过宋长江的描写，一方面能够见出当下各阶层的生活状态和精神状况，另一方面见微知著，可以了解中国当前的状况。宋长江的时代不在 20 世纪 80 年代，而在 20 世纪 90 年代之后；他的创作高峰在 2010 年前后，但所写的却是 20 世纪 90 年代之后中国的新变化和新问题。

按主题划分，宋长江的小说有两大类。一是描述 20 世纪 80 年代或之前的时代，这类作品较少，亦非其长也；二是描述 20 世纪 90 年代，尤其是当下的生活。宋长江之所以成为宋长江主要是因为这一类作品。第二类作品，就主题而言又可分为三大类：一、描写官场，展示官场生态、官场斗争与官商勾结等问题；二、描写城市中产者，展现他们的生活和情感状态；三、底层书写，写城市底层、下岗工人和农民工的故事，展现他们的辛酸经历。

尽管宋长江偶尔也会追求叙事方式的新颖与叙事实验，偶尔也用意识流等先锋手法，但其小说属于现实主义，只是实实在在地叙述，鲜有花里胡哨的形式；其文字亦简约质朴，准确达意即可。

一、对20世纪80年代以及之前的书写

宋长江经历过"文革"、上山下乡等运动，对这段历史有着切身感受与体会，这亦是其重要的创作资源。20 世纪 80 年代，反思、批判"革命"时期成为主流，一大批作家藉经历言之，故易引起共鸣。今日若写此，虽亦会有读者，但只是怀旧，范围已小，难以再引起整个社会的共鸣；因为时代已变，时代的主要问题也发生了变化。

宋长江的这一类作品较少，亦有两种情况，或写于 1980 年前后，或作于 2000 年之后。二者虽题材近似，但毕竟不同。作于 20 世纪 80 年代前后的小说，有着那个时代的特点；作于 2000 年前后的小说，风貌已经迥异。

1979 年，宋长江发表了第一篇小说《灵魂有影》，这是典型的"伤痕文学"。2003 年，宋长江发表了《关于陈中成失踪经历的三次陈述》(《满族文学》第 5 期)，小说写"革命"时期的故事。这篇小说在宋长江的诸多作品中，颇为突出。小说或受《罗生门》等启发，因为叙述者或因有利害关系，或因有程度的差别，故对同一件事的叙述会有所不同。如小说之题所示，作者写"陈中成失踪经历的三次陈述"：第一次陈述，时在 1948 年；第二次陈述，时在 1968 年；第三次陈述，时在 1998 年。福柯有一句话颇有见地，"关键不在于神话讲述了什么，而在于讲述神话的时间"，因为世易时移，故事的叙述、意义等会产生变化。陈中成失踪确有其事，但讲述时间不同，故内容亦会不同，因为讲述者会根据时代的变迁有所虚构，有所遮掩，有所强化。1948 年是关键时刻，乃新中国成立前夕，其时叙述此事会根据当时情况进行改编；1968 年亦关键时刻，"文革"爆发，此时亦会根据时代情况，遮遮掩掩；1998 年，陈中成人之将死，已无顾虑，其言也善，才道出事情真相。通过对陈中成失踪的三次叙述，一方面见出了陈中成个人的性格、情况和处境等，也见出时代的变迁。

中篇小说《月光下的青苹果》(《岁月》2010 年第 4 期) 写知青生活，但已与知青小说迥然不同。因为时隔已久，昔年所经受的坎坷与委屈已经逐渐淡化。《月光下的青苹果》亦属此类，因为是回忆知青生活之作，已经没有了控诉、悲愤，不是责他，而是责己，故充满了自责与忏悔。

二、官场生态

宋长江曾在政府部门工作多年，对于官场内外有较深体会，故笔往往涉此，其《城外广场》《柔软》《鱼饵飞翔》《传闻人物》《四月恍惚》《温泉欲》《后七年之痒》《绝当》等皆与官场有关。或许，写官场禁忌颇多，作者难以放开手脚，故事不能舒展，想法不能明确表达，故这一类小说略逊于其写底层人物的小说。

宋长江描写官场的小说可分为三类。第一类侧面描写官场，旁敲侧击，从外围深入内部。他说："我所选择的角度，尽可能避开正面描述，而是写官场腐败所影响到的人，他可能不是官员，他可能并不存在腐败问题，通过这个人的生活，你却能感受到官场上的血腥。"如此结构，原因或为：一、官场生态过于敏感，不可轻易碰触；二、从侧面入手，或能做到出奇制胜，以小见大，以微见著。第二类正面写官场，直接描写官场内部的权力斗争，官商之间的结合等不良现象。第三类正面与侧面描写相结合，之后两条线索巧妙汇合。

《城外广场》《柔软》《鱼饵飞翔》等属于第一类。《城外广场》（《延安文学》2010 年第 5 期）旁敲侧击，不是一个红玫瑰与白玫瑰的故事，而是通过婚外恋写官场。《柔软》（《百花洲》2012 年第 3 期）颇似先锋文学，由这篇小说可知宋长江曾受过先锋文学洗礼。小说写吴韧的梦，日有所思，夜有所梦，由梦可知现实，由现实可知梦。小说在看似毫无逻辑的梦中交代了前因后果。《柔软》的先锋实验不是流于形式，而能与内容恰切结合，呈现了吴韧近乎迷狂的精神状态。

《温泉欲》（《江南》2012 年第 1 期）属于正面写官场的中篇小说，写了乡镇小官场的复杂关系。中篇小说《传闻人物》（《章回小说》2010 年第 3 期）正面写国企转制前后，县长、国企领导、

私企老板、县长秘书、下岗职工等人各色心态。《绝当》(《江南》2011 年第 4 期)通过古长风的发家秘史触及到极其敏感的问题：资本家如何才能成为资本家，资本家如何成功实现了其"圈地运动"。

三、城市中产者的情况

宋长江描写城市中产者的作品较多，譬如《东北水饺》《谁家有小孩呀赶快出来玩吧》《素装》《再见猫女》等。

《东北水饺》《婚姻空白期》《素装》《再见猫女》等主要写夫妻之间的情感，老夫老妻难免彼此厌倦，或者出轨，甚至离婚。宋长江对他们的心理把握非常准确，对他们的生活状态的描写也极到位。《东北水饺》(《山东文学》2006 年第 9 期)是一个"娜拉出走"的故事。这个"娜拉"已为人母，她是被动"离家出走"，在儿子的帮助之下自立，走出了家庭小格局。《素装》(《芒种》2009 年第 5 期)写夫妻各自的心事，但也不至于同床异梦。

《谁家有小孩呀赶快出来玩吧》(《广州文艺》2012 年第 3 期、《小说月报》2012 年第 5 期)亦是佳作，写活了住进高楼中老固的心态，题目"谁家有小孩呀赶快出来玩吧"道出了憋屈、急切的心情。

四、底层书写

20 世纪 90 年代以来，国企改革、"三农"问题等日益突出。文学对此有积极的反应。2004 年，兴起"底层文学"，通过文学表现下岗工人、农民及农民工问题，涌现出大量佳作。宋长江生长于东北，那里是新中国老工业基地，号称"新中国的长子"。然而 20 世纪 90 年代以来，国企改革等对东北冲击尤为严重，下岗问题非常严重，宋长江身在东北，又有企业管理之经历，对此问题应有较深的体会。

　　底层书写也是宋长江创作的重头戏，就题材而言，其作品又可三分。一是表现城市底层市民生活，譬如《拉线开关》《狗屁的老费》等；二是表现城市下岗工人状况，譬如《丢失的尾巴》《等待肯德基》等；三是表现进城农民状况，譬如《无限债务》《寻找康小庄》《说瞎话》等。宋长江可以同时写几类人物，但底层书写最具代表性，最为优秀，佳作最多。

　　城市平民虽然房屋无虞，不至于流离失所，但亦有各种各样的难处，家家有本难念的经。《拉线开关》（《鸭绿江》2009 年第 8 期），在宋长江的作品中是上乘之作。"拉线开关"是神来之笔的意象，好比小说中的那个家庭，拉线开关已断，故陷入黑暗之中。《狗屁的老费》（《星火》2007 年第 1 期）以"狗屁的"形容底层市民，他们似乎一无是处，无权无势，无钱无人脉，只是随风飘逝的"狗屁"。

　　《丢失的尾巴》（《鸭绿江》2007 年第 6 期）可谓宋长江代表作，小说写了父子两代工人的情况，见出了时代的变迁，也见出工人在今天的处境。老大迫于生计和家庭压力，离家出走，再度回来之际，却有了"尾巴"。本来有尾巴的丢失了尾巴，本来没有尾巴的却长出了尾巴。原因者何？困境。怎么造成的困境？企业改制。曹征路的《那儿》很好地展现了下岗工人的困境，让人触目惊心；《丢失的尾巴》展现出东北老工业基地下岗工人的困境，另有新境。

　　《说瞎话》《寻找康小庄》《无限债务》等写农民工，这一类小说略显雷同，往往有一个"寻夫"的故事，丈夫进城打工，或已变心，或据说已经变心，于是妻子或女友进城寻找。通过"寻夫"一方面展现妻子在乡下的情况，也展现丈夫在城里的情况。

（2013 年 8 月 13 日于西长安街）

描写时代的情绪
——读张学东《尾》

张学东成名较早，但一直求新求变，试图突破已有格局，创造新的成绩。其近作《尾》虽保留了写成人与儿童这一对关键词，譬如小说描写了马太太和马家驹、小鹿和妞妞之间的关系，亦采用儿童视角，通过马家驹、妞妞的眼光打量成人世界。《尾》对妞妞初潮的描写尤为精彩，这些情节在其此前作品（譬如《玻璃窗前的女人》）有较好地展现。但《尾》之关键并不在此，张学东试图处理新的主题和内容，同时这部小说在写法上亦有突破。

《尾》以一女冯梅和一男牛大夫为主，逐渐牵涉了他们的家人，写他们的日常生活，真是每人皆有难言之隐，家家都有难念之经。马太太是妻子、母亲，是机关小职员，每日忙得团团转；其丈夫马先生昔为酒厂办公室主任，风光一度，下岗后沦为推销员；马家驹为幼儿园学生。牛大夫是科室主任，事业上一帆风顺，但逐渐陷入困境，事业与家庭遭到挑战；其太太以不在场的方式在场，她好比《蝴蝶梦》中吕蓓卡，虽然赴非洲援建医院，但一直影响着整个家庭；女儿妞妞是小学生；小鹿是牛大夫的学生，之后成为其情人，又毅然离开。这些人本来都过着平静的生活，若无变化，将会日复一日，年复一年，终其一生。可是，忽一日，因为一些偶然或必然的事件，因果不断升级，搅浑了水，弄糟了麻，他们逐渐陷入困境之中，《尾》即写此。

《尾》描写了他们如何从平静转为不平静，如何从不变而突变，故事集中，变化密集，让人想起"三一律"。《尾》如同《雷雨》，一天之内每人境况大变，很快又水落石出。在《尾》中，由于突变，看似美好的东西被打碎了，看似光鲜的人物逐渐窘迫起来，看似幸福的家庭逐渐显示出问题。《尾》虽不至于雷雨交加，但自始至终山雨欲来，小灾小难不断，人物处境悚吝甚至凶险。《尾》前面叙事速度较快，简单地交代了主人公的来龙去脉，也展现出他们当前的处境。小说进入正文之后则放慢了叙事速度，放大了故事细节，几乎有事必录，且几乎没有废话，每个情节在小说中都或前或后、或左或右地有意义。《尾》环环相扣，一波未平一波又起，马太太因为儿子生病，在儿科偶遇初恋情人。于是小说花开两朵，两个人物、两个家庭或相交，或不相交，但终于还是纠缠搅和在一起。牛大夫着急忙慌去接女儿，路上发生交通事故，被当事者讹诈，殴打，又被反咬，深陷网络人肉搜索，被骂为不义无行，且事件不断升级。小说对网络人肉搜索描写入木三分，充分展现了网络暴力。

《尾》虽然人物、故事分主次，但每个人都登台进行了表演，小说给了他们独立展示、独白的机会。马先生、小鹿，甚至马家驹、妞妞都各表达了心事，亦展现了他们的困境。《尾》要表达：每个人（大人和儿童）都在经受着失败感，都灰头土脸。小说主人公皆以动物名为姓：马先生、马太太、马家驹、小鹿等，"尾"又是核心意象，如此或有寓意。"人与禽兽几希"，小说人物皆似动物，他们误打误撞，只能受到一环扣一环因果的牵制掌控，只知畏果，不能畏因，陷入自然欲望之中，难以自拔，不能解脱。

张学东鲜受先锋文学影响，他不像很多70后作家一样，写着或写过先锋色彩的小说，他的小说往往直面现实，朴素无华，写法上亦不玩弄技巧。在《尾》中，张学东藉小说人物之口写道："他不由回忆起自己读大学时，在学校图书馆借阅过的霍桑那部传世名著《红字》，当时的阅读体验可谓震撼，至今记忆犹新。"《红字》类型小说，或是张学东文学资源的重要借鉴。他在内容及写法上取道于此，而非现代主义作品。

《尾》与张学东以往的作品亦不同，虽大体上写实，但略具先锋文学色彩，时有"临去秋波那一转"，如此小说就生动了起来。"尾"似乎与小说内容无关，但此是小说的关键词，揭开了每个人物的内心，撬起了整部小说。"尾"者，何也？尾巴。尾巴有其本义，但在小说中尾巴到底指什么？小说在不同的语境中谈论尾巴数次，似乎与每人皆相关，意义也非常宽泛。尾巴在小说中似有若无，如同梦魇一样挥之不去，儿子是尾巴，情绪是尾巴，不应有尾巴者有尾巴，应有尾巴者却失去了尾巴。

马家驹炎症，不停地抓挠臀部，日怀已长出尾巴的恐惧，在家中偷偷作没有尾巴的动物画，在学校中被小同学嘲笑，被幼儿园老师关禁闭。马太太无意中发现儿子的画"几乎画里的所有小孩的屁股后面，都拖着个长长的古怪玩意，有点像马的尾巴，而那些小猫小狗兔子之类的小动物，却很奇怪都没有了尾巴，又像是忘了添上去似的。……一只绿色的小鸟在孩子的头顶展翅高飞，似乎要引导孩子去向很远很远的一个地方，但教人无法理解的是，这只鸟同样没有尾巴，鸟屁股那里光秃秃的，尾巴好像被谁剪掉了"。马太太看到这些画之后如此反应："当这些怪异荒唐的形象一股脑出现在眼中时，她的视神经顿时被什么狠狠刺了一下，有那么一瞬间，她忽然有种失明的感觉，眼前一片恍惚，什么也看不清楚。惟独脑海中，不断地浮现出一条条鲜红的尾巴，犹如彗星掠过夜空瞬间留下的痕迹，又仿佛是一道道神秘难解的符咒或密码，一下子将马太太推向了前所未有的谜团和恐惧当中"。马太太觉得"完全像个虚浮的影子，生活一团糟，情绪坏透了，脑子里除了儿子画在画上的那些诡异的尾巴，几乎一片空白。"马太太有时候也觉得马家驹是一条她的尾巴："自打家驹来到这个世界上，马太太的身后就添了一条小尾巴，随着时间慢慢推移，这条尾巴在不断生长，而且，早就跟自己密不可分了，也许这就是所谓的母爱吧，老天爷在婚后给女人安上这样一条尾巴，目的是将她们紧紧地系在丈夫和家庭之间，使之忙忙碌碌片刻不能离开。"马先生计划报复牛大夫之际，亦提到尾巴："这两天那张报纸都快被他看烂了，现在还揣在他裤子的屁股兜里，那是被他牢牢抓在手里的致命的把柄，是那对狗男女忘了藏起来的一条尾巴。"小说里还提到一条没有尾巴的狗："他觉得手背上立刻痒酥酥的，湿热而又妥帖，就继续大着胆子去抚摸它的脖子，后背，直到尾巴那里。孩子的手呆住了。人也呆了。没有摸到想象中的狗尾巴，那里竟光秃秃的，什么也没有。或者，只余下一截极小的秃桩桩。这家伙居然没有尾巴！孩子在心里奇怪地嘀咕，真惨，它的尾巴到哪里去了？是天生就没有呢，还是被谁给割掉了？"牛大夫从乡村医院回家时，"忽然发现那条吉娃娃犬原来没有尾巴，显然是老早就被割掉了，只露出一丁点秃骨桩儿，看上去滑稽得要命，好像谁吃剩下的最后一小口火腿肠戳在狗屁股上。兴许是没了尾巴的缘故，那狗跑起来招摇过市，旁若无人，好像完全不必考虑夹着尾巴走路。恍惚间，他觉得自己的处境，也许还不及这条没尾巴的吉娃娃犬，有时狗还可以牵着主人往前走，而他似乎永远被别人牵着鼻子走。"牛大夫汽车被划，小说描写道："就在汽车前端的引擎盖上，不知被谁狠狠地划了十几道，感觉就像野兽的一根粗长的尾巴，生猛地奔拉在上面。面对这些狰狞扭曲的歹毒划痕，他忽然觉得像是有人在后背上猛刺了几下，虽不致命，可那痛感却来得钻心难忍。几天前侧门的那些撞痕尚待修理，不想一夜之间又添了更为可恶的新伤。伤痕累累的汽车，还有伤痕累累的自己。"

《尾》描写了马太太、马先生、牛大夫等人物几天之内的日常生活，固然是要写他们本身的生活状况和精神状态，但更要通过这些人去把握时代的情绪和时代的问题。小说之题记引用了萨特的话"人在为自己作出选择时，也为所有的人作出选择"，由此可见其志：他要通过个人写所有人。《尾》中每个人都深陷琐事，忙忙叨叨，情绪烦躁，身心疲惫，家庭出现裂痕，都有深深的失败感。尾巴在汉语中含义较多，且多为贬义，譬如翘尾巴形容骄傲，露出了尾巴形容现出原型，摇尾巴形容谄媚乞怜，割尾巴形容改造人。梁晓声亦曾写过一部貌似荒诞但却批判现实的小说《尾巴》，外星人惩罚"我们"，让说谎者长出了尾巴。张学东以小说《尾》为"尾巴"一词贡献了新的含义，"尾"代表了一种失败的情绪与心理状态。

但是张学东没有让局面无法收拾，他也为小说加了一条"尾巴"，事情逐渐有了转机，人物绝处逢生。经过一番折腾，井井有条的秩序被打乱，又经过艰苦收拾，混乱的秩序逐渐恢复平静。

但是，每个人是如何陷入这种情绪之中的呢？每个人是如何一步一步走向了这样的境况呢？张学东藉小说人物之口道："现如今的国人什么都不信，不信神，不信鬼，不信天命，不信末日审判，当然更不信有天堂和地狱，一个什么都不信的人，最终只能相信他自己，哪怕他本人是头号大混蛋。这也就意味着，你想做什么都是有可能的，扯谎、坑蒙、拐骗、威胁、恐吓、绑架、杀人越货，诸如此类，生活在这个时代一切'恶'都有可能发生，因为人的欲望是那么强烈。"张学东有意无意将批判的矛头指向了社会。

在《尾》中，尽管张学东亦将原因部分地归结于社会，但因为小说仔细地描写了主人公的所作所为、思想境界、心理状况等，故可以看出他们一步一步走向失败、处乎困境亦与其本人性格、缺点等息息相关。如此描写失败者，方写出了之所以失败的复杂原因，直面现实方有深度。

（2014 年 10 月 17 日于易文堂）

喜剧诗人
——劳马作品论

初见劳马之名，觉得这真是一个操心的人。"劳马"是典型的
儒家意象，以此为名，可知其人情况与心性。儒家操心，代表人物
就是范仲淹"居庙堂之高，则忧其民；处江湖之远，则忧其君"，
"进亦忧，退亦忧"，怎么着都操心。读罢劳马书后，觉他之操心虽
与范仲淹同，但操心方式不同。范仲淹正襟危坐，凛然不可犯，劳
马却能嬉笑怒骂，不战而屈人之兵。

《劳马剧作三种》是劳马透底之作，展现了他所继承的谱系，
也表明了他的志向——喜剧诗人。20 世纪 80 年代以来形成的纯文
学范儿，固然是一笔重要的文学遗产，但也遮蔽了文学其他的可能
性，譬如喜剧的传统。这些可能性黯而不彰，故今天的文学风貌越
来越单一。劳马的创作主要以中短篇小说、戏剧为主，其短篇小说
尤为精彩，往往寥寥几笔即能写出关键问题。劳马的创作有别于 20
世纪 80 年代以来的文学传统，他别开生面，接续了一度被中断的
喜剧传统。但劳马的思想资源在于西方（阿里斯托芬）、中国古典
（东方朔），而不是中国现代文学（譬如张天翼《华威先生》等）。

劳马学哲学出身，他的小说中蕴含着哲思。《劳马剧作三种》

不是解构，他认真研究了古人，并有心得，故写他们以见己志。很多写古人者流入恶搞一路，因为他们不懂古人，无知者无畏，或不能做到同情之了解，故敢于瞎写，唐突了先贤。

《劳马剧作三种》具体篇目为:《巴赫金的狂欢》《苏格拉底》与《好兵帅克》，这是劳马尚友的古人。《巴赫金的狂欢》写巴赫金的遭遇，因思想异见，故遭流放。巴赫金的《拉伯雷研究》固是学术著作，但更是"藉外论之"，是对其在苏联处境和时代问题的回应。哭泣在极权时代不被许可，因易由此联想到悲惨的世界；狂欢与笑或无禁忌，因具盛世气息，其实狂欢精神恰具有解构的力量。《苏格拉底》中有两个主角：苏格拉底与阿里斯托芬。阿里斯托芬在西方思想史中非常重要，他是使苏格拉底从"云端"回到大地的关键人物。劳马从阿里斯托芬处获得了重要的灵感，其小说《烦》与《云》类似。沙胡在北京相当于苏格拉底处乎云端，他们都在思索，但不切实际。沙胡回乡，见到故乡的变化，见到故人，物非人非，相当于苏格拉底从云端走下来，接到地气，感受了现实的变化。《好兵帅克》改写哈谢克《好兵帅克》，帅客在战时以其傻里傻气一方面化险为夷，一方面也揭露了、批判了现实。

《劳马剧作三种》可谓其宗，劳马的小说《非常采访》《抹布》《伯婆魔佛》《傻笑》《烦》《抓周》等则是将其运用到了中国当代的具体语境中。劳马小说中的主角有两类：一、傻子、痴癫者，他们通过欢声笑语、闲言碎语揭破徒有其表、冠冕堂皇；二、研究哲学的人，他们居于云端，迷迷糊糊。劳马小说的空间主要涉及乡村、城市、高校，此与其成长经历有关。劳马的哲学思考，都是在这些空间中展开。

《抹布》《伯婆魔佛》是姊妹篇。劳马以文学建构了一个名为葫芦镇的地方。《抹布》主要写革命时期的乡村，在笑声中揭开了彼时的问题，《伯婆魔佛》主要写"新时期"，也是在笑声中批判了当前诸多问题。剑拔弩张未必可以解决问题，笑声反而可能撼动大厦。葫芦镇如同抹布，乃藏污纳垢之所；葫芦镇是一片大林子，其中什么鸟都有。《伯婆魔佛》伯婆写男、女，魔佛写人心，男、女可以成佛，亦可入魔。《非常采访》对当前的一些现象做了批判，一路读来让人忍俊不禁，"我执"到了病态程度，人就变成了真正的傻子。

《傻笑》的主人公名为东方优，东方或暗指东方朔，优或有优伶之意。东方优傻子乎？聪明人乎？他像隐藏于傻子中的聪明人，故一路走来安然无恙。东方朔事迹见于《史记·滑稽列传》。《史记》言六经者仅两见，一在《太史公自序》，此全书总序，另一处在《滑稽列传》。司马迁曰："六艺于治一也。《礼》以节人，《乐》以发和，《书》以道事，《诗》以达意，《易》以神化，《春秋》以道义。"太史公曰："天道恢恢，岂不大哉！谈言微中，亦可以解纷。"言罢此，《滑稽列传》才接着讲具体人物。这段可谓《滑稽列传》小序，竟然将六经与滑稽联系起来。政治必须使用修辞，乱世或可选择沉默，然而一旦说话就必须使用修辞，如此或能出离险境。

"滑稽"可以说是六经之奇用，或可以说是六经之修辞化运用。能入《滑稽列传》者是哲人，在不得已的时候，哲人亦会隐身于傻子、优伶之中。劳马小说、剧作、散文中的喜剧诗人、傻子、研究哲学的人可能只是对《滑稽列传》的分有，一旦分有一点，他们的人生可能就会显得颇为精彩，故写入小说会非常好看。

若能写出这个时代的《滑稽列传》，其人则是这个时代的司马迁；若只是写出《滑稽列传》的分有者，其人则只是小说家。希望劳马努力前者，而非后者，其中关键在于精神境界，而不是体裁。

（2013 年 7 月 4 日于西长安街）

止语简言

——读蒋一谈《庐山隐士》

　　蒋一谈以短篇小说名世，其人长于变，故作品面貌丰富，观其此前所发表的作品可知。近期，他写了多篇与鲁迅同题的作品，似试欲与鲁迅一比高。对手决定了个人水平。在新文学格局里，鲁迅是大作家，敢比照着他来写，可知抱负。

　　《庐山隐士》又变。蒋一谈将这部小说集定义为"超短篇"，不说因字数长短，而言"体会到光焰"。不管为人做事写文章，关键在于是否看到了那一线光。看到与否有重大差别，看到在门里，不见在门外。评价一部作品，关键要看小说家是否看到了这束光，是否碰到了这股能量。小说若想再提高品质，此应为正途坦路。如果看见碰到，并且实在地分有了部分的能量，写作所呈现出来的面貌会非常不一样。当然所看到的光到底是不是光，还需要反思，对此之体悟永无止境。

　　蒋一谈喜言"禅修"，光就是禅修所见景象，亦其体悟之境界。蒋一谈说，要"止语"，此是其目前体悟之要，或由总结自己、身边朋友或者历史人物而得。语言确实惹是生非，庄子说"言者风波也"，《周易》言"言行君子之枢机，荣辱之主也"，"乱之所生也，言语为之阶"，皆沉痛之语，背后有无数鲜血淋漓的教训与史实。是非、荣辱，甚至大乱多由闲言碎语引发，岂可不慎。"止语"

可谓《庐山隐士》的关键词。蒋一谈把所体会到的火焰、所证悟到的境界写出来，就是这部《庐山隐士》，为"止语"体悟找到一个合适的形式，就是超短篇。周作人曾讥讽，有人研究沉默，写书数部。欲止语，故有超短篇。

《庐山隐士》是这部小说有代表性的作品，集中体现了这部作品的焦点和特色，故可作为整部小说集的名字。以禅宗言之，《庐山隐士》是蒋一谈所作"话头"，他邀请读者们参话头。但是，这个话头本身怎么样也可以再讨论。庐山中迷路，让人思及苏轼诗句"不识庐山真面目，只缘身在此山中"。然而，"欲识庐山真面目"，应如何？唯有上出。庐山真面目是什么？上出高度不同，所见景象不同，"真面目"所呈现者不同。或未必知庐山真面目是什么，但可知很多自诩真面目者其实为假面目。隐士者何？有道则见，无道则隐，贤者见几而作，不俟终日。《庐山隐士》中之隐者为何而隐，不知道，可供人思索。此隐士见面言再见，告辞言高兴，为人指路，言行大致没有破绽。

《庐山隐士》大多作品是近期所写，少部分借调了此前作品，其近期作品有"寓言"写作倾向。寓言写作应稍加注意，能量充盈、名实相副者为活寓言，庄生寓言是也；内中不足、外强中干者为死寓言，先锋文学常有此弊。活寓言生生不息，死寓言装神弄鬼。现实主义，长于故事、细节，尚可藏拙，寓言写作一眼见底，为之者慎。蒋一谈大量采用此种方式，亦当稍加注意。

小说题词"人生是一座医院"略可商。此语虽出乎波德莱尔，一谈引过来也就部分地代表了他对人生的理解。但是人生是什么？每个人的答案不同，分析每个人的答案，可以看出其人性格甚至命运。波德莱尔还是偏阴，止语似阴实阳，可以修身去滓，止祸持盈。人生固然艰辛危险，但也可常处阳面，自强不息。

（2015 年 5 月 6 日于太阳宫）

死去还是活着，这是一个问题
——论笛安及《胡不归》

笛安这些年处乎文坛风口浪尖，在很多方面引人瞩目。一、她是李锐、蒋韵的闺女，两位老师为人厚道，为文厚重，为笛安留下极大的"财富"。子承父业且亦成绩优异者鲜矣，能干父之蛊者更少之又少，大多流为"空头文学家"，依靠父荫混迹文坛。就目前来看，李锐、蒋韵、笛安各有所长，或许多少年后才会消长，但不知呼笛安为某某的女儿，抑或称李锐或蒋韵为某某的父母，此尚待观察。二、其书畅销，《东霓》《西决》《南音》销售量极大，以至于郭敬明老板在为其作序时忍不住屡屡表扬笛安，只是郭老板表扬人的方式很特别，他说这本书差点就和《小时代》销售量差不多了。三、她是《文艺风赏》的主编。在今日纸媒文学刊物大势已去的时代，郭敬明旗下的几本杂志竟皆销售量可观，从主编到编辑应皆为之付出了不少心血。

为笛安带来极大声誉的是"龙城三部曲"，笛安也确有力量，一个大家庭，几个年轻人，那么点事，竟然被她讲述得一波三折，精彩纷呈，眼看着就结束了，忽然又有新的由头，再"拍案惊奇"。写家庭的小说极多，因为家连结着个人和国，退为个人，进为国，故很多人以家寓国，有所寄托，典型者莫若巴金的《家》。笛安"龙城三部曲"亦写家，亦写家里的年轻人，但家不再是要破之地，年轻人也不是剑拔弩张，家虽有不幸之事，但是避风的港湾，年轻人则各有性格、故事与命运。"龙城三部曲"以写年轻人的故事见长，笛安讲述了年轻人的故事，故亦得到他们的欢迎。

　　《胡不归》原刊于《人民文学》2012 年 11 期。笛安一反"龙城三部曲"常态，略写青少年，而以一位年届一百零四岁的老人为主人公，详写其经历与心态之变化。笛安野心很大，要通过老人的故事，讨论死去还是活着这样的宏大问题。"胡不归"典出陶渊明《归去来辞》"田园将芜，胡不归"，陶渊明感觉"心为形役"，于是发出"胡不归"的慨叹，且起而行之归隐于田园。笛安借用"胡不归"三字，为之赋予了另外的含义。老人年岁大矣，大限将至，死期近了又近，死神来了又来，胡不归呢？笛安的"胡不归"与陶渊明的"胡不归"虽含义不同，但厌倦之情则共之：陶渊明厌倦了小官吏无事忙的生活，笛安笔下的老人则厌倦了漫长的、已了无生气的"活着"。

　　《胡不归》中这位一百零四岁的老人经历极丰富，历尽沧桑，在波澜壮阔的 20 世纪各个阶段均摸爬滚打过。小说在不同的场景中，分几次交代了老人一生。通过小说提供的信息，可以做出老人的简易年谱，大致可知其一生经历与境况。他出生于清末 1907 年，"毕业于北洋时期的学堂，在日本人工厂里工作过很长一段时间"。在重庆时，"他在清早的嘉陵江边上遇到了妻子，她比他年轻得多，那时候他三十岁，她才十九"。他的儿子"出生在重庆，那是抗战刚刚胜利的时候"。1948 年，他在解放区，因经历复杂，"等待被肯定，等待被奖赏，等待被原谅"。60 年代末，他在农场劳动改造，穿错了鞋子却要强颜欢笑。1983 年，患上癌症，手术成功，直到当前已一百零四岁矣。

　　写这样的老者会有多种写法，会生出多种故事。老人漫长的一生，随便选取一段不都是精彩的故事吗？若选抗战时期，战火纷飞，大时代；若选 1948 年解放区，新旧鼎革，何去何从，矛盾纠结；若选 20 世纪 60 年代下放，或亦可写成《归来》。但这些都不是这篇小说的重心，对于老人的这些经历，小说点到为止。

　　笛安截断众流，详写老人七十五岁之后的生活。当时已处乎"新时期"，彼时至今，已无大动荡，老人在日常生活中慢慢老去，他不再恐惧于政治生活，而是恐惧于死去与活着。笛安将死亡具象化，写老人四次与死神会面。小说从老人七十五岁"一九八二年还是一九八三年"时写起，彼时老人患癌症，在死亡线上挣扎，生死未卜。第一次面对死神，求生欲望极强，无论如何不愿意归去。第二次面对死神是五年后，手术成功，死神忽降，老人以为大限已至，故大惊失色，亦不愿归去。老人九十九岁，在孙女的婚礼上，死神忽降，彼时老人已活够了，愿意归去，但不得归去。死神第四次降临时，老人已一百零四岁，孙女婿开车身亡，孙女寡居，老人这几年"害怕活着"，甚至说出了"求求你，带我走吧"。但死神道出真相，老人还不能归去，他将五代同堂，他将成为这个时代最为长寿者。

　　面对死亡，如何反应？一般都是害怕——此亦是老人第一次面对死神的反应。之后，妻子或因照料她而丧去，长子又逝去，孙女婿又意外死亡，老年丧妻、丧子、丧第三世，何其痛也。而且，老人逐渐丧失了活动能力，不能再参与现实和生活，于是逐渐厌倦了活着，愿意死去。笛安写出了老人心理的变化。

　　寿长易辱。譬如，鲁迅 1936 年去世，终年五十五岁，后世被奉为楷模，一生极为完美。周作人则不然，1967 年逝世，享年八十二岁，历经几个大时代，屡遭变故，故晚年用一印章"寿则多辱"。除了写老人，小说还零星提到另外几个人物，其中作者最为在意的就是老人的孙女柠香。她出生于 1983 年，结了婚，然后又寡居。柠香应该是"龙城三部曲"中的人物，在这部小说她或起到了衬托的作用。一边是病与老，一边是青春与生气，世界就是如此。

小说在写法上故意制造了难度，不是顺时针的叙述，而是忽前忽后，忽左忽右，东一榔头，西一棒子。小说就是写一个老人面对死亡前前后后心理的变化，但是却打乱了时间，忽 1983 年，忽 1949 年，忽 1945 年，忽 20 世纪 60 年代末，忽 20 世纪 90 年代。当然，也可以这么解释，因为这位老人确实很老了，所以在他那里，时间呈现的方式是多重的，甚至是混乱的。

（2014 年 7 月 1 日于西长安街）

伤章某某
——读马小淘《章某某》

《章某某》是一部让人觉得悲伤的小说。伤章某某什么呢？将四部作品与比较，《章某某》的内涵可以显现出来，伤章某某的四个层面也能清楚起来。

第一部方方的《涂自强的个人悲伤》。这部小说发表以来，议论较多。涂自强是徒自强之音转，一切"天注定"，自强只徒然。涂自强被生活压垮，悲伤地死去，方方将原因归咎于社会。但是，可以追问，涂自强之死有无个人原因呢？他是不是真正做到了"自强不息"？《章某某》主题似乎亦如此，涂自强死了，章某某疯了，他们下场如此皆因生活所迫。章某某在小说中控诉道："你知道毕业五年我换了多少工作？我录过彩铃，剪过片子，最热的天跑人不愿意跑的采访，又怎么样呢？还是连个主持人也当不上！勤学苦练，天道酬勤，我信了快三十年，再信就死了！你大学天天吃饭睡觉打逗逗，我念唱做打快累成狗，然后呢？你生在北京，天生就带着户口，我还不是什么也没有，住在出租房里，当北漂。"若小说止于此，内涵就单薄了，而《章某某》还有另外的意涵。

第二部刘心武的《班主任》。《班主任》具有极强的颠覆力，团

支部书记谢惠敏本应是正面人物，但却被反面化描写，谢慧敏本应是社会主义新人，但小说将其写成了"古董"。一个时代变化了，时代的"新人"亦会变化，谢惠敏的时代过去了，陈景润的时代到来了。小说这么描述谢惠敏："她几乎没有什么业余爱好，功课中平，作业有时完不成"，她"死心眼"、"太过分"，她坚信《牛虻》《青春之歌》等是黄书，她身上留有很多"文革"时代意识形态的"伤痕"。章某某与谢惠敏有类似之处，她思想单纯、保守，似乎是另一时代中人，与当下的时代格格不入。小说这样描述章某某："她活在她的世界里，那世界鸟语花香，像小学的思想品德课本一样充满着非黑即白的绝对价值。"同学商量打折季去香港，她在研究历年春晚；同学说抢到了打折机票、打折鞋子，她却说某某春晚主持人死了；有女生谈起了恋爱，她恨铁不成钢。小说还提到她对性方面的认识："'他……最近他……提出那种要求。'章某某面露羞涩，吞吞吐吐，好像很多限制级的画面在自动补脑。'滚床单！''你小声点。'她把食指放在嘴唇边，一副小心翼翼地难以启齿。"。

第三部是王安石的《伤仲永》。仲永少有神童之誉，大则泯然众人矣，真堪伤也。章某某少年得志，"据说她十岁时在那个西南三线城市就小有名气，走在街上还被粉丝认出来过"。于是她"下定决心要成为一个主持人。一个家喻户晓，主持春晚的主持人。"然而，章某某壮志未酬人先疯。成功是失败之母，由章某某可见。少年成名，其中偶然因素较多，并非因点滴累积而成，故一旦成名，容易沉浸其中，不知变通，钻了牛角尖。章某某这个象就是今天的仲永，可不慎乎。

第四部是鲁迅的《狂人日记》。《狂人日记》中的狂人疯了。为什么疯？众说纷纭，各种立场可由其答案判定。章某某也发疯了，原因是什么？一言难尽。一或因志向未得到实现。据说，章某某入院之前"一直在家练声，她反反复复朗诵诗词，呼台号，练习两字词，还在淘宝买了很多话筒。甚至，每个传闻都配有具体的练声内容，有人说她反复念叨'三十功名尘与土，八千里路云和月。莫等闲，白了少年头，空悲切'，有人说她一直在说'中央人民广播电台、中央电视台'……"何其感伤也。二是现实的压迫。她不断努力，但一无所获，不得不屈就，嫁作她最讨厌的商人妇。三、自身原因。成名太早，固执一端，不能因时而动，相机调整。

　　小淘以"章某某"名小说，可谓神来之笔。章某某或有二义。一、动辄改名，恰是状态不稳定、朝三暮四之象。有高人亦改名，但那是进步之象，每一境界，状态不同，反映出来就是名字的变化。但章某某是混乱的状态，她之改名是不能得其所哉，不能安居。二、面目模糊。某某好比路人甲乙。小淘有大志向，她要写的不是一个人，而是一种状态。

（2014 年 10 月 29 日于太阳宫）

网络时代的"英雄"

——张嘉佳论

张嘉佳是 80 后，据说早年混迹于文学论坛，写下大量文字。2005 年，他出版长篇小说《几乎成了英雄》，2010 年出版小说《情人书》。如同"纯文学"作家一样，期间虽有收效，但并不引人瞩目，旋即归于沉寂。或因感受到纯文学之无力与寂寞，他困而思变。2013 年，张嘉佳开始在微博上写作"睡前故事"，引发网友围观。这一系列微博被转发两百多万次，引四亿多人次阅读。之后，他结集出版，名为《从你的全世界路过》，上市六个月销售逾两百万册，名利双收，成为网络时代的"英雄"。

张嘉佳通过微博刊发作品。网络喜新厌旧，网络平台的写作模式三五年即有大变。2000 年前后有网络论坛，在版主带领下，一群志趣相投者混迹期间，灌水、拍砖，不亦乐乎。后有博客，个人皆可有独立页面，通过文章、图像自我展示。近两年则有微博，微博较诸博客短小精悍，要求言简意赅，一语中的。时也，命也，当年论坛有名版主，博客有名博主，今日则有大 V，你方唱罢我登场。张嘉佳被称为"微博达人"，他意识到微博的能量，创作适合微博传播的故事，借重微博崛起。

张嘉佳的这些故事被称为"睡前故事"。每人都有"睡前",故"睡前故事"潜在读者数量惊人。奔波一天,上班老板同事斗,下班老婆老公斗,堵车挤车、家务孩子、人情应酬,每天如同打仗,睡前精疲力竭几成强弩之末。此时若阅读,绝不会看鸿篇巨著,因需时间、精力;亦不会看艰深晦涩的理论作品,因要正襟危坐于桌前,沉潜反复于平时;更不会看使人心生恐怖或令人情绪大起大落的作品,因一旦沉溺故事情节、人物悲欢,容易晚睡迟起,影响上班,容易亢奋感伤,影响睡眠。"睡前故事"篇幅最好短小精悍,格调最好幽默欢快,品质最好温暖人心。睡前,"我们"躺在床上,开着昏暗的灯光,和老婆、老公说说八卦,发发牢骚,施施然、悠悠地刷着手机和 iPad 屏幕,看看轻松温馨的睡前故事,对未来充满着憧憬,不觉进入梦乡。

《从你的全世界路过》所发表的场域与适应的时刻决定了故事的内容与品质。其作品呈现出几个方面的特点。一、大都较短。"睡前"乃阴阳转变、动而生静之机,为黄金时间,故事宜短不宜长,以既可讲清故事又宜睡前阅读为宜。二、大都较"暖",其故事可谓网络时代的《读者》。如今竞争激烈,生存环境严酷,睡前故事当然要贩卖温暖,给人以安稳、幸福之感。张嘉佳说,他小说中的人物大致都"从绝望中生长出希望,坚持而不放弃温暖",大致可知其志。三、大都网言网语。今日,网络词汇、网络语言时出,且具较强生命力与表现力。譬如,这部书的题目"从你的全世界路过",一看似乎充满诗意,内涵深刻,但仔细一想,不知所云,什么是"从你的全世界路过"呢?

这些故事热转于网络之后,出版社跟进,以书的样态呈现出《从你的全世界路过》(湖南文艺出版社,2013 年)。然而,三十三个完全不相干的故事如何统一、整合?张嘉佳借鉴了《十日谈》的格式,给予此书文学的样子,将故事收拢起来,分为"七夜",每夜又分成几个故事。"七"是个好数字，七日来复，七日创世纪，以七统摄，既可装模作样，又可将这些故事安顿好，使其具有一部书的形态。

张嘉佳趁热打铁，又推出"睡前故事"《让我留在你身边》（湖南人民出版社，2014 年 8 月）。这真是一部"奇书"啊。不知其书童话乎？变形记的先锋文学乎？抑或动画片乎？或神话故事乎？此书副标题为"金毛狗狗梅茜"。《让我留在你身边》就是"金毛狗狗梅茜"的自述，写了"我"与狗爸爸之间的故事，写了小区狗兄弟、狗姐妹之间的故事，也写了狗爸爸、狗妈妈的故事。全书由六话和最终话组成（还是"七"），七话更分为三十七个小故事。每日睡前尽一个，大概一月可读完。"话"云云出自日语，常见于动漫，意谓第一回、第一集，但不协于现代汉语。张嘉佳借用于此，一可见其思想资源，二可知他"亲民"，擅用流行元素，三可知他追求"不明觉厉"的效果。

此书较诸《从你的全世界路过》，主题、格调几无变化，内容似段子，语言多网络用语。《让我留在你身边》变化的只是表面的故事，讲述狗与人相处的点滴感受和具体观感，大都充满正能量，能够温暖人心。此书叙事结构简单，全书虽然故事不同，但主人公一贯，形同长篇，实为短制。

张嘉佳网络睡前故事成品之后并未终结，而是具有衍生性，转变为其他样式，他本人的身份也随之流转。

首先，转化为图书，且转化极为成功。《从你的全世界路过》热卖可证。这样的运作模式迥然不同于纯文学模式。譬如，贾平凹的《秦腔》最先刊发于《收获》（这是纯文学体系最具代表性的刊物），广受好评。之后，由作家出版社（这也是纯文学体系极具代表性的文学出版社）出版，也广受好评。但阅读量及销售量则难以企及《从你的全世界路过》。

其次，转化为电影。张嘉佳的睡前故事较短，只写大要，易于导演、编剧、演员在此基础上发挥；而且大都是类型化的故事，亦易于定位读者群体；其作者粉丝数量较多，也易于估算票房。《从你的全世界路过》一书创下纪录，"一个被改编成电影最多的纪录。几乎每篇称得上完整的故事，都被影视圈的朋友拿走，以超乎我想象的效率去做一部部长片"。最为人津津乐道的是，著名导演王家卫看上了《摆渡人》，要拍成电影。王家卫看上《摆渡人》，或有两个方面的考虑。一、张嘉佳已有较高的网络人气，粉丝数量众多。譬如，郭敬明做电影就喜欢"强强联合"，让粉丝极多的演员们一同出演，收"粉丝经济"之效。二、他本人喜欢《摆渡人》的故事内容、格调和风格。由此，可窥知王家卫的境界与水平。此时评论电影如何为时太早，希望王家卫能够点铁成金，电影可以提升这部小说。

再次，张嘉佳逐渐成为"明星"，频频在大众媒体上露面。他接替宁财神成为《非诚勿扰》的副主持，所资者即是他的名作家身份。《非诚勿扰》这个节目确具创意，当下，剩男剩女已是重要的社会问题，此节目将生长点置放于此，根深蒂固，再加上节目组、主持人等出色地策划、表现，故此档节目影响力非常大。张嘉佳成为副主持人，于他本人和此档节目皆有益处。张嘉佳知名度飙升，八卦绯闻缠身，且譬如他如何求婚，为何离婚，或与《非诚勿扰》某女嘉宾约会云云。绯闻、八卦是把双刃剑，固然可以增加知名度，其睡前故事会更受关注，其书会更为热销，然而私人生活亦会受到干扰。

做一次暖男暖女很简单，难的是做很多次暖男暖女，最难的是做一辈子暖男暖女。因为，你要暖别人，首先自身素质要过硬，需要自身正能量涌溢，需要如大海一般"注焉而不满，酌焉而不竭"。否则，一旦春蚕丝尽、蜡烛泪干，自暖尚且不能，如何去暖别人？鲁迅批评尼采自比太阳，然而却无太阳的能量，终于疯狂。此前

车之鉴。张嘉佳这些"睡前故事"如何持之以恒地温暖别人，如何高质量地为继，是一件难事。因为，通过张嘉佳目前的作品可以窥见，他尚没有如此之多的储备与累积。可是，因为他已经大名鼎鼎，其"睡前故事"已成知名品牌，需求量飙升。推手看到商机，自然要求张嘉佳不断生产新产品。张嘉佳要保名逐利，他也需要不断生产。若他无暇停下来积累、充电，长此以往，或被拖垮，或将不得不"另辟蹊径"。

（2014 年 8 月 31 于易文堂）

书写三代人的创伤

——读冬筱《流放七月》

　　可继志而作者，有两类。一、学生。以"七月派"言，譬如李辉。他几十年如一日研究"七月派"，述前人，惠后人。故《流放七月》出版之后，李辉为写书评，其中颇多嘉许。二、后人。以"七月派"言，譬如晓风，他对胡风颇多介绍和研究。冬筱之《流放七月》属此类。初听《流放七月》时即觉诧异，当时猜测冬筱或是"七月派"后人，或因某些机缘，曾与"七月派"中人有过深入交往。后来，才知冬筱是冀汸先生的孙子。

　　冬筱少时在冀汸先生身边长大，耳闻目睹，于"七月派"历史有所了解，亦接触过部分"七月派"诗人，了解他们的遭遇与心境，于其父辈和他们这一代人的经历与遭遇有了解与体会。冬筱是有心人，他以小说记录了其见闻、感受与思索。历史小说化，方利于流传，譬如《三国演义》之于三国时代，譬如《孽海花》之于晚清政局。小说人物莱易说："写作本身是对家族历史的延续。"冬筱写作《流放七月》，小言之延续了家族记忆，大言之延续了易被遗忘的部分历史。故张抗抗"向所有拒绝遗忘，选择思考的读者，推荐《流放七月》"。

《流放七月》写了三代人的境遇。

"七月"指"七月派"诗人,"流放"言其境遇。《流放七月》之所以给人历史感与厚重感,因为受到"七月派"的加持。"七月派"人物虽在小说中被描写,但其实亦是小说的"作者"。小说每章导语源于《七月诗选》,这些诗歌并非随意排列,而与小说内容有关系,诗歌与正文相呼应,形成潜文本。小说中有里欧和佩蒙的回忆录、日记等,此应不是冬筱虚构,或有所本。"七月派"诗人本身及其遭遇中有较强能量,冬筱通过小说碰触到些许。

《流放七月》追述了"七月派"诗人的经历、遭遇与现在境况。"七月派"经历与遭遇令人唏嘘慨叹,然而,今天思索这一代人的经历,或不应陷入悲情,应明因果及经验教训,反求诸己,"不责于人"。在彼时,胡风应走明夷之路,然而过亢,故有囹圄之灾,殃及妻子朋友。《流放七月》所写的七月诗人乃是里欧与佩蒙。此虽小说家言,但亦能见出老年七月诗人的境况与状态。里欧与佩蒙皆深受创伤,曾陷囹圄,妻离子散,出狱之后深陷在创伤与回忆之中。小说藉冷魂之口道,他们到了这个年龄,只有回忆。小说亦藉人物之口道出里欧的现状。文森问:"那你爷爷平时在医院干什么?"莱易答道:"吃药打针,闭目养神,追忆过去,偶尔写写诗。"这两个细节,大致能见出老年"七月派"诗人的状态。"七月派"诗人在抗战时期开出了绚丽的花,之后历经摧残,逐渐枯萎,没有花开二度,甚至三度,令人扼腕。

"七月派"诗人入狱、出狱,对他们个人而言是极大的悲剧。十几年甚至二十几年的大好时光抛在狱中,精神肯定难以承受,故有人精神崩溃。其家人、后人也受创伤,期间多少个人的、家庭的悲剧发生啊,《流放七月》提及里欧十二月十六号的日记,其中言及梦淳及孩子们经历。梦淳说:"你只不过是蹲监狱,可孩子们受的苦要比你多一万倍!"冬筱通过小说,或可以详细地写出来龙去脉,写出胡风案所造成的后遗症与创伤。在后记中，冬筱有一句话颇见小说之志："我要面对的不是荒谷，不是荒谷案，而是那个时代在五十年后依旧清晰可见对人的创伤。"

七月诗人儿辈和孙辈的创伤亦是《流放七月》重心所在。儿辈虚写，所占篇幅不大，但很关键，他们连结了祖孙两代；孙辈实写，所占篇幅甚大。小说以莱易、文森为线索，牵动了两家"七月派"诗人三代人的故事。

冬筱设置的人物关系较为复杂，或受悬疑等小说影响。莱易是里欧的孙子，在图书馆工作，他是小偷，得手后喜欢喝酒、嫖娼；文森是莱易同父异母的兄弟，曾是街头小混混，后成为流浪歌手；衾嬿昔名珍妮，曾是文森的初恋女友，现是莱易的女友，复旦大学中文系学生，协助里欧编纂文集，却又堕入风尘。枫莎是福克之女，文森女友，酒吧老板，生活渺茫、消沉。里欧、佩蒙的孙辈们均是问题少年，其经历为子女和孙辈造成了心灵创伤。

缪塞是里欧的儿子，莱易和文森的父亲，他虽出场不多，但却极重要。"七月派"诗人的遭遇首先为他们带来了灾难，父母遭受牢狱之灾，他们何以自处，肯定惶惶不可终日，或亦与父母隔阂甚深。

《流放七月》对老诗人描写中规中矩，少出彩处，这是历史问题，一方面较为复杂，另一方面冬筱缺乏体验，故不敢轻易下笔；对青年一代的处理则相当大胆，写出了几个问题少年的境况和心理。连结两代人者是"创伤"。若只写老诗人的经历、遭遇等，冬筱或难以胜任，会显得空洞；若只写问题少年，则小说显得轻飘。《流放七月》妙在通过老诗人的儿孙辈写创伤，此其精彩处。郭敬明推荐冬筱，除现实原因外，或意识到青春文学亦需要厚重。否则，若《小时代》只写几个女生、男生成长中的恩怨纠缠，除了场面豪华之外，无其他可圈可点处。

创伤之成，原因有二。一是外在的变故，但关键还是自身。变故之成乃由己，变故也要通过自身才能起作用，形成创伤。五十多年过去了，"七月派"的后人应该积蓄力量，逐渐走出创伤。冬筱在后记中说："我与莱易一样迷茫，实在不确定文森到底是怎样选择的，也希望他有朝一日能回来，和我们再见。"冬筱安排文森卧轨自杀，但忽又说，文森或许在最后一刻走下了铁轨。文森若自杀则偏于阴气，若走下铁轨则偏于阳。我所希望者乃是，文森应该走下铁轨，走出他爷爷、父母的阴影，切实改变自身，如此创伤会逐渐平息。

冬筱曾自述"流放"二字灵感得于卡夫卡《在流放地》。《流放七月》全篇略显晦涩，人物名亦非国人常用，此或与冬筱受卡夫卡影响有关。其实，冬筱可以抛却卡夫卡，《在流放地》恍兮惚兮，但有卡夫卡的现实关切。冬筱所应努力者是理解"七月派"遭遇的因果，反求诸己，其中的能量绝不比卡夫卡弱。如何达到？一需学问，二需经历。冬筱其名或寄托了其家人（或自己）对时代的理解与对他的期望。冬，冬天也；筱，细竹也；冬筱乃是冬天的细竹。冬天虽天寒地冻，然已有生气在其中，好比复卦，亦可参雪莱"冬天来了，春天还会远吗"。但冬筱所应注意者乃是"筱"，要乎其能否修成竹，能否独立寒冬。

小说中，莱易说："我是爷爷的信使，戴着家庭历史的镣铐，却不知道何时方能挣开束缚，手捧鲜花。"有人依托祖荫，亦可招摇过市，终此一生。希望冬筱能够走出自己的路，开出自己的花，若能如此，才是真正地继承了"七月派"。

（2013 年 10 月 6 日于太阳宫）

从"文革"往事中，还能看到什么？

——读刘涛《1970 年代的工厂风景》

　　"文革"期间，刘涛曾是工人，想必熟知"1970 年代的工厂风景"，应该了解工人们的日常生活、工厂的政治氛围，即便时过境迁，对"文革"、工厂生活他应亦有较多思考与探索。往事萦怀久之，一旦因故触动，于是不吐不快，《饭盒》就是这方面的代表作。一篇或不足以概括殆尽其意，亦不足荡平心事，于是又有《1970 年代的工厂风景》，依然延续着《饭盒》主题。

　　《1970 年代的工厂风景》共有三部短篇小说，每部独立成篇，各有其名，但三篇形断神连，共同写出了"1970 年代的工厂风景"。"风景"者，人情世故也，人世精彩耶，险恶耶，皆指此。《南霞》为第一篇，写女主人公南霞的悲惨遭遇。小说主旨清楚：控诉过度禁欲，将正常恋爱定性为奸情，恋爱中人亦遭迫害。这篇小说在写法上较有特色，南霞始终处于"被看"的位置，小说以"我"之眼见、听闻贯穿故事首尾，在写南霞之际，也完整地写出一个青年工人形象，可谓一箭双雕。

　　《陪斗》是第二篇，小说以反讽手法写"文革"期间工厂情况。陪斗是"文革"重要现象，意在杀一儆百，广泛开展阶级斗争。此

举本是严肃的政治行为，然而在小说中"陪斗"却近乎闹剧，其内涵已被掏空，意义也被转换，可见当时"文革"已不接地气、不得人心矣。陪斗徒有其形，台上正经八百，俨然阶级敌人，台下依然同事，甚至称兄道弟，正常进行生产。小说还若隐若现地贯穿了师徒二人的恋情，少男少女春心萌动，岂可因陪斗而遏制？除此之外，这部小说视野亦较大，以故事见河东河西、祸福相依之理。昔年于连因海外关系被陪斗，之后因祸得福去了香港，继承遗产，成为富翁。

《篮球场上的驴》看似无涉"文革"主题，然却偏得之。作者将一个关乎作风问题的故事与篮球场上的驴并置在一起，真是艺高人胆大。驴岂止驴哉，有意存焉。小说以性为武器解构虚假之崇高，一击而中。篮球场上的驴春天发情，却成了政治问题，可见当时过分敏感、过度防范，以致失却常情。这些举措本意或好，使民知禁忌，然过犹不及，禁忌却成了新的禁忌，且不讲人情、罔顾现实，于是人被挤压，受到迫害。小说中工程师吴德因与外来女技术人员爱而有染，被当成作风问题，遭受鄙视，受到整治。然而，彼时之非，今日之是，一旦风气有变，"奸夫淫妇"却有情人成了眷属，昔年被整治忽为今日之资本，当日道德败坏者却成为今日之英雄。

由上所述，可见《1970年代的工厂风景》与"伤痕文学"类似。作者在回忆、描述、讽刺，还在控诉。三篇小说虽具体情节不同，然旨在批判"文革"。然而，这篇小说与"伤痕文学"也存在较大差异。"伤痕文学"兴于"文革"结束之际，彼时民怨甚深，若不疏导，恐有大患生也。故"伤痕文学"以控诉为主，彼时有钱钟书持"诗可以怨"之说，即是对此思潮概括。"伤痕文学"之所以成为潮流、被全民关注，盖因把握了时代主题，触动了人们的心弦。今天，世易时移，曾经的当事人处境已然迥异，思想也有所变化。今天再思"文革"，作何感想？今日再写"文革"，如何呈现？

于读者而言，今日观"1970 年代的工厂风景"，固可了解当时的风气人情、政治气氛、人性压抑等。但三十余年来的小说、影视、纪实文学、绘画作品、舞台艺术口径一致、陈陈相因，对此描写已汗牛充栋。重复当然可以加深印象，以志教训之不忘，但久之必会审美疲劳。《1970 年代的工厂风景》则提供了一个重要的范本，他写出了文革叙事的其它可能性，此与"伤痕文学"主题已异。三篇小说呈现"伤痕"，虽以控诉为主，但也另有它意。《1970 年代的工厂风景》还写出了这样的"风景"：昔年女神，一旦沦为破鞋，南霞是也。昔年黑五类陪斗者，今日之富豪，于连是也。昔年有作风问题者，今日之技术骨干与领导，吴德是也。阴阳流变无穷，看似坚固的东西竟是如此脆弱，眼看着起高楼，眼看着宴宾客，眼看着楼塌了，岂可固执，怎敢骄傲？

（2014 年 10 月 21 日于西长安街）

小说的中庸之道
——评张书江《那女》

    张书江自述读书经历："我很小的时候就喜欢看书。趴在炕上就着煤油灯看，看久了，睡着了，一伸胳膊把煤油灯碰倒，煤油撒了一炕头。做饭烧着火看，入了迷，火烧到灶头外，引燃了灶口的柴火，赶紧用脚踩灭……当了兵，每月六七块钱津贴，除了必不可少的花销，基本都买了书。"这些话读来让人感动，农村子弟向学之心写出。张书江年轻的时候入伍，在部队多年，因工作繁忙，虽有创作，但较少。2005年，他调入胶州，闲暇时间较多，于是久积于心的文学感觉喷薄而出，几年之内创作了十几个中篇，其中不乏佳作。

    就目前张书江的创作情况来看，他的写作资源主要有三：一、参军经历，他在军队多年，肯定有极多的经历和体会；二、关于男女情感问题；三、农村的情况与变化。张书江写作风格朴实，虽小说显得笨重，但完全没有虚华，一如其为人处事的风格。

    描写部队的作品大致有两类：一是走颠覆之路，譬如阎连科的部分军旅题材作品；二是主旋律，极言部队之好。张书江对部队的描写在二者之间，他不写黑幕小说，也不是主旋律，他笔下的军人也有问题，但经过纠结、矛盾、冲突皆可光明正大地得到解决。《非常军事行动》写军队的人情在"非常"军事行动之际最能见出，冯静和与包大喜之间有矛盾，二人亦有私心，但矛盾却以和平的方式得到解决，二者皆有君子之风。《人武部长》用习坎象，王又又同时处在两个"坎"漩涡之中，洪水和纪委调查。但因为王又又"有孚"、"心亨"，故能履险无咎。整部小说非常紧张，极有戏剧感。《一念之间》是张书江军旅题材的典型。小说写杨大悟天人交战，一方面是存天理，一方面是彰人欲，二者交争，惊心动魄，但最终天理胜出。这样的故事可有多种写法：一是写完全存天理，那是主旋律写法，人物是高大全；二是完全张扬人欲，这样的写法在军旅题材中颇多，譬如阎连科的《为人民服务》，此类作品易收轰动效应。前者"存天理，灭人欲"，失之于不近人情；后者"存人欲，灭天理"，则不循天理。张书江取中道，他小说中的军人形象有血有肉，也有情有理。

军队题材是张书江的长项，因有切身体会。《非常军事行动》《人武部长》《一念之间》塑造了军队硬汉形象，他们有些私心，有天人交战，但总体充满正气。当前时代固然有阴气，写阴气也易博得掌声。但作家还是要扶阳抑阴，写人阳刚、光明、君子的一面。

《那件碎花裙》写老人的情感世界，似有乱伦之嫌，但终是发乎情止乎礼仪，与《一念之间》类似。纳博科夫有一个长篇《洛丽塔》，发乎情，但没有止乎礼仪，有些过，但现代人不喜欢中道，所以纳博科夫大大流行。《苦爱》写孟清倔强的一生，他们的爱是"苦"的。《望尘中》写一个女子的几度经历，迷失在尘世之中。《我老婆和她的情人》表面有极强的喜剧效果，但笑罢让人心酸，小说以荒诞的效果写出了老夫老妻之间的隔膜状态。

《后村民时代》关注城镇化过程中农村的变化与问题，有走出小我气象。《后村民时代》是有志向之作，以"后村民"为"时代"

命名。面对当前的城镇化运动的大潮，文学确实应该有所担当，可以将这个大时代的情况、心态、风气表现出来，将人、事之变记录下来。

2012 年，张书江创作《父亲娶妻》。小说塑造了一个奇特的父亲形象，耿直、任性、善良、重情重义、爱吹牛、有小的私心，是好是坏，是聪明是傻，一言难尽。晚清以来，父与子的关系是文学重要的主题。一度儿子离家出走，甚至革老子的命，父与子关系极为紧张。20 世纪 80 年代以来，父与子关系逐渐平和，趋于正常。《父亲娶妻》中的父与子关系微妙，对复杂的心态把握到位，儿子拉车等细节读之让人感动。《父亲娶妻》所展现的父与子关系更是真实的状态，很少观念先行。另外这篇小说的语言也非常有特色，语言凝练，一句是一句，且夹杂有方言土语，非常具有表现力。

张书江的小说创作大都方方正正，有出格的念头，却不敢出格，其小说发乎情，但肯定止乎礼。因此张书江的小说不耸人听闻，也不会产生轰动的效果。当代的诸多小说，在发乎情一路走得过远，作品可以产生广泛影响，作者亦能爆得大名，但往往流入怪力乱神一路。

张书江的小说创作实实在在，优点是扎扎实实，缺点则是缺少灵动、神来之笔。一篇好的小说应该实实在在，言之有物，但若有些神来之笔，小说兼二者品质而有之，会更上层楼。

（2013 年 6 月 26 日于西长安街）

宋潇凌小说的常与变

宋潇凌是山东的女作家，一度呈现出旺盛的创作力，时有佳作，其"柳翘翘系列"引人瞩目。之后，转向影视创作，小说创作近年减少。

这部《宋潇凌中短篇小说集》共收十篇小说。由此小说集可见，宋潇凌的小说有两个关键词：男女和都市。这套丛书名为"都市新传奇"，纳入宋潇凌的作品，恰如其分。都市是故事背景，男女活动场所；张爱玲以小说的形式赋予传奇新内涵：男女之间遮掩、进退、计算已可为传奇矣，小说不必再承担新民救亡等大责任，宋潇凌或宗此；"新"乃指当前生活，以示与历史的区别和差异。

可一言蔽之，宋潇凌写都市男女的情感纠葛。尽管有些小说——譬如《我曾与谁相依为命》——看似写儿童经验，其中不乏纯真友谊与真挚感情，也还有很多先锋小说的迹象（譬如，宁馨去后生出种种怪相，皆是先锋小说常见写法），然而小说隐藏着其母柳惠心的情感经历，而且作者卒章见志——"柳翘翘与各式男人做斗争开始了"。在小说的写法上，宋潇凌鲜采用神神道道的先锋小说叙事手法，她追求通俗易懂，以故事之跌宕起伏、出人意料见长。其写法与主题相得益彰，故事跌宕起伏，传奇可"奇"，传奇可"传"。若男女之"传奇"写得艰深晦涩，意识流流动不停，视角变动不居，何以可能成"奇"，何以可能"传"奇耶。

男女二人，一阴一阳，二者相遇，阴阳交也，变化生矣，古往今来多少文学作品写之，多少佳作出焉，但写之不尽，佳作时出，各领风骚。若一男一女尚觉不足，可再加入某女或某男，于是二变为三，三足鼎立，风波顿起，争端不息。若依觉不足，可再加入某某女们或某某男们，四角五角，横七竖八，议论纷纷，好戏连连。宋潇凌的小说或写男女二人世界，或写三角，或写多角。男女情感之纠葛在她笔下，竟可风生水起，甚至波浪滔天。概言之，宋潇凌笔下女性一般是单亲家庭，父亲离弃而去，母亲多愁善感，曾遭创伤。其笔下女性往往有一段不堪道也的恋爱经历，一度饱受煎熬，现在平复则平复矣，然已成大龄剩女，待嫁闺中，挣扎于三角之中。

《一场2000年的隐秘约会》男女二人书信往还，情深意浓，渐入佳境。一旦相逢，彼此试探，退却，再试探，欲拒还迎，迎而又拒，蠢蠢欲动，小说所写即此，作者亦津津乐道，好似张爱玲某些小说。小说采用全能视角，精彩之处为：男女之间互相揣测的心理与最终误会的结果。

《萦绕或随风而至》特殊之处是以先锋小说的手法写三角情感，内心独白较多，时空转换较快，故整篇略显晦涩。《新才子佳人》戏仿了才子佳人的故事，戏仿了司马相如与卓文君等类故事，也讽刺了部分文学男女青年不知深浅、自以为是、自私自利。《我为谁守身如玉》有三个三角，彼此交叉，疏影横斜。故事的结局颇出人意料之外，柳翘翘竟与武晋走在一起，柳女士风言风语，让人想起张爱玲笔下老年的七巧。

就今人而论，写男女感情纠葛的高手即有戴来、付秀莹、计文君等。这些作家各有不同的思想资源、生活资源、文学资源，故虽写男女纠葛一也，但风貌不同。宋潇凌亦写出了自己的风貌。在同类题材创作中，宋潇凌的过人之处有三。一、写边缘人恋爱经历，譬如柳翘翘与陈世雷。《燃烧的是什么鸟》以小说的形式，通过大量细节铺陈，展现了施虐和受虐的恋人类型。二、语言风格。宋潇凌的语言轻松、幽默，亦不乏机智，小说中时有佳句，让人击节，譬如"陈世雷是只吃了一半的苹果，虽然打着饱嗝，我也得坚持吃下去"等。小说中的叙述者喜欢跳将出来，说三道四，评头论足，好在叙述者之言大都机智，亦较为克制，所以不至于令人生厌。三、她讲述了潜规则之下的男女心态。此类小说可有多种写法，女生或主动投怀送抱，只为牟取利益，女生或迫于权势，但事后抑郁哭闹上吊。宋潇凌写法不同，譬如《生活艺术》写丛林迫于生活压力，不得不转变对潜规则的态度。起初，丛林洁身自好，拒绝吴老板，但因此失业。她在家庭中遭受冷眼与嘲讽，这些情节亦让人想起张爱玲的《倾城之恋》。之后，丛林另找工作，开始卖保险，迫于家庭、经济压力等，为获大单，不得已委身于人。

　　宋潇凌的小说故事背景往往在城市，或为望岛，或为青岛。城市多端，故以城市为背景的小说亦有多种写法，宋潇凌的小说则写了都市中的情感。2011 年，中国社会科学院《社会蓝皮书》公布数据，中国第一次城镇人口超过了乡村人口，城镇化超过 50%。但文学作品尚未与此匹配，当前中国小说佳作大多围绕着乡土中国展开。或许，中国久处"乡土中国"，习惯于乡村日常生活、风俗人情，忽进入城镇中国，难免一时不适，故以城市为主题的文学作品佳作不多。郝庆军先生编纂"都市新传奇"丛书，集体推出都市题材小说，宋潇凌创作都市情感类小说，都正在为都市文学添砖加瓦。假以时日，一旦国人熟悉了城市生活状态，未必就写不出关于城市的佳作。

　　当然，在都市与情感这两个关键词之外，宋潇凌亦有另外风貌的小说，她处理其他主题，描述其他类型人物，讲述其他的故事。

在这部小说集中，就可以看到她求新求变的努力，看到她较为丰富的面貌，譬如《大风来兮》《厉害人》。

《大风来兮》写拆迁背景之下的农村生态，写城乡秩序变迁的境况。拆迁为近年重要社会现象，新闻时有报道，文学亦多表现，以此为题材创作且写出佳作者有乔叶、王月鹏等。《大风来兮》亦是同类题材之佳作。大风将来兮，风已满楼，旧的秩序将坏矣，圣经山将被开发，村民将被迁居，然而新的秩序尚不可见。

《厉害人》写老张这个"厉害人"如何一步一步由普通村民当上村支书，又经过奋斗变成厂长，又如何一步一步遭受算计，跌落至平民。小说中蕴含着悲愤之情和批判精神：实诚人被算计，算计人者鸡犬升天。这篇小说在叙事上亦有特点，前后交叉进行，忽写当前老张处境，忽写少年、青年与中年之老张。

宋潇凌虽努力求变，但就目前格局而言，她依然以写男女情感纠葛见长。男女之间固然天宽地阔，大有可为，以男女情感为主题固可写出佳作，引人折腰。但写作久之，题材会趋于狭窄，风格会日渐固定，千变万化难出一宗，故亦容易重复。好的作家应有常有变，由常可识其面目，由变可扩其体量。这些话愿与宋潇凌共勉。

（2014 年 11 月 9 日于易文堂）

幻想抑或真实
——评侯百川《河门》

　　侯百川极具抱负，每次见面，鲜道闲言碎语八卦，总谈"道德如何可能"、"人类受到伤害之后如何反应"、"北京市民精神"等大问题。《河门》是一部有志向的作品，百川将一整套世界观、人生观和价值观倾注其中，以之演绎故事，展示其理论。他说有一道河门，由此灵魂可以通向绝对精神，河门的守护者是羽人，制造麻烦者为堵门者。堵门者制造冤魂，冤魂会把河门堵住，如此流转不畅；羽人则负责解决麻烦、疏通河门。羽人、堵门者并非固化，羽人可以堕落为堵门者，堵门者亦可升华为羽人。以象观之，其言不错。羽人可名为善（为阳、为天使、为君子、为警察）；堵门者可名为恶（为阴、为魔鬼、为小人、为罪犯）。善善，恶恶，世界安宁；善恶，恶善，世界混乱。然人心惟危，念念相续，善恶之间流转无穷，一瞬为善，转瞬为恶，一瞬为恶，转瞬为善。做一件好事简单，难的是做一辈子好事；做了坏事，不可自暴自弃，局面还可翻转、尚可救赎，故不可因言废人，亦不可因人废言。

　　河门系统是百川欲放诸四海的准则，也是他应对现实的药方。羽人、堵门者云云可以部分地解释历史与现实。羽人占上风，河门畅通，盛世；堵门者占上风，河门堵塞，末世。社会如何持盈保泰？国家如何长盛不衰？重要途径则是，亲羽人、远堵门者，羽人在位、堵门者为黜。大凡世道中落，皆因二者颠倒。侯百川以小说的形式道出了盛世末世的重要原则。此外，他尚写过数篇中短篇小说，致力于北京市民性批判，《河门》亦有此意。小说假人物之口写道："我们以遭受挫折和不幸的人为耻，你越是痛苦，越不健康，我们越是鄙视你，越是情不自禁地要伤害你，你也就更加抑郁。……你去伤害别人吧，伤害了他，再耻笑他。你伤害的人多了，心理上获得补偿，痛苦也会消散，你就变成了一个健康人，一个性格好的人，一个有血性的人，一个够爷们的人。"百川以为，北京市民社会有此心理，人一旦被伤害，如果退缩反为耻笑，如果转嫁伤害别人，则会受到赞扬。在《河门》中，受到伤害转而去伤害别人，就是堵门者，去解决问题，解开症结，就是羽人。百川以为，此是北京市民劣根性，对此种心理、心态深恶痛绝，希望通过小说发掘之、针砭之、改正之。《河门》固称科幻小说，但具有极强的现实针对性，甚至称为批判现实主义作品亦可。

然《河门》亦有问题，可从百川座右铭"我自幻想中来，我到真实中去"见出。此其见志之言，但或可商。"我自幻想中来，我到真实中去"，幻想中来者，未必得到检验，处世或不协，为文或失之简单，付诸实践或引发大问题。上焉者应"我自真实中来，我到真实中去"，庄子寓言看似悠谬荒诞，但皆从真实历史经验教训中来，字字血泪，此上焉者也；中焉者应"我自真实中来，我到幻想中去"，《论语》中楚狂接舆、荷蓧丈人等，见世难为，藏之与鸟兽同群，中焉者也；其次"我自幻想中来，我到真实中去"，百川是也；下焉者"我自幻想中来，我到幻想中去"，很多作家如此，陷入狂想，故无足观。

因有此弊，《河门》失之简单。《河门》中，羽人、堵门者固不同于人类，但皆生活于现实世界，皆有现实身份，如此就不得不受制于现实秩序。小说中，羽人或以警察、记者身份处理事情，或羽人与堵门者打斗火拼，互有伤亡，皆严重触犯现实秩序。"天大，地大，王亦大"，羽人固为另一世界的"天使"，然亦不得不深入考虑如何与现实之王相处。然而《河门》于此却未触及，故羽人为善无忌惮，堵门者作恶亦无忌惮，人世似乎不在他们视野之中。庄子有言"上与造物者游"，超拔高迈，然而接着说"下不傲睨于万物"。"与造物者游"者，一旦傲睨万物，不重现实秩序，各种因果将反之于身，难矣立足，甚至将为害。希望百川先生于此稍加注意，庶可几也。

《河门》亦是多种类型小说的混合。可谓成长小说。第一章《男与女》、第二章《母与子》、第三章《官与民》等大致有作者成长经历的影子，其后"我"渐觉醒，成为羽人，抑阴扶阳、惩恶扬善，或为"我"之自我期许。然妙笔生花者则是，"我"成长为羽人的大领导之后，逐渐膨胀、暴虐昏聩，终为所除。欲为善而成恶，可见善之难为，或亦是隐喻。可谓爱情小说。其中有"我"与"滢娟"朦胧的情感纠葛，又有与女星张妃菲的爱情故事及生离死别。可谓穿越小说。第八章至第十二章，"我"回到前身，穿越至南北朝时期，随陈庆之征战北伐，艰险历尽。可谓科幻小说。河门、羽人、堵门者、灵符、争斗等可证。

百川写过两部书《河门》和《异史氏》，两本书有"家族相似性"，故他往往被认为是科幻作家。于是有人批评他的作品不是纯文学，百川为此耿耿于怀，遂发愤创作一系列纯文学面貌的中短篇小说，立意巧妙、语言幽默，似承王朔之脉。科幻文学、纯文学云云皆是名相，要乎作者有无真知，作品有无能量。纯文学有其天然傲慢，此类若想再度发展，首须革除骄矜，以开放心态学习各类小说；类型小说亦不必以为低人一等，今日文学格局恰处重新洗牌之

际，正是机会亦未可知。

　　侯百川志向远大，好深思玄想，此其长也。但亦希望他能除去思而不学之弊，于其所思所得沉潜反复，放眼未来。发扬其长，革去其非，如此将有更好的作品问世。愿与侯百川共勉。

　　　　　　　　　　　　　（2015 年 10 月 6 日于易文堂）

读铁流的几部作品

　　报告文学在 20 世纪三四十年代及八十年代，曾经产生过巨大影响，涌现出大量佳作。在今天的文学研究中报告文学相对边缘，原因或有二。一、报告文学乃民族危机时刻的产物，茅盾曾说，报告文学所言之"报告"说明情况紧急，要迅速反应，这与三四十年代的时代氛围有关。二、报告文学战斗性较强，在历史变革时期，有其重要作用。譬如徐迟《哥德巴赫猜想》通过写陈景润一生经历，展现了革命时代的问题，展现了新时代之美好，这恰与当时大势应和，故产生较大的影响。而现在，民族危机不深，又未必处于大变革时期，故报告文学不处于显耀位置。

　　铁流小说较少。《槐香》属"主旋律"作品。上访户槐香因被误会与张排长有不正当男女关系，张排长忽然撤离之后，槐香以为乃受此牵连，因此不断上访，要为其讨个说法，还人清白。因为上访，她与丈夫离婚。这对"夫妇之间"，因为要捍卫解放军的清白而离婚，这样的主题在五六十年代似颇常见。铁流也受先锋派影响，譬如小说开篇颇有马尔克斯痕迹。

　　这几十年，铁流重心在报告文学创作。

　　《支书和他的村庄》写农村城市化过程发生了什么，农民失去土地之后怎么办等问题。铁流以实际的调查写了城市化过程的艰难，写了农民失地之后的处境，确实碰到了时代的重要问题。

铁流的《中国民办教育调查》讨论民办教育问题。铁流采访了成功的民办高校，也采访过失败的例子，掌握了大量第一手资料，对于当前民办教育现状也有所了解。他以纪实之笔，将其采访、观察、思考写出来，确实展示了中国民办教育的历史和现状。并且铁流以点带面，通过写具体的民办高校创办情况，见出创办者、老师、学生等具体情况。

铁流一般都会关注当前社会的重要问题，农村城市化问题，民办教育等问题。这些问题确实存在，通过笔将其记录下来，存档，以引人注意，供人研究。实录非常重要，但这是第一步。问题关键不在于文体本身，报告文学、小说、诗歌这些不甚重要，关键是碰到真问题，并对问题有真正的理解和洞见。在此基础之上的实录，不管以报告文学或小说写之，都无所谓，但应会是好作品。

每读铁流作品，一看论题觉非常惊喜，但读完总觉意犹未尽，觉得其实录多，对问题之由来，问题之思索相对较弱，或此其作品问题所在。

（2013 年 6 月 10 日于太阳宫）

第 三 辑

批 评

"新时期"文学秩序的奠基者

——陈思和先生的六个面向

即使今天较诸 20 世纪 70 年代末、80 年代初已然发生了重要变化，时代问题也已有所不同，但今日格局皆在彼时奠定。20 世纪 70 年代末、80 年代开启的时代被称为"新时期"，与 1949 年之后的革命时代划清了界限，80 年代各个领域都忙于肃清"文革"遗毒，开创新局面。部分四五十年代出生者看懂了彼时的局势，于是担当了破旧立新的任务。陈思和经历简单，出生于 1954 年，经历"文革"，1978 年考入复旦大学中文系，1982 年留校任教至今。陈思和崛起于 80 年代，在中国现当代文学史领域内肃清了"文革"思维，扭转了文学观念，建构起 80 年代"新时期"的文学范式，重写了"革命时期"的文学史，写成了"新时期"的文学史。陈思和有着时代的风姿，著作等身，有三十种之多，一直以研究实绩引领着中国现当代文学专业，是当下最为重要的学者之一。

陈思和面向丰富，迄今他所修成的象主要是：巴金研究专家、文学史家、文学批评家、老师、出版者、系主任。这六个向度有着内在的统一，皆是作为知识分子的陈思和能量之体现，由此六端大致能见其整体。

一、巴金研究

巴金研究是陈思和的学术起点，他以《巴金论稿》首叩学界之门。陈思和志向与立场受巴金影响颇大，其著作、教书育人、编辑、出版等工作可谓身体力行巴金精神。我曾亲见，陈思和上课时板书巴金二字，与巴金本人手笔惟妙惟肖。

1978 年，陈思和考入复旦大学中文系。此其重要转折点，之后陈思和一直学习于、任教于复旦大学中文系。名校与名师交相辉映、相得益彰。复旦大学的现当代文学学科此前较弱，经过陈思和几十年的努力，现在实力雄厚、人才济济，是中国现当代文学研究重镇。

1978—1982 年在复旦求学期间，陈思和有二师一友。陈思和远师巴金、近师贾植芳，友李辉。贾植芳先生是著名的作家、翻译家、学者，以其铮铮铁骨著称于世。贾先生一生就是一部极好的作品。贾先生最初以作家名世，与胡风等"七月派"作家交游，他是中国新文学的参与者、亲历者；复出之后转向学术研究，为中国现代文学和比较文学两个学科做了诸多基础性工作，影响、培养了一大批成绩卓著的学者，贡献极大。贾先生出生于 1915 年，一生多处困厄，经历四次牢狱之灾，其书《狱里狱外》自述生平，可参。"狱里狱外"，反抗不息，斗争不止，可谓贾先生一生写照。贾先生早年求学日本，归国后从事文学事业。1966 年，贾先生被作为"胡风反革命集团骨干分子"以反革命罪被判刑。1978 年 9 月，摘掉"反革命"帽子，回中文系资料室工作。陈思和其时认识了贾先生，并在他指导下研究巴金与现当代文学，师生情缘由此结下。1982 年 2月，陈思和留复旦任教，担任贾先生助手，协助先生主编《外来文艺思潮、流派、理论在中国现代文学史上的影响》资料汇编。陈思和与贾先生之间，既是师生，又情同父子。2008 年 4 月 24 日，贾先生仙逝，陈思和悲痛欲绝，追悼会上致辞泣不成声，在场者无不动容。陈思和曾先后写过《"人"字应该怎样写》《殊途同归终有别——记贾芝和贾植芳》《感天动地夫妻情——记贾植芳先生和任敏师母》《我心中的贾植芳先生》等文章，追忆、纪念、研究贾植芳先生。

李辉 1956 年出生，陈思和的同班同学，他们同声相应、同气相求，大学时相约一起研究巴金，毕业后虽一南一北，但时常合作，结下了深厚的友谊。李辉毕业后，在《北京晚报》工作，之后调入《人民日报》，他走作家、学者、编辑一路，其《秋白茫茫》获首届鲁迅文学奖，另有《胡风集团冤案始末》《沈从文与丁玲》《封面中国》等作品，均产生了很大影响。

1980 年，陈思和与李辉合作《怎样认识巴金早期的无政府主义思想》一文，以通信的形式刊发于《文学评论》1980 年第 3 期，直面巴金的无政府主义信仰。该文主要思想为："从巴金的早期活动和著作看，他的世界观是复杂的，有爱国主义、人道主义、民主主义等思想起着作用，但其中起主要作用的，仍然是无政府主义。"之后，陈思和与李辉又合作完成《巴金论稿》一书，1986 年由人民文学出版社出版。陈思和与李辉曾协助贾植芳先生编《巴金研究资料专集》《巴金生活与创作自述》《巴金评论选集》《巴金研究在国外》等书，对巴金的原作以及国内外巴金研究下过极大的功夫，《巴金论稿》书就是在此基础上写就。该书分上下两篇，共十章，讨论了巴金的人道主义思想、无政府主义思想等。该书确实做到了陈思和一直所倡导的方法："从现存资料出发，坚持实事求是的原作，恢复被传统偏见扭曲了的历史真相。"①

---

① 陈思和：《中国新文学整体观》，上海文艺出版社，1987 年，13 页。

1930 年，巴金出版《从资本主义到安那其主义》，对马克思有所批评。又因马克思主义与无政府主义之间有门户之争，1949 年后，巴金一直战战兢兢，甚至 1986 年巴金在致《巴金全集》的编者王仰晨的信中还说："只有一本《从资本主义——》我没有，但这本书不应收入《全集》。""安那其主义"之名都不提，可见巴金之谨慎。在《巴金论稿》小引中，作者们说建国之后有两种否定巴金的思路，"要么因为巴金信仰过无政府主义而否定他的全部创作，要么因为巴金创作中表现出来的进步因素而回避他的信仰问题，即避而不谈无政府主义思想曾在相当长的时间内一直是巴金世界观发展中的主要因素"。《巴金论稿》从材料出发，实事求是，因此重视巴金无政府主义思想，并进行了正面研究。《巴金论稿》可谓"重新研究巴金"，摆脱了意识形态的干预，回到了巴金本身。

2009 年，复旦大学出版社又推出陈思和、李辉的《巴金研究论稿》一书，该书收录了《巴金论稿》，又增添了两部分：一是写作《巴金论稿》时贾植芳先生写给陈思和与李辉的信，还有陈思和与李辉之间的通信；二是新添了四篇陈思和与李辉研究巴金的最新成果。师友间的通信，既可以间接了解贾植芳先生彼时情况，也可以看出陈思和与李辉在写作《巴金论稿》时的心态、生活与工作情况等，也能透露出时代的讯息（譬如"清污"运动）。这些信见证了贾植芳先生、陈思和、李辉师生及朋友之间的深情与厚谊，他们互相信任、互相帮助、互相鼓励，今日读之，让人无限向往。四篇新近研究成果，则反映了陈思和与李辉近期的学术成绩、学术理念等。

陈思和以巴金研究进入学术界，之后尽管其研究领域拓宽，但他对于巴金研究一直未曾放下，还写了《人格的发展——巴金传》和《巴金研究的回顾与瞻望》两本学术著作，另有《巴金提出忏悔的几个理由》《从鲁迅到巴金——新文学精神的接力与传承》《巴金

研究的几个问题》《读巴金的〈再思录〉》《从鲁迅到巴金:〈随想录〉的渊源及其解读——试论巴金在现代文学史上的意义》等多篇研究力作。

陈思和不遗余力地推动巴金研究与普及。2003 年,上海巴金文学研究会成立,团结了国内外志同道合者,并定期召开巴金国际研讨会,展现同道研究成果;陈思和还主编《巴金研究集刊》,刊发巴金研究方面论文、新近发现的与巴金有关的材料与巴金研究领域消息等,集刊迄今共出了七辑,推出多篇力作,在巴金研究界产生了深远的影响;陈思和还策划、编辑了"你我巴金"系列丛书,主讲或主持面向广大市民的巴金讲座等。

二、文学史研究

陈思和提出了诸多引领时代的新概念与新理念,更新了中国现当代文学史研究,并扎扎实实地写出了与众不同的文学史著作——《中国当代文学史教程》。陈思和正主编中国现代文学史,即将出版。《中国当代文学史教程》虽是"复旦学派"集体智慧的结晶,但其中体现着陈思和多年以来研究文学史的心得,融汇了他研究现当代文学所提出的诸多关键词。正是由于陈思和与众不同的理念和思想,《中国当代文学史教程》显得与众不同。

下文择要而言陈思和提出的一些中国现当代文学研究的关键词。

1. 新文学整体观

1985 年,黄子平、陈平原、钱理群三人提出了"二十世纪中国文学",大意为:"二十世纪中国文学,就是上世纪末本世纪初开始的至今仍在继续的一个文学进程,一个由古代中国文学向现代中国文学转变、过渡并最终完成的进程,一个中国文学走向并汇入世界文学总体格局的过程，一个在东西方文化的大撞击、大交流中从文学方面（与政治、道德等诸多方面一道）形成现代民族意识（包括审美意识）的进程，一个通过语言的艺术来折射并表现古老中华民族及其灵魂在新旧嬗变的大时代中获得新生并崛起的进程。"1985年5月，陈思和参加了现代文学学会在北京万寿寺举办的"现代文学青年学者创新座谈会"，他提出"整体观"这一概念，与黄子平、陈平原、钱理群遥相呼应，一时引起极大反响。

1987年，陈思和《中国新文学整体观》出版，该书反响极大，1990年获得全国第一届比较文学优秀图书一等奖，1994年获上海市哲学社会科学优秀成果著作二等奖。1990年台湾业强出版社出版了该书增订本，1995年出版了韩文版。《中国新文学整体观》收录八篇论文：《中国新文学史研究中的整体观》《中国新文学发展的圆型轨迹》《中国新文学发展中的现实主义》《中国新文学发展中的现实战斗精神》《中国新文学发展中的现代战斗意识》《中国新文学发展中的现代主义》《中国新文学发展中的忏悔意识》与《中国新文学对文化传统的认识及其演变》。这是陈思和系、综合研究中国现当代文学史的最初收获，其后很多研究都发端于此，对于青年学生挣脱教科书束缚，换一种全新眼光接触文学史，有解放发蒙之功。（郜元宝《中国新文学整体观·序》）陈思和要通过这一系列文章处理三个关系："一、中国新文学史上'前三十年'与'后三十年'的关系；二、中国新文学发展中，现代主义思潮与现实主义思潮之间的关系；三、中国新文学发展中当代意识与文化传统之间的关系。"[①]

《中国新文学整体观》的核心词为"整体观"，陈思和将新文学视为"一个开放型的整体"，将中国新文学分为三个阶段、六代作

[①]　陈思和：《中国新文学整体观》，上海文艺出版社，1987年，17页。

家。其后，陈思和研究领域尽管有所拓展与变化，但其视野大致在这六代作家之内。六代作家之分灵感得自李泽厚，他有六代知识分子之说：辛亥一代、五四一代、大革命一代、三八式一代、解放一代、红卫兵一代。[①]整体观研究，可以"把批评对象置于文学史的整体框架中来确认它的价值，辨识它的文学源流，并且在文学史的流变中探讨某些文学现象的规律与意义"[②]。

陈思和非常重视《中国新文学整体观》一书。2001年，该书又出修订版，增加了一些新研究成果，字数达到三十多万。2010年，陈思和又出版了《新文学整体观续编》(山东教育出版社)，再以"新文学整体观"为名，收录了其最新研究成果，譬如《"五四"新文学运动的先锋性》等论文。

2. 重写文学史

1988年，陈思和和王晓明联袂在《上海文论》开设"重写文学史"栏目，一时引起热烈讨论和强烈反响，"重写文学史"这一概念成为二十多年来文学研究关键词之一。陈思和、王晓明说，这个栏目"重新研究、评估中国新文学重要作家、作品和文学思潮、现象"，"开设这个栏目，希望能刺激文学批评气氛的活跃，冲击那些似乎已成定论的文学史结论，并且在这个过程中激发起人们重新思考昨天的兴趣和热情。自然目的是为了今天"[③]。被"重评"的作家有赵树理、丁玲、柳青、郭小川、何其芳、茅盾等作家。根据专栏主持人设想，"重写文学史""原则上是以审美标准"来"重新研究、评估中国新文学重要作家、作品和文学思潮、现象"，质疑"过去把政治作为唯一标准研究文学史的结果"，"冲击那些似乎已成定论

---

① 李泽厚：《中国现代思想史论》，东方出版社，1987年，343页。

② 陈思和：《中国新文学整体观》，上海文艺出版社，1987年，276页。

③ 陈思和、王晓明：《主持人的话》，见《上海文论》1988年第4期。

的文学史结论","探讨文学史研究多元化的可能性，也在于通过激情的反思给行进中的当代文学发展以一种强有力的刺激","并且在这个过程中激起人们重新思考昨天的兴趣和热情"。专栏的设立及陆续刊发的文章在学术界引起普遍关注与热烈争论。包括王瑶先生在内的不少前辈师长给予鼓励，同行稿件更是纷至沓来。[①]

"重写文学史"是陈思和之志，也是其成就。80 年代"新时期"全面展开了对"文革"思路的批判，"重写文学史"就是这个潮流在文学史中的体现。"重写"意味着抛弃"文革"思维，重新开启一个新的文学史范式。职是之故，多年以来，陈思和颇受左派人士诟病与批评，前有老左派，后有新左派。80 年代由陈思和等人奠定的文学史模式，重视审美，将文学从政治的附庸之中拯救出来。1999 年，陈思和先生主编的《中国当代文学史教程》由复旦大学出版社出版，贯彻了"重写文学史"的思路。

3. 潜在写作

"潜在写作"这一概念由陈思和在 1998 年提出，之后"潜在写作"观念融入《中国当代文学史教程》。

1998 年，陈思和发表长篇论文《试论无名书》，提出了"潜在创作"。无名氏非常特殊，若要在文学史上为他恰当定位，就不得不修正文学史的框架。陈思和说："所谓'潜在创作'，指的是许多被剥夺了正常写作权力的作家，在哑声的年代里依然保持着对文学的挚爱和创作热情，他们写了许多在当时环境下不能公开发表的文学作品。……'潜在创作'的对立概念是公开发表的文学创作，在那些公开发表的创作相当贫乏的年代里，不能否认潜在创作实际上标志一个时代的真正的文学水平。"[②]1999 年，陈思和在开设的"无

---

① 参见金理：《陈思和学术年谱》未刊稿。

② 陈思和：《试论无名书》，《当代作家评论》1998 年第 6 期。

名论坛"《主持人的话》中说："本专栏第一期发表的《试论〈无名书〉》中，我提出了当代文学史上存在着'潜在创作'的现象，文章发表后有不少朋友对这个现象感兴趣，并且提出了进一步的意见。如张新颖建议我将'潜在创作'改为'潜在写作'，理由是许多书信日记随笔等作品在当时并不是以创作为动机的，因而它们不是带有虚构性的作品。这个建议很好，由'创作'到'写作'，我们对这一类文学史现象的概括就更广泛，也更有普遍性。"① 至此，"潜在写作"正式提出。

1999 年，陈思和又发表论文《试论当代文学史（1949—1976）的潜在写作》，此文可以视为"潜在写作"理论宣言书。该文以"抽屉"为譬，全面分析了"潜在写作"的内涵、类别、意义及其要解决的问题等。陈思和说："现在提出'潜在创作'现象就是把这些作品还原到它们的创作年代来考察，尽管没有公开发表因而也没有产生客观影响，但它们同样反映了那个时代知识分子的严肃思考，是那个时代精神现象的一个不可忽视的有机组成。重视这种已经存在的文学现象，才能真正展示时代精神的丰富性和多元性。文学史著作研究潜在写作现象，也同样以还原某些特殊时代的文学的丰富性与多元性为目的。……当引入潜在写作以后，文学史所展示的精神现象出现了不可想象的丰富性。一个时代的精神现象不可能以单一的思想理论形态来展示，也不可能以正反两极的二元对立模式来展示，它应该是一种多元的生命感受世界方式的共生状态，各种生命现象及其欲望的互相冲突和融合的过程异常复杂，时代精神应该包容并反映这种复杂状态而不是净化它。"② "潜在写作"勾勒出一个新

---

① 陈思和：《主持人的话》，《当代作家评论》1999 年第 3 期。

② 陈思和：《试论当代文学史（1949—1976）的潜在写作》，《文学评论》1999 年第 6 期。

的文学谱系，作了"知识考古"，让被压抑者"重见天日"，浮出历史地表。

"潜在写作"提出后，很多学者纷纷撰文响应、参与，刘志荣、何向阳是其中佼佼者。但也引起了批评和质疑。1999年《中国当代文学史教程》出版后，李扬撰写《当代文学史写作：原则、方法与可能性——从陈思和主编的〈中国当代文学史教程〉谈起》一文，批评此书，尤其质疑了"潜在写作"这一概念的合法性与合理性。李润霞承此思路，也作文《"潜在写作"研究中的史料问题》，批评该书史料问题。

2006年，陈思和主编了"潜在写作文丛"（十种）由武汉出版社出版，包括阿垅、张中晓、无名氏、彭燕郊、胡风、绿原等人的作品。这套文丛展现了昔年被压抑者的声音，通过这些作品，读者可以看到其生存状态、处境、心态等。

4.民间

1994年，陈思和连续发表两篇论文:《民间的沉浮——从抗战到文革文学史的一个尝试性的解释》（《上海文学》第1期）、《民间的还原——"文革"后文学史某种走向的一个解释》（《文艺争鸣》第1期）。《民间的沉浮——从抗战到文革文学史的一个尝试性的解释》从民间的角度解释抗战到"文革"文学，展现"民间"因形势不同而浮浮沉沉。由于抗战爆发，延安对民间资源日益重视，此倾向后被写入《在延安文艺座谈会上讲话》，成为20世纪40年代以及建国之后的文艺界的"宪法"；1949年之后，"左翼"思想一统天下，思想界日益单一化，民间不得不由显转隐，于是陈思和又提出"民间隐形结构"这一概念，解通一些文学现象。《民间的还原——"文革"后文学史某种走向的一个解释》基本精神与前篇大致相同，从民间的视角对"文革"之后的文学史作了某种解释。

"民间"是一个极具"生产性"的文学史理论，衍生出"民间隐形结构"、"民间理想主义"、"都市民间"等概念，以此视角来梳理 20 世纪中国文学史。对此，王光东、罗兴萍等学者"接着做"了不少深入研究。"民间"也为 20 世纪 90 年代以来的文学创作提供了新研究视角和研究空间，对张炜、张承志、莫言、余华、贾平凹、阎连科等一批作家的创作提供了新的解读方式。①

在陈思和的理论框架中，民间相对庙堂、广场而言。民间藏污纳垢，但也丰富而充满活力。民间与潜在写作等概念，有内在联系，均有共同标的，试图解构整齐划一的"文革"文学观，寻找多种可能性，建构多元文学世界。

此外，陈思和还提出了无名与共名、战争心理、世界性因素、先锋性等诸多非常有意义的概念，对中国现当代文学史研究产生了深远影响，此不一一论述。

三、文学批评

陈思和关注中国当代文学，有两种方式：一是通过写评论，积极评价重要作家及作品；二是通过编丛书、刊物等，积极推动当代文学的发展。

陈思和持续关注中国当代文学。他是当前最重要的文学批评家之一，积极评价过很多重要作家与作品，发掘了诸多新人，推动了中国近三十年当代文学的发展。陈思和受周氏兄弟启发，曾有一个计划，以属相为书名，每一两年出版一本论文集，前后十二年，共出版九本论文集，有《笔走龙蛇》《鸡鸣风雨》《犬耕集》《豕突集》《羊骚与猴骚》《谈虎谈兔》《牛后文录》等，这些书名尽管取诸生肖，但"鸡鸣风雨"、"豕突"、"犬耕"等颇见其心境与志向。另外

① 参见金理：《陈思和学术年谱》未刊稿。

陈思和尚有《草心集》《不可一世论文学》《海藻集》《献芹录》等，这些论著中有大量当代文学评论。

陈思和在《中国新文学整体观》后记中说："从心底里说，同时代生气勃勃的新时期文学对我具有更大的诱惑力。我还年轻，一种从学生时代就养成的，热爱当代社会生活的激情总是冲击着我，并鼓励着我把注意力转移到当代文学中来。"诚然如此，1978 年，陈思和就发表《艺术地再现生活的真实》(《文汇报》8 月 23 日)，此是为其同班同学卢新华的《伤痕》写的评论；1979 年，陈思和发表《思考·生活·概念化》(《光明日报》4 月 3 日)，探讨了刘心武小说中概念化的毛病。[1] 之后，陈思和关于当代文学批评的文章一直源源不断。

陈思和出生于 1954 年，他和同代作家一同成长，譬如王安忆、赵本夫、莫言、张炜、贾平凹、严歌苓、尤凤伟、韩少功、刘震云、张承志等。日后他们成为当下最重要的作家，与陈思和的积极评价密不可分。80 年代，陈思和与这些作家共同承担着走出"文革"，走入"新时期"的时代使命，因此同声相应、同气相求。譬如，陈思和一直追踪研究王安忆，写了《双重叠影　深层象征——谈〈小鲍庄〉里的神话模式》(《当代作家评论》1986 年第 1 期)、《雯雯的今天与昨天》(《女作家》1986 年第 3 期)、《古老民族的严肃思考——谈〈小鲍庄〉》(《文学自由谈》1986 年第 2 期)、《城市文学中的寻根意识——评王安忆〈好姆妈、谢伯伯、小妹阿姨和妮妮〉》(《北京晚报》1986 年 4 月 18 日)、《根在哪里？根在自身——评王安忆〈小城之恋〉》(《当代文坛报》1987 年第 2 期)、与王安忆的对话《两个 69 届初中生的对话》(《上海文学》1988 年第 3 期)、《重建精神之塔——论王安忆 90 年代初的小说创作》(《文学评论》

---

[1] 参见金理：《陈思和学术年谱》未刊稿。

1998 年第 6 期）、《试论王琦瑶的意义》（《文学报》1998 年 4 月 23
日）、《从细节出发——王安忆近年短篇小说艺术初探》（《上海文学》
2003 年第 7 期）、《读启蒙时代》（《当代作家评论》2007 年第 3 期）
等。陈思和也关注年轻一代作家，譬如余华、苏童、林白等，还积
极发掘新人，关注朱文、罗伟章、卫慧、棉棉等。

陈思和有独到的眼光，往往众人皆非之，他却能见其好处，众
人皆誉之，他却未必以为然。譬如，2005 年，余华《兄弟》甫一出
版即引巨大非议，诸多批评家皆以为是失败之作。陈思和在课堂上
专讲了《兄弟》，力排众议，以为这是一部极好的小说。在陈思和
的推动下，2006 年 11 月 30 日复旦大学中文系举办《兄弟》的研讨会，
积极评价此书，顿时扭转批评界的风向，使意识到《兄弟》价值。

陈思和还通过编辑丛书介入当代文学，编辑亦为一种批评
方式，善者择之，不善者弃之。1995 年，陈思和、张新颖、李
振声与郜元宝开始编选《逼近世纪末小说选》。彼时陈思和时常
亲到编选者狭小住处，一起讨论，甚至争论所选的作品，深夜
才归。张新颖写过一篇文章《杂忆〈逼近世纪末小说选〉——
陈思和老师的几封信，我还记得的一点事》，回忆当年编选情
景："我到了九龙路陈思和老师家里。通常是在客厅或小书房里
聊天，但那天天气热，陈老师让我坐到了阳台上。高层公寓的阳
台，轻微的夜风吹过，还是凉快的。那天也不是随意聊天，是商
量编选《逼近世纪末小说选》的事。之前也谈过多次编个年度
小说选，这一次算是正式定下来了。名字是陈老师起的，他很喜
欢'逼近'这两个字，有一种在进程中的紧张感。后来他在第一
本的序言中说：'它用倒计时的方法，描绘一种向世纪末的精神
极限不断逼近的文学现象，这项工作从现在起大约需要六年的时
间，以《逼近世纪末》为总提，一年编一本，直到二〇〇〇年完
成。这是一个在临界面上挖掘生命意义的工作，看看我们这个时

代的知识分子是怎样勇敢地迈过这一道世纪之门的。'陈老师确定了编选小组，加上李振声老师和郜元宝，一共也就四个人。"金理对此有极好的总结，引述如下。《逼近世纪末小说选》既是对90年代文学一次极具个人化的存档，其所具的眼光、对当代小说在跨越世纪之门时呈现的可能性的探讨、求证，在今天看来无不应验了超前性、预见性。比如，卷二曾选入王小波的《革命时期的爱情》，而当时王在国内并无太大名声。陈思和为每卷撰写的长篇序言，提出90年代"无名"文化的特征，及在此文化状态下小说创作的新变；同时显示出批评家的独到眼力与其文学批评的显著特征。比如，《逼近世纪末小说选》中多次选入韩东、朱文的小说，陈思和在各卷序言中也不惜篇幅地加以解读，而在当时一般的评论意见中，置身于社会边缘的新生代作家很难得到负责的理解。[①]2012年某天，我与《传记文学》副主编郝庆军谈天，他说在研究90年代文学，并评价陈老师的《逼近世纪末小说选》道，此丛书品位独特，与当时北京的"鲁迅文学奖"有极大的差别，又谈及曾选了当年尚籍籍无名、日后却爆得大名的王小波。时隔近十年，《逼近世纪末小说选》还时时被业内人提及，可见此书眼光之独到。

2003年，陈思和出任《上海文学》主编，倡导刚健文风，几年间杂志风貌一变。此不多言，详见关于编辑一节。

研究当代文学，是陈思和介入当下生活的一种方式，他通过理解当代文学而理解当下社会，通过研究当下文学而研究世相。故一旦社会有新变化，须有人挺身而出之际，陈思和往往义不容辞，譬如1993年参与提出"人文精神大讨论"。此事，在当时引起极大反响，时至今日亦常被提及。陈思和参与的对话主要有：《人文精神何以成为可能？——人文精神寻思录之一》（《读书》1994年第3期，

---

① 参见金理：《陈思和学术年谱》未刊稿。

对话者：张汝伦、朱学勤、王晓明、陈思和）、《道统、学统与政统——人文精神寻思录之二》（《读书》1994 年第 5 期，对话者：许纪霖、陈思和、蔡翔、郜元宝）。陈思和个人意见的集中表述可参考：《关于人文精神的独白》（收入《犬耕集》）、《关于"人文精神"讨论的一封信——致坂井洋史》（《天涯》1996 年第 1 期，收入《犬耕集》）。邓小平南方谈话后，市场经济全面铺开，民众从广场走向市场，风气一变。上海是市场经济前沿阵地，故敏感的知识分子已然感受到巨变，"人文精神大讨论"则表达了他们面对市场经济庞然大物之时的不安、惶惑、批判与反抗。陈思和事后总结其目的道："但是我们提出的人文精神失落的问题，根源肯定不在当时刚刚开始的市场化（因为它的危害性还没有充分展示出来），而恰恰是近五十年的历史，是所谓的计划经济和对意识形态高度控制的政治形态才导致了知识分子人文精神失落和人格的软化，所以问题的复杂性就在这里。'人文精神'讨论是从'寻思'开始的，所谓'寻思'是因为人文精神已经失落了，但是只有在市场经济兴起的时候，我们才有可能把它提出来'讨论'，而且讨论的问题是从市场经济初期可能会带来的消极后果的忧虑开始的。"[①]

四、陈老师

陈思和头衔很多，有陈院长（复旦大学人文学院副院长）、陈主任（复旦大学中文系主任）、陈主席（上海作家协会副主席）、陈主编（《上海文学》主编）、陈会长（中国现代文学学会副会长、中国当代文学学会副会长、中国文艺学学会副会长）等，但他最珍视

---

① 参见《陈思和、王晓明、张汝伦、高瑞泉：人文精神再讨论》，《东方早报》2012 年 5 月 27 日。

者则是老师。20 世纪 90 年代，陈思和曾面临一次抉择，有关部门
希望他能担任某科研单位的文学所所长，经过权衡，陈思和没有接
受此职务，自觉更适合做老师。通过这次抉择，大概能够见出陈思
和的志向与心性。我于 2007 年 9 月至 2010 年 7 月，从陈思和读博
士，2007 年至 2008 年曾协助他处理杂事，耳闻目睹，深知他对教
学之重视。陈思和社会活动颇多，不得不频繁出席、参与世界各地
各种研讨会、评奖之类，故时常外出。但无论在国内抑或国外，不
论行程紧张与否，陈思和都会在上课之前赶回上海，有时候甚至一
下飞机就奔课堂而来。某次，陈思和身体不适，频频咳嗽，我们私
下谈话时因咳嗽而不得不多次中断，但他仍坚持讲课，奇怪的是，
他一上讲台，竟滔滔不绝，几乎没有咳嗽，但课毕，却大咳不止。

　　1982 年，陈思和从复旦中文系毕业，即留校当老师，一直到
今天，三十年矣。陈思和曾说："我早说过我的职业首先是教师，其
次才是评论家什么的。对于教师来说，他的工作价值只在于帮助年
轻一代及时发现并利用自己的才华，使中国知识分子的事业在目前
的处境下真正做到薪尽火传。"①

　　陈思和主要教授中国现当代文学史，于作品可谓烂熟于心，但
他不敷衍，每次课前，总会起早重读作品。此事，陈思和的好友张
文江曾多次在课上或书中提及，并告诫同学们须尽量保持"初心"。
张新颖也说："对教育，他的热爱是难以言说的。他讲中国现代文学
史，已经有许多年了，但每次上课前必备课，常常是上午的课，早
晨四点多钟即起，找参考书，写内容提纲。同样一个名字的课业，
却有不少学生听了不止一次。……陈思和老师对他周围的学生倾心
倾力地关怀，往往使身受者无以言谢。而看着自己所关心的青年人
一步步的成长，他也深感欣慰。他营造了一种很令外人羡慕的师生

---

① 陈思和：《笔走龙蛇·新版后记》，山东友谊出版社，1997 年，第 426 页。

关系，在其中投射了具有提升伟力的精神能量。"①

陈思和的课有大课与小课之别。大课为全部学生讲，小课则为其硕士生和博士生讲。陈思和的课堂非常精彩，譬如 1986 年他为复旦大学中文系八二级学生开设选修课"'新时期'文学专题研究"时，将这门课分作三个部分：一由他主讲"'新时期'文学十年风雨"；二由同学们讨论当代作家作品，讨论王蒙、张承志、阿城、刘索拉等；三请作家高晓声、王安忆，批评家吴亮、程德培、李洁非等与同学们座谈对话，共同探讨、交流文学创作与批评现状。这样的课程设置让学生可直接沐浴在当代文学氛围之中，课堂讨论也相当热烈，发言实录整理成文后，在《文学自由谈》《当代文艺探索》等杂志发表，1987 年以《夏天的审美触角》为题出版。当时班级中参与讨论的学生，如郜元宝、宋炳辉、王宏图、严锋、包亚明等，现在已是文学批评与研究领域的中坚力量。② 近年，陈思和为大一学生讲授中国现当代文学名篇，选取文学史经典作品带学生细细品读，《中国现当代文学名篇十五讲》即课堂讲稿。陈思和在课堂上贯彻"文本细读"方法，希望同学们通过讲解、引导学会如何欣赏、研究文学名作。至于小课，陈思和亦一丝不苟。我曾参与过三年陈老师的小课，同学们在其办公室，一起或讨论文学史问题，或讨论具体作品，争辩之声此起彼伏，至今想来亦有其乐融融之感。

1988 年，陈思和三十四岁时评为副教授；1993 年，陈思和评为教授、博士生导师，时三十九岁，指导两个专业的博士生：中国现当代文学和比较文学专业。陈思和桃李满天下，他所指导的硕士生和博士生很多都成为专业领域内的佼佼者，或各大高校与研究机构的中坚力量，譬如张新颖、王光东、宋炳辉、王宏图、孙晶、刘

① 张新颖：《歧路荒草》，上海人民出版社，1996 年，168—169 页。

② 参见金理：《陈思和学术年谱》未刊稿。

志荣、宋明炜、李丹梦、周立民、谢有顺、李敬泽、金理等。陈思和对学生极关心，会尽其力帮助学生们。此处，可举例说明。周立民现为上海巴金纪念馆常务副馆长，是著名批评家，他从陈思和读了硕士与博士。由于周立民极喜欢巴金，高中时即与陈思和通信，陈思和对他鼓励有加。大连书店少，彼时又无网上购书，于是周立民屡屡写信让陈思和为其购书，并让他寄到大连。周立民大学毕业后，在大连几经辗转，做过公务员、警察、记者，开过书店，但都不顺利，最后，在陈思和鼓励下考取复旦大学中文系硕士。以我本人经历为例。2010 年，我博士毕业，四处寻找工作，欲觅高校职位就不得不试讲。我素无讲课经历，于是颇为心慌。陈老师得知之后，亲借一间教室，找几位师兄弟当听众，让我试讲一遍。陈老师先指出我的问题，然后几乎手把手地教了我如何授课，包括手应该如何摆放，眼神应该如何收放，板书应该如何，提问应该如何等。至今思之，仍觉感动。

五、出版

陈思和时常介入出版，客串编辑了大量丛书，其中以"火凤凰"文库几种影响最大；同时陈思和出任《上海文学》主编。陈思和时以张元济创办商务印书馆与巴金创办文化生活出版社为例，谈出版者之精神，以为他们以出版为教育，以出版化民成俗。陈思和从事出版，亦有此志。

1994 年，陈思和受一位企业界朋友赞助，建立"火凤凰学术著作出版基金"，筹划出版了"火凤凰新批评文丛"。该丛书影响极大，文学界流传"南京出作家，上海出批评家"，上海之所以出批评家和此丛书密切相关。对此，我曾采访陈思和，他说："1992 年邓小平南方谈话之后，市场经济全面铺开，社会一下子没有适应过来，当时有人抱怨说'造原子弹的不如卖茶叶蛋的'。当时人文学科几乎是最混乱的时候，且有传言社科院要解散。老师不好好教书，学生不好好读书，学者们纷纷跳槽，下海。人文精神处于危机时刻。我们提出人文精神大讨论，就是基于这个背景。说白了，人文精神不是高谈阔论，应该在具体实践中体现出来，于是我决心做些实事。对于市场经济，其时我觉得有益，以前是一潭死水，现在放开，就活泛起来。我年轻的时候比较相信存在主义，通过自己走的道路去实现自己，即使失败了也无所谓。当时我的榜样就是巴金的文化生活出版社，巴金当时通过出版支持了那么多作家，几乎是新文学的半壁江山。于是，我想通过出版学术著作，来推动学术研究，鼓励和保障学术研究。将大学以及各个方面的销路打通，通过资助，我们自己出版学术著作。当时资助我们的老板是一个军人，我们 77 级上课时，他在我们班上听过课。后来转业了，到海南作房地产，干得不错，就想资助学术。后来他见到我，问我有没有困难。我说我希望能有一笔出版基金，可以出版一些学术著作。他后来将自己的汽车卖掉，先后资助了两次，共十四万。我就办了一个'火凤凰学术著作出版基金会'，于是开始策划'火凤凰丛书'。当时有一辑是新批评文丛，现在差不多上海最活跃的批评家，比如郜元宝，张新颖等，都是那时候推出来的。我希望通过出版学术著作让他们坚定自己的学术信心。"①

　　1995 年，陈思和与李辉策划了第二套丛书"火凤凰文库"，由远东出版社陆续出版，共二十五种，以老一辈知识分子著作为主。其中著名者有：巴金《随想录》、贾植芳《狱里狱外》、沈从文《从文家书》、张中晓《无梦楼随笔》、于光远《文革中的我》等。这套

① 参见刘涛对陈思和的采访：《书、书店、丛书、出版——陈思和教授访谈录》，《南方文坛》2011 年第 2 期。

丛书展现了老一辈知识分子的风骨，抗衡了文化市场流行的软性读物，实践了知识分子的出版理想。[①]

1997年，陈思和又推出"火凤凰青少年文库"（十五辑共九十种），由海南出版社分批出版。该丛书内容涵及古今中外，有传统文化、古典文学、现代文学、外国文学等。对于青少年认识、学习经典文化有极大助益。

2001年，陈思和与贺圣遂联袂主编"火凤凰学术遗产丛书"，由复旦大学出版社推出，包括陈子展《诗三百解题》、潘雨廷《易学史发微》等五册。潘雨廷先生乃世外高人，其主要成就在易学与道教，为了应对时代形势，走出了"科学易"之路。1949年后，上海、杭州等地集中了一批不得志的老先生，譬如熊十力、薛学潜、唐文治、杨践形、马一浮、周善培等，潘雨廷先生即从诸先生学习。潘雨廷先生在彼时年少且无名，故能躲过历次劫难，厉而无咎，1978年形势好转，方出山受聘于华东师范大学。《易学史发微》乃潘先生易学名作，读此或可窥易学大体，陈思和使其面世，功莫大焉。

另外，陈思和尚主编过多套丛书，均有很大的反响，此不一一述及。

2003年4月，陈思和接受上海市作家协会党组委托，出任《上海文学》主编，历时三年有余，2006年7月辞去主编职务。《上海文学》是国内文学界名刊，创办于1953年，在80年代一度引领文坛，其声势与声望均愈于《收获》，王安忆《小城之恋》、阿城《棋王》、韩少功《归去来》、马原《冈底斯的诱惑》等都始刊于此。他说："去《上海文学》不是我主动要求。那时这份杂志陷入困境，欠了半年的工资，当时的主编去大学当教授了，这份杂志于是就搁在

[①] 参见金理《陈思和学术年谱》未刊稿。

那里没有人管。其实当时很多人想管，大约是最后为了平衡，就想请一个外面的人来管。外来的和尚好念经嘛，于是把我请过去了。当时我的亲人和朋友们都不同意我去作主编，或担心我的身体状况，或觉得这是是非之地。1990 年以来，我一直在探讨市场经济时代知识分子应该如何发挥其作用，也有意关注了教育、出版以及人文学术思想的传播，我觉得这是三位一体的构成了知识分子的理想岗位。于是最终决定接受这一职务，去牛刀小试。"① 据此，大致可以见出陈思和主编《上海文学》的志向。

陈思和主编《上海文学》时，提出了新的办刊方针："走通两仪，独立文舍。""走通两仪"意谓，走通国内东西部，也走通中西。陈思和不希望《上海文学》成为"上海的文学"，于是接任主编之后连续去了宁夏、甘肃等地区，策划了西北青年作家小说、广西青年作家小说、甘肃小说八骏、河南作家小说专号等。陈思和又放眼世界，注重国外优秀小说的翻译，相继发表了奈保尔的《波西米亚》，拜耶特的《森林里的怪物》，卡弗的《柴火》，雷肯的《海》等。陈思和不仅希望《上海文学》成为中国读者了解西方文学的窗口，亦希望西方读者借此可以了解中国文学。杂志与法国人文之家基金会合作中法作家对话会，即是为此。"文舍"借用了沈从文的话，沈从文将文学看作人性的神庙，"文舍"即神庙，"独立文舍"意思是要以独立于市场的审美精来办《上海文学》。

另外，陈思和还主编《史料与阐释》《巴金研究集刊》等学术刊物，此不一一述及。

---

① 参见刘涛对陈思和的采访：《书、书店、丛书、出版——陈思和教授访谈录》，《南方文坛》2011 年第 2 期。

六、系主任

2001年，陈思和出任复旦大学中文系主任，兢兢业业，至今长达十二年之久。陈思和对复旦大学中文系感情深厚，他在此学习、工作、成长，中文系培养了他，他也反哺了中文系。科举制度废除之后，读书人退出权力中枢，大致有三个流向：或从事写作，譬如鲁迅；或从事教育，譬如蔡元培；或从事出版，譬如张元济。但若在"化民成俗"角度理解为政，无论从事写作、教育、出版亦是为政，他们欲以此培植民族元气，开创时代新风，只是与直接从政有方式之别而已。陈思和从事写作、教育、出版，此是其间接"为政"；出任系主任则可谓直接"为政"。

十二年间，陈思和主要从两个方面展开工作：引进人才、加强学科建设；改革教学，培养人才。陈思和改革成绩卓著，复旦大学中文系实力倍增，2007年中文学科被评为国家一级重点学科。

陈思和积极引进人才，加强学科建设。2001—2012年，陈思和前后为复旦大学中文系引进了五十二名教师（后因诸种原因，有四名先后离开），他们或名满学界，或为学科领军人物，或学有专长，他们融入了复旦大学中文系，做出了各自的贡献。复旦中文系引进裘锡圭先生为首的团队，成立复旦大学出土文献和古文字研究中心，建立了一个学科高地，由此复旦中文系古文字专业一跃而为国内前茅；引进张汉良、杨乃乔的团队，提升了比较文学学科；引进著名作家王安忆，建立文学写作学科和创意写作的专业硕士学科；引进陆扬、王才勇等，巩固了文艺学学科的领先地位；引进袁进、栾梅健、段怀清等近代文学专家，在近代文学和通俗文学领域恢复了中文系原有的传统；引进郑土有等老师，建设了民间文艺学科；引进刘大为、刘晓南、陈忠敏、龚群虎等专家，在修辞学、音

韵学、应用语言学等领域夯实了学科基础。裘锡圭先生的团队从北京大学而来，张汉良教授是从台湾大学来，刘晓南教授从南京大学来，黄蓓、白钢、刘震、陈忠敏、龚群虎等从法国、德国、美国、新加坡等学成回国，他们来自四面八方，把国内外名校的优良学风带入了复旦中文系，影响了学生和老师，丰富了复旦中文系原有的传统。在学科建设方面，复旦大学中文系也取得了长足的进步。在2001 年教育部评估中，中国古代文学学科和汉语言文字学学科进入全国重点二级学科；在 2007 年教育部评估中，中国现当代文学学科进入国家重点二级学科和上海市重点学科，复旦中文学科也被评为国家重点学科一级学科，列入全国同类学科前列。2007 年以后，复旦大学中文系重点建设比较文学及世界文学学科和语言学及应用语言学学科，目标就是要把复旦中文一级学科所隶属的七个二级学科，都建设成全国一流学科，做名副其实的国家一级学科。①

昔年，蔡元培曾希望，若是中国能够大学生满街走，该是多么美好的社会。今天，高等教育日益普及，但也日益沦为职业教育，大学生确实满街走，但社会似乎并无极大改观。陈思和对此或有较深感触，于是他积极展开教学改革，提倡精英化教育，意在培养人才。2001 年，陈思和上任伊始，即加强本科基础教学，强调学生应以读原典为主，中文系课程设置由是一变。原典精读课涉及古今中外各种基本典籍，譬如有《论语》精读、《庄子》精读、《史记》精读、《世说新语》精读、《说文解字》精读、鲁迅精读、沈从文精读、韦勒克《文学理论》精读、索绪尔《普通语言学教程》精读等。授课者皆为复旦中文系名教授，他们下到大一课堂之中，带领同学们细读原文。我在复旦读书时，曾去听过大部分精读课，确比

———————————

① 参见《复旦大学中文学科大事记 1925—2010》及《2001—2012 年中文系行政班子述职报告》。

浮泛的概论课或文学史课收获更大。此后，陈思和以此为基础，主持编纂了"中国语言文学原典精读"系列丛书，获教育部优秀教学成果一等奖。此一系列课程获得教育部精品课程，国家级优秀教学团队等称号。近几年，在甘阳、刘小枫等人的推动下，国内也掀起"博雅"教育热潮，他们的灵感得自于芝加哥大学思想委员会开展的"Liberal Education"，于是中山大学、中国人民大学等也积极提倡阅读原典。陈思和主导之下的教学改革，引领了风气。

从 2010 年开始，在陈思和主导之下，复旦大学中文系以比较文学与世界文学专业为试点，开始实施研究生精英化培养。2010 年，陈思和写了一篇文章《比较文学学科理论建设——比较文学与精英化教育》（刊于《中国比较文学》2010 年第 1 期），提倡比较文学应该进行精英化教育。后由杨乃乔执笔写成《复旦大学比较文学与世界文学硕士生博士生精英培养计划》，可谓比较文学进行精英教育的宣言，此计划拟定了详细的比较文学研究生的培养方案，明确提出比较文学专业的精英教育特质，强调硕博连读、取消硕士生论文写作、延长博士生学制（四年）、设定多种外语教学（包括古希腊语、拉丁语、梵语以及多种欧洲语言、东亚语言的学习），古汉语和古典典籍的训练等。此项教育计划实施以来，得到了复旦中文系学生的大力支持，也广受社会好评。

（2012 年 9 月 26 日于曲阜孔子研究院）

志荣印象

　　志荣忠厚长者，不苟言笑，我们相识七八年，聚会百余次，所谈者似皆正经八百话题，譬如学术问题、某贤达程度、古人境界、郡国利病等。近记忆深刻者，皆此。然而，这些不足为外人道也，听来也无甚趣味，故不言。志荣沉浸中西印古典学术有年，我若摆足架势写《刘志荣论》，实在不能胜任，夫子之墙数仞，岂我能窥？宁瞻之在前、忽焉在后，不若不写。倒是八卦最好，既有趣味，又能见出修持境界，我也省力藏拙。尼采说，三件小事就能见出一个人。那么，我就讲几个关于志荣的八卦。

　　2004 年，我初入复旦。某次学生会邀请刘志荣老师讲座。那次，他讲"潜在写作"相关问题。此概念由陈思和老师提出，但将其发扬光大、建成理论体系、做深做细做大做强者乃志荣。当时闻听志荣老师讲，对此非常有兴趣，事后遂写信请教。谁知，他非常热心，传来博士论文（即日后其名作《潜在写作》）参考书目，并写来长信说不可溺于局部小问题云云。当时闻听，虽未必全部理解，也不懂其用意，但心向往之。事后回想，这些年我确实时时提醒自己，小道虽有可观，但致远恐泥，缘起则在志荣老师。我们初识，他却对我说了这样一翻话，可知他对年轻人的热心。又某年，我们共同成为中国现代文学馆客座研究员，时常一起开会。我年轻按捺不住，以为对有些事情有心得，故常常乱说话。志荣老师总是随缘指点教诲，让我警醒反思。

还记得某年，老师来中央美术学院讲课，数位学长陪同。晚上老师课罢休息，我们难免不知节制，胡乱吃酒，随便聊天。那次，酒酣耳热，兴头已起，不可遏制，都吵着要酒，嚷着要喝个痛快。唯志荣幽幽地说："乐极生悲，今天就喝这么多吧。"闻听此言，众人无言而散。

今秋，志荣新晋教授，赴中央党校培训。我与妻子前去看望。我们一起逛了圆明园，睹故事，看今天，思来者，难免发些感慨。我就所思，一一求教，就有心得者，求为印证。志荣随口解答，一一指点。彼时，秋风吹拂，无比舒畅。言及日后打算，志荣说，别的已无兴趣，就专心讲讲张尔田的《史微》吧。犹记长者曾言，看下来民国时期唯此书最好。分别之后，我发短信说，很多疑难，涣然冰释。志荣回信却道，不可当真。

八卦讲完，虽有管窥蠡测之弊，但还是要卒章见志，谈谈志荣的学术。

刘志荣教授，男，1973年生，陕西白水人，现任复旦大学中文系现代文学教研室主任。硕士研究张爱玲，博士研究"潜在写作"。出版过《潜在写作》《百年文学十二谈》《张爱玲、鲁迅、沈从文》等。现在从事中西印古典学术研究。

（2015年12月7日于易文堂）

理寓乎史

——评王晓琳《警察美学的生命话语——公安文学研究》

王晓琳是公安文学评论家。他之养成不在学院，而因家学和社会。王晓琳有深厚的家学渊源，少时即在其母亲教诲下诵读唐诗，现著有精彩的唐诗论著，亦长于绘画和音乐等。王晓琳是云南的基层民警，工作辛苦而琐碎，应对过艰辛的局面，处理过复杂的问题，亦曾因公务受过伤。基层摸爬滚打的经验苦则苦矣，然或助益于对人心和世道的理解，王晓琳可以化消极为积极，工作经历和经验益于其学问。做事不忘读书，读书不忘做事，未必宅于书斋，未必专职为作家、评论家，此路虽然艰辛，但或有新得，此王晓琳先生所走过的研究道路之重要启示。

《警察美学的生命话语——公安文学研究》（中国社会科学出版社，2015 年）是王晓琳近作，此书语言颇具诗性，文风朴实，具有三方面的意义。

这部书可使"公安文学"概念立住。某文学概念从无到有，从有到传之久远，需要各方面能量加入，尤需大作家、大作品和大评论家凝神聚力、共同支撑。公安文学首先需要公安文学代表作品，需要优秀的作家，同时需要公安文学理论家和评论家对公安文学作品的总结、批评和引导。王晓琳以创作实绩，为公安文学梳理出作家谱系，总结出公安文学的基本精神和美学风范，为公安文学概念的确立贡献了重要力量。

这部书亦为公安文学史。某概念立住站稳亦需历史支撑，故史尤为重要。王晓琳以一人之力治公安文学史，他在文本细读的基础上，描述了新中国成立后六十多年公安文学发展的历史，涉及作家作品之多、论述之精到、引述之广博，让人赞叹。通过此书，读者可了解公安文学的历史、现状等，其书对公安文学的发展与有功焉。

这也是一部有志之书。此书虽为理论之书、史书，但不可仅以理论或史视之。公安文学应有两方面的意义。首先，可给文学世界提供新鲜的经验，树立新的人物形象，警察应对千头万绪的琐事，接触多种多样的复杂人物，见惯危机困境，对世界和人有丰富的了解，将此写出，或可为文学另辟蹊径。同时，公安文学应该为公安战线服务。公安文学应在创作中贯穿警察的理想，通过文学潜移默化地熏染，丰富警察的精神世界，助益于公安精神之贯彻和弘扬，为警察提供精神给养。王晓琳先生此书同时具备这两个要素，作者以文学研究和文学史的形式展现了公安文学新鲜的经验，亦将警察理想贯穿全书。"警察生命美学"是全书核心思想，王晓琳先生以为这不仅体现于公安文学和艺术中，更在警务实践和警察人生中。"大地上警察"应该是正义、秩序的化身，若可如此，警察在日常生活和警务中将体现出美。这部书虽是评论著作和史学著作，但更希望藉此涵养警察精神，贯彻警察理想，使警察充实而美，甚至美而有光辉。

（2015 年 5 月 20 日于太阳宫）

读陆胤《政教存续与文教转型
——近代学术史上的张之洞学人圈》

　　陆胤《政教存续与文教转型——近代学术史上的张之洞学人圈》以张之洞一生行迹为主线，在此基础上着力研究了张之洞及其学人圈在近代学术史上的重要作用。

　　张之洞在晚清政局发挥了极大的作用，可谓名臣、重臣。他一生面临几次巨大挑战，处境艰难，但皆能化险为夷，终其天年而不中道而夭，他科举中探花，之后作翰林，为清流，"遇事敢为大言"，其引为同调者大都因故半途而废，他却逢凶化吉，外放大员，巡抚山西，总督两广、湖广，最后入主中枢。张之洞一生无虞，此恰其修为之表现，亦展现了高度的政治智慧。张之洞一生立场亦有几次大变化，"先人而新，后人而旧"，新旧之间徘徊转化固是其思想变化之结果，亦是其相机而动之表现。陆胤先生对张之洞一生行迹有翔实勾勒，此不赘述。

　　清末中央政权弱化，地方督抚实力大增，内轻外重，尾大不掉，"东南互保"最为典型。用士之权理当归乎中央，然一旦中枢力量削弱，无法统一，士人感之而星散，不得不另觅出路。若地方大员有实力，士人亦会往归，附之以求发展，大员亦冀养士为用，二者相求相应，故有幕府。幕府之用广矣、大矣，其核心人物将会广泛参与诸事之建议、谋划、决策，甚至与参机要。张之洞幕府之形成固是他与士人们互相选择的结果，亦因此大背景。陆胤先生以"学人圈"概念代替幕府，盖因有不在张之洞幕者，他们与张之洞的关系是师友之间而非主仆之间，且亦发挥了重要作用，如此幕不足尽之，"学人圈"云云则可涵盖之，故更具概括力。张之洞选择士人，会考虑其德行和才能等，士人选择张之洞亦会考虑其政治前途、品行等。张之洞学人圈形成经历了长期过程，期间亦有流变，且学人之间关系复杂。然而，他们以张之洞为首，大致结成了一个精神共同体，有基本相同的精神取向和价值立场，也结成了利益共同体，一荣俱荣，一损俱损。因张之洞政治地位显赫等原因，故其主导下的学人圈能在"学风引导、学制厘定、学术机构建设、舆论控制"等方面发挥重要作用。

教育是更为根本的政治。甲午之后，"学务"问题尤被重视，因为关乎如何摆平中西关系问题，关乎如何定国是等问题。晚清乃三千年未有之大变局，如何处理中西关系最为要紧。迫于形势，西学中源之说已近迂，久乃自破；"貌似孔孟，实则夷狄"，全盘西化，更不可采。张之洞《劝学篇》言"盖政教相维者，古今之常经，中西之同义"，故其人尤重文教。张之洞倡导"中体西用"，可解清廷困境，可应对西方冲击，能安顿好中西二者，主者主之，次者次之，故可成为清廷基本主张。张之洞文教方面贡献极大，虽曰因个人能量，但背后有其学人圈集体贡献。陆胤尤重张之洞学人圈在文教方面的作用，条分缕析，逐时期论述，可谓卓识。

（2015 年 4 月 19 日于太阳宫）

创造、国际视野、判断力及对 90 年代的理解

——由此透视我的批评观

一、关于创造

创、造、制、作等都曾是极为严正的词。《广雅》解释"创"为始意;《说文解字》释"造"为就。"创造"合观,原意是:做成前无古人,后无来者的大事业。譬如,《圣经》说创世纪,说上帝造人。比如,1932 年熊十力先生出版《新唯识论》之时,署名"黄冈熊十力造",一度引起轩然大波,因为按佛经惯例惟菩萨才写"某某菩萨造"。制、作大体也如此,比如儒家说制礼作乐,《中庸》称:"虽有其位,苟无其德,不敢作礼乐焉,虽有其德,苟无其位,亦不敢作礼乐焉。"《论语·述而》言:"子曰:述而不作,信而好古,窃比于我老彭。"孔子"圣之时者"尚自称"不作"。朱熹称:"孔子删《诗》、《书》,定礼乐,赞《周易》,修《春秋》,皆传先王之旧,而未尝有所作也,故其自言如此。"

创、造、制、作现已用滥,流入日常语言,在各种场合都能听到,在各种文件、著作、文章中都能看到。现代人越来越自大,对这些神圣的词汇不以为意,"创造"本应该是"上帝"级别才有资格使用,今天却随处可见。现代以来"我"有两次大膨胀:一次是"五四"运动,男"我"和女"我"从家庭中走出来,走到社会中。于是有郭沫若的《我是一条天狗》,其中有句曰:"我是一条天狗啊,我把月来吞了,我把日来吞了,我把一切的星球来吞了,我把全宇宙来吞了,我便是我了!"这首诗现在读来很雷人,但能看出当时"我"之膨胀。抗日战争之后,因为战争,"我"迅速融化到集体话语之中。80年代,"我"从集体和国家话语中脱离出来。如果要为80年代至今的文学,选择一个关键词的话,"我"应该最为重要。一旦"我"失去了约束,"我"就容易膨胀,因此"创造制作"之类何在话下。

现在最大的问题不是"局限于创造",而是当不起"创造"却硬要创造,即《周易·系辞》所谓:"德薄而位尊,智小而谋大,力小而任重。"hold不住"创造"者却一定要"创造",长此以往,会对创造者本身有所伤害。若对政治家而言,如此自己可能会身败名裂,也可能会对社会造成巨大的伤害。若只对于作家而言,这种伤害表现在外就是作品不够好,表现在内就是身心难以平衡。比如,一个人只能负重五十斤,却一定让他负重一百斤,偶一为之或还可以,若长久下去,此人必定垮掉。"我"要是没有那么大的口和胃,就不要随便吞月吞日,小心牙齿,小心消化不良。

现代意义上的"作家"这个词汇始于何时,不得而知。《五灯会元》中常有"作家"一词,一般指高手、行家,尽管那时是极厉害的高僧大德方可当此,可见在唐宋之时,这个词的分量已经减轻了。"作家"这个词我觉得有潜意识的误导,似乎写作就是要创作、创造,作家就是创造者。如此,"作家"这个词容易将作家导向骄傲和自大,骄傲、自大就是自满,自满就难虚中,就难涵容它物,遑论万物,这样的"创造"是儿戏而已。轻易言创造者,创作一般不会好;要对"创造"保持敬意，慎言创造者，其作品反而有可能会好。

放掉所谓"个人才能"，进入传统，唯有这样作家才能成为好的作家。因此不是局限于创造，而是应该往当得起创造之路走。"毋我"或"无我相"的程度高一些，融入传统就会深一些，如此才会力量大一些，才有可能会慢慢担起"创造"一词，如此其作品才可能会好一些。

二、国际视野

讨论作家与国际视野问题，关键在于理解什么是国际？哪些国际？每个人所取的路径不一样，立场和程度就不一样，譬如有以法国为师者，有以日本为师者，有以英国为师者，有以美国为师者，有言必称希腊者，亦有口口声声称耶稣者。

晚清之际，中国从天下观念转变为国家，承认了新的世界格局，承认了国际，这是近代以来中国最为重要的变化。中国接受国际这一概念的过程非常艰难，较早"睁眼看世界"者往往不被接受，譬如林则徐、魏源被骂为汉奸，郭嵩焘出使亦被骂。之后，经过"五四"运动等，向西方学习这条路确立了下来，一直到今天都是时代的主题。

但是，有两种思潮值得注意。一是 20 世纪 90 年代以来兴起的民族主义，代表作如《中国可以说不》《妖魔化中国的背后》，到 2008 年美国经济危机达到了高潮，譬如《中国不高兴》等出版。这种思潮以为中国已经发达，不必再学习西方。二是对国际化理解肤浅。有一次，我跟一些作家谈读书，他们谈的多是西方乱七八糟的书，他们也喜欢讲讲英文，好像具有国际化视野，但如果只读这些书，肯定走不远。今天，如何理解西方依然是重要的主题。但应该看西方的根，看看他们压箱底的是什么，不能只看表面，像钱穆、季羡林一样随便比较一下中西异同。

近些年，人民大学的刘小枫一直在编"经典与阐释"丛书，这套丛书与"汉译世界学术名著"、"文化：中国与世界"丛书等不同，选取的皆是康德、黑格尔以前的西方重要思想家，而且尤重视古希腊哲学。这条路颇为重要。譬之佛教，只有中国化，经过与中华文化的碰撞、融合，产生了中国自己的教派，融入中国文化血液之中，对佛教的理解才真正完成。对西方的理解，亦应参照佛教入中华的情况。

三、判断力

如果谈论批评所需的素质，拈出判断力和感受力，确实全面。但是，判断力在诸多素质中应是首脑，感受力从属于判断力。

判断力在康德的概念系统中，颇似我们所说的智慧或抉择。判断力提高就是智慧提高，如此一旦面临抉择，方能条分缕析各种信息。假者假之，真者真之，虚者虚之，实者实之，万物各得其所。尽管环境变幻莫测，却能时中。

如何提高判断力？如鱼饮水，冷暖自知。但大致有二途：读书与做事。提高判断力没有止境，时刻对己有疑，如此才能不敢自满。

是否选择做一个批评家，这本身就能见出判断力。一个判断力极高的人，若以文学评论家现世，他读一般的文学作品，随手一翻即可，不必细读。因为，一见其知作者大体，一眼即能尽知所蕴。他读文学作品，或是为了读时代，为了理解时代的消、息、盈、虚，为了知道自己在时代中的位置。

一个好的评论家应该提高其判断力。判断力在诸多素质中应居首位，判断力提高，感受力亦不会很弱。不同境界的判断力，感受力亦不同，所感受到的也不同。庄子所谓"天之苍苍其正色耶"即是此意。

四、关于90年代

要理解 90 年代，须先理解 80 年代，要理解 80 年代，须先对 50—70 年代有所理解，只有看明白 1949 年之后的整体，才能懂得 90 年代，才能懂 90 年代文学。

70 年代末开始的时代往往被称为"新时期"。一些作家，以莫言为代表，开创了与"新时期"相协调的新文学范式，与"革命时期"的文学风貌截然不同；一些批评家，以陈思和等为代表，通过"重写文学史"事件，开创了与"新时期"相协调的文学研究和文学评论范式，与"革命时期"的文学研究范式亦不同。向新在当时乃大势所趋，所以"重写文学史"彼时虽然也受到了批评，但总体上是受到了热烈欢迎，及至今日，已经被人广泛接受。

70 年代末开启的发展思路在 80 年代末受到了挑战，但之后经过 1992 年南方谈话之后又重新接续上。90 年代貌似出现了一些新的情况，思想界也发生了分化，民族主义的兴起，新左派的产生，自由主义的兴起等，但这些其实还是对 80 年代问题的延续。

"断裂问卷"发生于 90 年代末，韩东、朱文等没有看明白他们在 90 年代所应该承担的任务，他们没有天时，所以也没有人和。"断裂问卷"只有个人利益的冲突，只想确立他们的"身份"，充其量只是"影响的焦虑"问题，远远谈不上"断裂"。没有完全地"断裂"，今天所应该强调的是"延续"而非"断裂"。从"断裂问卷"的后果也能看出来，朱文、韩东没有一呼百应，反而把自己孤立了，像"自焚式袭击"，结果只是形成了一个小圈子而已。

（2015 年 2 月 9 日于太阳宫）

论文学评论家不可志为文学评论家

当前，文学评论受制于三种力量，故对文学评论有三种理解，相应文学评论亦呈现为三种形态。其实，三种力量自古有之，万事皆受其节制。天大地大王亦大，王者往也，此政治；古有"素封"之说，富可敌国，可傲王侯，今市场类之；中国向有道统、政统之分，孔子称为"素王"，素王道统也，昔儒生持守，今大学似也。20 世纪 80 年代后社会去政治化，政治控制力降低，学院力量增强，经济改革导致市场作用提升，故大致形成今日三足鼎立局面。

先言政治。政者，正也，导万事之正。文学评论是领导文学的重要手段，可介绍、分析、总结文学界情况，可引导文学方向，可确立文学法则，可通过研判文学舆情了解社会情况。习近平总书记在文艺工作座谈会上就将文艺评论工作放在"党的领导部分"进行论述，可见一斑。早期党的很多领袖都关注文学，以文学评论进行政治斗争，争取文化领导权，前有瞿秋白等，后有周扬等。在组织架构上，有中国文联的中国文艺评论家协会及各省评论家协会，又有中国作家协会相应的委员会等，为评论提供了组织保障和人才保证。次言市场。尤在 1992 年后，市场逐渐成为资源配置的重要方式，十八届三中全会已言"市场在资源配置中起决定性作用"。市场将文学作品视为商品，将文学评论视为对商品的宣传，故文学评论成为商品流通一环，与分一杯羹。一些作品甫一出版，评论文章、发布会或座谈会随即跟上，即市场参与之表现。再言大学。今综合大学多有中文系，中国现当代文学为二级学科，文学评论则是学科重要组成部分。大学将文学评论视为学科或专业，有志向的老师将之视为不朽盛业。高校有教授、副教授、讲师，有经典教材，有相对统一的评价标准，有经费保障，几十年来培养了大量本科生、硕士生、博士生。教授与学生们成为文学评论领域主力，今所谓学院批评者即此。

三个领域的评论家并非截然分开，而可互相流动。学院培养的评论人才可到作协、文联任职，亦可进入市场择业；学院的名教授、名评论家是作协、文联座上宾，亦常出席市场相关活动。部分崛起于市场或就职于协会的评论家进入大学，做教授。譬如某教授，一度就职于杂志社，后入高校，或因怕被人说缺乏学理性，故文章愈发晦涩。

随着"简政放权"逐渐落实，政治对文学的领导与介入渐少渐弱，故多借助学院力量，重要奖项（譬如"五个一"工程奖、茅盾文学奖、鲁迅文学奖等）专家评委席位颇多。为宣传需要，市场亦借重学院。因此，虽说文学评论有三种形态，但学院评论的地位与作用举足轻重。故欲了解当前文学评论现状，可由学院。

学院评论家虽称有气节品格，独立于政治、不依附市场，但亦有其不得不遵循的游戏规则。学院评论家虽无科处局部级别之分，亦无员工经理董事长之判，但有讲师、副教授、教授之别。学院晋升主要途径为发表学术论文、出版学术著作、申请国家课题等，故教师往往重科研、轻教学。

评论家要有两手：第一手是广泛阅读文学作品，大多严谨者皆合格，差别唯在多少；第二手是知识结构，此则千差万别。欲做优秀评论家，于第一手固应努力，但功夫还需在文学作品之外。有学者尝编李长之文学评论集，所收录者皆其文学评论文章。余怪其不能展示李长之全貌，亦怪其不能言明文学评论家养成之不易。若余编其文学评论集，将多收与文学评论无关者是为其文学评论集。欲日日新、又日新，关键亦在第二手。世人往往因循守旧，检查自身立场尚难，遑论更张。文学评论门槛较低，故可凭才情年少成名，但很快会遭遇瓶颈，难以突破，遂原地打转。原因在于第一手硬、第二手软，根不深基未厚，况成名后有牵绊耗损，故有伤仲永之叹。知识结构简单而固化，长期浸染当代文学作品之中，非但缺乏丰厚营养，反需以己补它，久之入不敷出，必将竭也。尝观几代文学评论家，大多如此，不亦悲乎。

以 20 世纪 80 年代以来学术明星变迁为例，可清楚地见出知识变迁。学术明星乃学术时尚之承载者与体现者，但并非时代第一流学者，因有隐而不彰但超时代者在焉。譬如，李泽厚青年时高举马克思主义大旗，敢于出面挑战美学权威朱光潜，即因背后有国家意识形态支撑。建国之初，李泽厚承担了美学界"拔白旗、插红旗"的任务。70 年代末，李泽厚转变，推崇康德，作《批判哲学的批判：康德述评》，一时引领学界潮流。"主体性"云云亦成为彼时关键词，以至于甘阳所译《人论》都歪打正着，流行开来。随着西方知识迅速传入，李泽厚逐渐落伍过时。随之而起者则有甘阳、刘小枫等，他们通过编辑"文化：中国与世界"丛书，翻译引进了西方现当代知识，一时尼采、萨特、海德格尔、维特根斯坦等众人皆知。历史循环不已，李泽厚不幸地重蹈了"五四"时梁启超的命运，不得不马不停蹄地跟着"西学小生"们奔跑，其"盟主"地位亦丧失。学术明星有耀眼之时，但旋即谢幕，力不能突破局限，则应平和处之。今日李泽厚屡屡发言，但言之无物，未有进步。80 年代西方理论的引进者、倡导者称为改革派，他们虽亦有分野，但有近似诉求与标的。90 年代，此共同体逐渐分裂，或为新左派，或为新自由主义，或为民族主义，或为保守主义等，各有思路、各执一词，争论不休，以至于今。

然而，80 年代至今流行的知识结构，于中西大传统而言，实在偏之又偏，皆局部细节问题。以此为基，中国与西方的大根大本何在，渊源流变如何，皆不能知也。执此以解文学，弊端有三。

一、局于一隅，难对时代有整体理解。中国当代文学，关键在当代，文学是当代组成部分。当代处乎什么阶段、来龙去脉、主要问题、目标在哪，处乎今之世，出耶处耶，语乎默乎，才是重要问题。对此成竹在胸，已有判断与抉择，才能确切了解当代文学在当代的地位作用、利弊得失，才能为当代文学的发展提出要求，指示方向。故为文学立法或确立目标者多非评论家，而由更高层面者完成。梁启超倡"欲新民必先新小说"，影响几代人；陈独秀、胡适倡"文学革命"，造就了新文学；延安文艺座谈讲话，再度开启了新的文学观念与生态。

当然，通过当代文学了解当代亦是一途，此即"兴观群怨"之"观"。然而许多作家沉浸于一己之悲欢，迷恋于细节问题，于大势鲜有感应，亦无判断，遑论得先机而引导。此或已为常态，不得不承认。"新文学"是经部与史部化身为集部（甚至是小说），经部史部以集部面貌出现，故有大判断，可引领潮流。因处非常时期，要动员群众、广告周知，当时舍小说而何由，故经部史部须下降化身为小说。今承平日久，经部史部集部已各归其位，经部史部思考关注大问题、大走向，小说则应复归于"街谈巷语、道听途说"，何必力不能逮而妄担虚名。国家多事之秋，遂有新文学；国家无事，新文学终结，文学复归常态格局，处当处处。故不可再以经部史部之要求要求小说，不可再以经学家、史学家之要求要求小说家；而应以小说之要求要求小说，以小说家之要求要求小说家。今日，网络文学兴起即是新文学终结且复归传统格局的重要表征。目前的文学现实在新文学体制中不得伸展，受到压抑，但由于网络媒介兴起，遂附着于网络，以网络文学形式展示出来。网络文学不是文学的网络版，而代表着与新文学格局和新文学观念不同的传统文学格局和文学观念。

二、为专家久之，恐泥。以作家为志向的作家肯定不是好作家。古来文学上有大成就者，鲜有专业作家，大都在社会上一番摸爬滚打，有不平则鸣之，屈原是也，司马迁是也，曹雪芹是也，鲁迅是也。近有姜淑梅《穷时候，乱时候》《苦菜花，甘蔗芽》二书，略具影响。作者出生于1937年，历经战乱时艰、生活困难、家庭变故，有所郁积，故以文学发之。姜淑梅1997年始认字，2012年写作，六十岁识字，七十五岁著书，且质量颇佳。专业作家见此，做何感想？专业作家"专"在何处？文字？修辞？经历体验？姜淑梅现象确实挑战了专业作家，但其作品是否即为好作品？亦未必。姜淑梅所长在经历，但"我的经历"岂可久恃，终将有尽时。希望姜淑梅不要成为本色作家，不能仅凭恃见闻经历，而应通过写作升华对历史和人生的认识。譬如贾樟柯屡启用其表哥韩三明参与表演，其人在几部电影中表现可圈可点，亦获过大奖。韩三明是不是好演员？是。因其本色地演出了底层工人的生活状态和精神面貌。韩三明是不是大演员？不是。因尚不能超越"我相"。大演员化掉了我相，通他心，具七十二变，大作家亦应如是。"我"实浪漫主义坏遗产，以个体主义为根基，能有多少经历与情感，禁得起从冬写到夏？故很多作家才竭之时，疯狂者有之，自杀者有之，世人竟津津乐道。艾略特《传统与个人才能》实为良药：个人才能何足恃，必也进入传统，方为正途。尝读余华《十八岁出门远行》，怪其"我"多，统计之后，发现全篇竟共有188个"我"，此即当代文学深受浪漫主义影响之一征。作家要想突破，必也"毋我"，必

也破除"我相",舍此无它进步之途。

以文学评论家为志向的文学评论家肯定也不是好的文学评论家。研究当代文学,目的何在?为了懂当代文学,还是为了懂当代?专家或为懂当代文学,专攻之后可对文学现场如数家珍,某某写什么,写得如何,有几种流派,多少种风格等。但专家弊在缺乏大视野,为了了解文学而了解文学。

古代有无文学评论家?有。孰是?采诗之官类之,名异实同。《汉书·艺文志》言"哀乐之心感而歌咏之声发,诵其言谓之诗,咏其声谓之歌。故古有采诗之官,王者所以观风俗、知得失、自考政也。"《毛诗序》言"治世之音安以乐,其政和;乱世之音怨以怒,其政乖;亡国之音哀以思,其民困。"采诗之官行于四方,搜集民谣民歌,当然不是为了比较哪首遣词造句优美,研究有几个流派,各呈现什么风貌,而是由诗而判断政治,由歌谣了解民风,知民心民情,其意在了解当代,备王省察更正。拙著《"通三统"——一种文学史实验》自序标出"观风"一词,言此余从事文学批评之目的,即希望上接此传统。

若可具乎整体判断,又愿意以文学评论为方便,化身为文学评论家,此为好的文学评论家。为懂当代文学须懂当代,但懂了当代何必再看文学?将观风乎,将以为消遣乎,故近年不断有人离开文学评论领域。

三、倡导"文本细读",实于行业有害。文本细读当然是文学评论的基本职业伦理,但此方法用久,将使从业者愈发平庸,故不可不辨。人生有涯,知也无涯,以有涯之生随无涯之知,殆也。然而奈何?关心根本性问题,用力于经典,或可知百世。人类不过那么几个问题,家国不过那么些处境,孟子所谓"易地皆然"。但若无大判断,不识大体,不闻大道,死抠文本,读了一遍又一遍,美其名曰"文本细读",久之耗时间,占精力,疲精神,将小获而大失。

　　故另有一种读书法，诸葛亮行之，"独观大略"，陶渊明行之，"不求甚解"。于经有会，默察大势，观文学作品何啻牛刀杀鸡。一目十行可也，何必细读？因一望即知其根基，接谈几句即知其程度。鉴定高手往往只观书画一角，技击高手往往只一击，同理也。

　　在有大判断的基础上进行文本细读，既对自己负责，亦对被评论对象负责，既可用功于经典，亦不至于看走眼。

　　文学评论家若欲上出，必也更新深化自己的知识结构。文学评论行业若欲更上层楼，必也检查行业的整体知识结构。

　　从事文学评论工作有年，于行业利弊有所思，于个人得失有所省，今因机写出，非为批评，意在建设。知我罪我，识者可知。

（2015 年 8 月 4 日于易文堂）

80后批评家的时与命

——兼及"80后批评家丛书"

　　80后作家在十年前就有声有色了，尽管时至今日吆喝最响的几个人都由作家成了"作"家，但他们确实赢得了眼球，积累了人气，集聚了财富，成为标识性人物。80后批评家则寂然，最多也就是三五年前吧，佼佼者若金理、杨庆祥等才开始受到文坛关注。作家靠才情和经历（当然大作家不能只靠此），故出道会早；批评家需学术素养，起码要了解中国现当代文学史，要阅读一些后现代理论，以此武装、包装，因此他们往往要经受正规的学院教育，本科、硕士、博士，甚至博士后一路读完，同时还需积累人脉，如此才有"抛头露面"的机会。故青年批评家成名，难矣哉。

　　2013年，对于80后批评家而言是极为重要的年份，有三件事可为证明。一、中国现代文学馆推出客座研究员制度，鼓励、培养新人，第一批有杨庆祥，第二批十二人中有五位是80后批评家，他们分别是金理、刘涛、黄平、何同彬、傅逸尘；二、2013年5月13日中国作家协会举办了"80后批评家研讨会"，讨论杨庆祥、金理、刘涛、黄平、何同彬、傅逸尘六人的作品；三、2013年10月，云南人民出版社推出陈思和教授主编的"80后批评家丛书"，共有八本，分别是金理《一眼集》、杨庆祥《现场的角力》、刘涛《"通三统"——一种文学史实验》、何同彬《浮游的守夜人》、黄平《贾平凹小说论稿》、周明全《隐藏的锋芒》、徐刚《后革命时代的焦虑》、傅逸尘的《叙事的嬗变：新世纪军旅小说的写作伦理》。这一套丛书的出版，标志着80后批评家集体崛起，他们展现了批评界的新生力量。

编辑、出版"80后批评家丛书"，因缘颇远。2011年冬天，我参加国务院新闻办公室学习班，周明全亦在班中。不久，我们就熟悉起来了。学习结束后，我们商量着编一套批评家丛书，开始我的思路是不限定具体年龄，以70后、80后的青年学人为主。之后，在讨论的过程中，明全提出要做一套"80后批评家丛书"，正式标举出"80后批评家"这个概念。我以为然。然后，我们又讨论主编、编委由谁承担合适，讨论80后批评家的具体人选。主编人选有些波折，后来陈思和老师答应担任主编，并写了长篇序言，对这套丛书给予了极大支持。陈老师言之谆谆，希望这些学院出身的"80后批评家们"能够不向权力和市场低头，要有真知灼见。

80后，今已三十有余，或近三十，学理已有积累，人生已有历练，已开始承担各种责任。80后有很多优秀者，除了收入丛书的几位之外，尚大有人在，譬如：刘小枫门下弟子娄林、李志远等，穆斯林青年学者马在渊，以研究、传播胡兰成为己任的小北、杨少文等，批评家岳雯、李德南、陈劲松、江非、张勐、行超、李裕洋、陈华积等。他们怀瑾握瑜，各有所长，大都受过较好的高校教育，亦有着不同的思想资源，表现出强劲的创作势头。他们三十岁左右，已略有积累，有激情，有锐气，有闯劲，日益成为学术界、文学批评界的重要力量。周明全看到了这股能量，编辑出版"80后批评家丛书"，以物质形态集体表现出来，确实较有眼光。

20世纪80年代出生的批评家和同时代崛起的批评家处境极为

不同，80后批评家应明乎此，知命，知时势，否则易妄动，亦会焦虑不安。

80年代，"重放的鲜花"和新崛起者联合起来，共同开创了"新时期"的文学格局，一直持续到今天，故很多学者策高足据要津，已三十多年矣。就目前的情况看，80后批评家们只能在这个既定的格局之中，继承之，发扬之，作一些局部的调整与发掘。新世纪以来，几乎没有新的、影响全局的文艺思潮提出，不是因为缺乏有概括力的批评家，而是因为文学格局未发生大的变化。这些年，70后、80后作家研究是研究热点，因为时已无"山乡巨变"，只能一步一步，以年龄论英雄。此即时代重要特征。

杨庆祥现身说法，追问"80后，怎么办？"[1] 每个80后都有具体处境，甚至具体的困境。自己能不能看懂？能不能"不责于人"？能不能从自身寻找原因？

"80后批评家丛书"的八位作者，我大都熟悉，了解他们的志向、旨趣、学术关注重心和为文风格。这群人，除了年龄相仿，性别相同之外，有极大的差异。虽然他们面对同一个时代，但每人观感不同，体验不同，志向亦不同，故每人的学术路径亦不同。有人要做同代人的批评家，有人"好古"，有人迷"十七年"，有人喜谈"80年代"，有人善言军旅文学，有人擅诗歌研究，有人偏左翼，有人偏右翼，有人偏向保守主义。然而，如此亦好。"80后批评家丛书"建构起、支撑起"80后批评家"这个概念，展现了他们的共性，但也以具体文本解构了"80后批评家"这一概念，因为他们的差异是如此之大，以至于以天渊言之亦不为过。下文分别言之。

金理，在复旦大学中文系读了本科、硕士、博士，又一鼓作气在复旦大学历史系做了博士后，之后留在复旦大学中文系任教，现

---

[1] 参见杨庆祥《80后，怎么办？》，《今天》2013年秋季号。

已是副教授。金理的学术研究和文学批评深受张新颖老师影响，他本科之际即从张新颖学习，至今其行文风格亦与张新颖类似；之后金理又从陈思和老师读硕士、博士，亦深受陈老师影响。金理学术研究的范围大致在近代、现代和当代，对于这三个阶段，他皆有不凡的建树。

2006 年，金理即已写出《从兰社到〈现代〉：以施蛰存、戴望舒、杜衡与刘呐鸥为核心的社团研究》这样厚重的著作，彼时才二十五岁。这本书是陈思和老师主持"社团研究"项目的一个子课题，金理研究了《现代》杂志的前生今世，研究了与《现代》杂志有关的几个作家，他爬梳整理，上下求索，资料翔实，分析到位，读之，可以了解《现代》杂志的流变和几位作家的基本创作情况。

金理的博士论文研究"名教"问题，以章太炎、鲁迅、胡适、胡风等人为例。"名教"是晚清以来极为重要的问题，当然也极难，金理敢于碰此问题，可知其志不小，积累深厚。

金理于当代文学批评尤为用力，这方面的文章亦非常多。他曾主笔《文汇报》中短篇小说评议专栏，跟踪当前文学创作，也曾为《小说评论》开设专栏"小说的面影"，着力讨论当代文学作品与思潮。金理对中国当代作家的论述视野广泛，研究过王安忆、贾平凹、严歌苓、张炜、阎连科、迟子建等文坛中坚，也研究过盛可以、哲贵、甫跃辉、郑小驴等青年作家，大都持论公允，言之有物。

金理说《一眼集》所收录者乃是"少作"，"这是一个热爱文学的年轻人向浩瀚的文学星空所投去的第一瞥，此即书名'一眼集'的题中之意"①。此书可见金理的"初心"，亦可知其起点之高，"第一眼"尚且如此，第二眼、第三眼如何得了。辑一"切问而近思"，所谈者是身边师友，此辑颇重要，可了解金理的学术脉络、师承。

---

① 金理：《一眼集·自序》，云南人民出版社，2013 年，5 页。

第一篇是《"到处去跑"的贾先生》，写他对贾植芳先生的理解和感受。贾先生是陈思和的老师，金理一度与先生接触密切。我第一次拜会贾先生，即由金理带领。金理以贾先生为全书第一篇，以志不忘先生恩泽，亦是诉说渊源，读后感动久之。第二篇《"爱"与"岗位"——记我眼中的陈思和先生》、第三篇《一言何以成新说——关于文学史理论"共名与无名"的学习札记》皆谈陈思和老师，前者记对老师的所见所闻所感，后者研究老师的学术。第四篇《站在"传奇"与"诠释"反面的沈从文研究——评张新颖〈沈从文〉精读》乃研究张新颖，他受惠于张新颖颇多，此亦是其重要师承。金理又谈郜元宝、周立民，亦是师友。

辑二言现代文学人物，李健吾、何其芳、沈从文、施蛰存等；辑三是对当前文学的跟踪研究；辑四是齐整的论文，谈"日常生活的文学呈现"、"价值叙事"、"思潮与争鸣"等较宏大的问题；辑五则是书评，其所评者大都是现当代文学研究著作。

杨庆祥，现为中国人民大学副教授。庆祥是批评家，也是诗人，只是批评家之名太盛，掩盖了诗人之名。他大学时就出版过诗集，最近又印了一本《虚语》，颇能见出三十岁左右心境，有些悲观、厌倦。

庆祥的学术研究主要有三大块。一、集中于80年代研究，其博士论文讨论"重写文学史"等问题，曾与陈思和、王晓明、吴亮等人讨论对谈，亦专注路遥研究，几篇关于路遥的文章都富有见地。近年，80年代研究渐成显学，各路学者似乎都要重返80年代，看看"新时期"如何起点、发生，甚至是否有合法性。部分新左翼学者极其关注80年代，他们另有怀抱，似想撬动"新时期"的基础。中国人民大学程光炜教授的团队亦开展80年代研究，但偏于文学，庆祥是其中佼佼者。二、关注当代文学批评。庆祥写过贾平凹、阎连科、范小青、余华、徐小斌、劳马、蒋一谈等人的评论，尤关注 80 后作家，曾与人合作，将中国的 80 后作家翻译介绍给国外读者，他也写过张悦然、韩寒、马小淘等人的评论，都非常到位。

三、当代诗歌研究，他本人写诗，对当前诗歌现状亦有广泛了解。

《现场的角力》有两个关键词：在现场、角力，亦可见其志。

此书主要关注当代文学，在"现场"。书分三辑：辑一讨论批评问题；辑二是对具体作家作品的解读，譬如张爱玲《小团圆》、路遥、2011 年的短篇小说、2011 年的四部长篇、张悦然《家》和《好事近》；辑三讨论诗歌，或谈宏观问题"新世纪诗歌写作的几个问题"，或具体分析李少君、周瑟瑟、安琪等人的诗歌作品。

庆祥在思想倾向上略偏新左翼，"角力"表明了他批判的态度与精神。此书批评了当前一些文学现象、作家，譬如以"抵抗的假面"称韩寒，富有概括力。

刘涛，1982 年，中国艺术研究院副研究员。他读书颇杂，关注问题亦广泛，主要集中于中国近、现、当代思想史和文学史。他在博客上的自我介绍是"念终始典于学，研读古典，关注当下"，可见其志趣，他所走的路是"执今之道，以御今之有"。

硕士期间，他读西方美学史专业，沉迷于后现代哲学有年，硕士论文研究罗兰·巴特。博士转为中国现当代文学专业，师从陈思和教授。一度研究巴金，写过六七篇关于巴金及《随想录》的文章，大多理论图解，缺乏对巴金意义的真正理解，亦缺乏对 80 年代的判断。

2008 年 9 月，刘涛赴哈佛大学东亚系交流。某日，在哈佛燕京图书馆读书之际，忽志于研究中国晚清以来"个人—家—国—天下"体系变迁问题，遂以之为博士论文题目。《晚清民初"个人—家—国—天下"体系之变》2013 年由复旦大学出版社出版，此书讨论晚清民初"个人—家—国—天下"体系的变迁过程。晚清、民初之际，中国内忧外患，诸多士人希望调整上述体系，以应对时艰。

黄遵宪、康有为、谭嗣同等人主张进取，希望扩展天下，认为中国应为新的天下立法，于是主张废除家庭，发动群众，建立起个人与天下的直接联系，但是这种思路在现实中受挫。于是，梁启超、蔡元培、秋瑾等人主张顺应现实，认为中国应从"中国即天下"退到"中国是国家"。为了实现这一目标，需要去掉家庭，建立起个人（男人和女人）与国家之间的直接联系，于是"个人—家—国—天下"体系演变为"个人—国家"体系。然而，未必所有的人都关心国家大计，部分则将能量放在了爱情之中，于是"个人—家—国—天下"体系演变为"个人—情"体系。此书亦讨论了各种模式的利弊，虽是讨论历史，但也有现实针对性。中国频频退缩，丧失了"为天下"之志，今日或可重新树立此志。

目前，刘涛尚在写《晚清以来孔子形象变迁史》一书，试图梳理晚清至今孔子形象几次重要变迁，讨论孔子在今天的意义。孔子形象之变关乎国体之变，其形象每次变化都意味着中国社会最强烈的变化。也尚在系统讨论"中国当前思想界现状"，对新左派、自由主义、保守主义、民族主义、新权威主义等思潮的主要代表人物进行了讨论，一方面希望了解这些人物思想的变化，另一方面试图探讨他们对当下中国问题诊断的有效性。

当代文学研究方面，刘涛主要集中于两方面。一、研究当代重要作家，其书《当下消息》可为代表，"当下消息"意谓通过文学观当下消、息、盈、虚，为知语默进退。他曾写过汪曾祺、莫言、张抗抗、梁晓声、余华、苏童、梁小斌、格非、黄济人、六六等人的作品论。二、集中于 70 后作家研究。自 2011 年开始，他在《西湖》开设了专栏"瞧这些人——70 后作家论"，一直持续到现在，已对五十余位 70 后作家作了系统的讨论，现已编辑成册，将由北京大学出版社出版。

《"通三统"——一种文学史实验》是刘涛的文学史实验之作，

此书能见其视野与志向。"通三统"之说本乎公羊学，甘阳曾藉而言孔夫子传统、毛泽东传统和邓小平传统，以应对时代问题。[①] 刘涛"通三统"之说乃本乎公羊学本意，指清代、民国和当下，标举"三"，乃示"天命靡常"。

《通三统》从曾国藩与洪秀全之争开始，他们二人之争是"诸神之争"的具体表现，中西相遇、互相激荡，一个大时代开始了，中国向西方取经的征程开始了，一直持续到今天。又谈了晚清民国人物康有为、鲁迅、郁达夫、夏衍、胡适、闻一多、朱光潜、贾植芳、张爱玲、艾青等人的作品，也谈了新中国时期的周汝昌、钱钟书、李准、北岛、马原、张抗抗、韩少功、王小波等人的作品。接着又谈了青年作家郭敬明、孙频、流潋紫等人。

何同彬，1981 年，现为南京大学中文系讲师，是著名刊物《扬子江评论》的编辑部主任。同彬主要研究中国当代文学，尤擅诗歌评论。

我与同彬同为中国现代文学馆第二批客座研究员，故时常一起开会，一起讨论。但因同彬兄与我皆不善言辞，故很长一段时间，我们没有深入交流。只在《当代作品评论》等刊物时常读到他的大作，或谈诗歌，或解读小说，都持论公允，富有见地。2013 年夏天，同彬在南京大学主场召开了一次研讨会，他忙里忙外，会上会下无微不至，彼时南京天气极热，时常见他大汗淋漓，让人感动。之后，我们逐渐熟悉起来，才发现同彬既厚道又幽默，厚道体现在为人中，幽默体现在言辞中。今天，我依然记得同彬总结南京会议时说："这次会议概括起来有三个'二'……"

《浮游的守夜人》主要收录同彬当代文学批评方面的文章。他自述书名来源："'浮游的守夜人'一文是我批评北岛散文的时候

[①] 甘阳：《通三统》，三联书店，2007 年。

对他的一个不礼貌的评价，当时的理直气壮现在看起来不免有些唐突，毕竟标榜为时代'守夜'的绝大多数人都是'浮游的'：作为一个守夜人，他都已经离开了自己的位置，既非流浪，也非漂泊，而是在浮游，而这里的浮游没有任何不祥的征兆……如今，这种令人厌恶的'浮游'状态早已无情地指向时代、指向文坛、指向所谓的'80后'批评家——包括我自己，包括我那些与日俱增的'深入骨髓的黯然'。"①"浮游的守夜人"是同彬批评北岛，甚至是批评整个文坛的关键词，亦是他自我反省的关键词。今日批评家洋洋得意者多，而反省如是之深刻者鲜矣。我亦曾批评北岛："《城门开》是北岛建造的文字之城，可是，抱歉了，北岛先生、前辈，我不得不说，您尽管是有志向的，但是志大才疏，您想建造的是大城，可是却建成了一座小房子，您想打开的是城门，可是打开的却只是房门。能建大城者唯哲人，比如苏格拉底，他要见'理想国'，或大的政治家，比如一些开国元首，如现存的《联邦党人文集》，再比如共济会员，freemason 本意就是自由石匠。北岛不能胜任这项工作，其胸襟、气度和力量尚不足承担建成一座大城的重任。"②此说或与"浮游的守夜人"有类似处，固然是批评北岛，但亦有自我反省之意。"守夜人"浮游，如何担起"守夜"大任。要乎，根基要深厚，不能浮游。

《浮游的守夜人》分三辑。第一辑谈诗人与诗歌，主要涉及欧阳江河、小海、黄梵、李德武等人，同彬擅于诗歌批评，寥寥几语即可勾勒出诸位诗人之同与异，是大手笔；第二辑主要谈小说，涉及鲁迅、姜戎、苏童、何士光、格非、刘亮程、余华、葛亮、韩寒

---

① 何同彬：《浮游的守夜人·后记》，云南人民出版社，2013 年，242—243。
② 刘涛：《城门开不开？——读北岛〈城门开〉》，《"通三统"——一种文学史实验》，云南人民出版社，2013 年，177。

等新老作家，视野之广，可见一斑，其中多有批评之语，皆能中的；第三辑则讨论较为宏大的文学史问题，譬如"90年代以来中国历史意识"、"当下文学史思维"、"西部文学"等，可见气魄。

黄平，1981年，毕业于中国人民大学中文系，师从程光炜教授，现为华东师范大学中文系副教授。黄平主要研究"新时期"以来的文学，尤集中于80年代研究和新世纪以来的文学。

黄平是程光炜教授80年代研究团队中的重要成员，也为这一课题贡献了许多佳作，譬如《新时期文学的发生——以〈今天〉杂志为中心》《再造"新人"——新时期"社会主义现实主义"调整及影响》《"人"与"鬼"的纠葛——〈废都〉与八十年代'人的文学'》等，都有新得，亦获好评。近年，黄平关注80后作家，几次开会，他总在谈郭敬明、韩寒等，以至于金理说"某个暑假黄平都在与郭敬明缠斗"。

《贾平凹小说论稿》是黄平的博士论文，程光炜老师说过他以此为题的因缘："也因为黄平在贾平凹研究中出手不俗，经过我们反复商量，最后确定'贾平凹小说论'作为他博士论文的选题。"① 贾平凹是"新时期"以来最为重要的作家之一，作品多，质量高，围绕着其创作的评价、争论亦极多。研究贾平凹一方面可以对其人作出评价，同时也能见出"新时期"三十多年来的文学发展与文学批评的变化，故极有意义。

《贾平凹小说论稿》系统研究了贾平凹的创作，共分五章，后有两个附录，基本覆盖了贾平凹的全部作品，对其重要作品也作了评价。全书有见地之语时见。譬如评价《满月儿》时，黄平说："一个核心的线索是：革命青年在'现代化'的号召下从'革命小将'

---

① 程光炜：《贾平凹小说论稿·序》，见《贾平凹小说论稿》，云南人民出版社，2013年，7页。

转变为'专业能手'。"贾平凹文学起步就是抛弃"文革"的革命精神，转而加入"现代化"的"新时期"时代精神。譬如"《浮躁》在'改革'与'寻根'之间"等。

周明全，1980年，现供职于云南人民出版社。《隐藏的锋芒》主要是当代文学评论。关于书名，王干说："当然，隐藏的锋芒依然是锋芒，没有锋芒再抖擞也无剑出鞘。"①明全年轻之际，长发飘飘，嘴叼烟卷，有睥睨一切的气概。之后，虽年龄日增，锋芒依然在，只是内敛了，卷而怀之，故成"隐藏的锋芒"，此其目前状态也。故明全自述道："我言'隐藏'，并非刻意之举，乃是想激励自己以读书来修为内心，让浅表的锋芒自灭。这也算对自己的期许吧。"②

《隐藏的锋芒》共分三辑，主要是作家、作品论，既有夏衍、傅雷等现代作家，又有莫言、余华、王朔、老村等知名作家，又有阿乙、张莉等青年作家，可见其关注范围之广。另外，明全论吴洪森、姚霏等人时尤为用力，隐秘地展示着他的思想脉络，由此可见其精神谱系和思想立场。

徐刚，1981年，毕业于北京大学中文系，师从张颐武教授，现任职于中国艺术研究院，即将调入中国社会科学院文学所。徐刚主要研究中国当代文学，尤擅"十七年"研究与当代文学批评，另也擅电影批评。

徐刚博士论文研究"十七年"，后来其书在台湾出版。"新时期"文学规范建立之后，"十七年"文学被打入冷宫，研究者寥寥。徐刚致力于此，或能见其立场，又其思想资源似以"西马"为主，或亦可证。在刊物上陆续读到几篇，或重读《组织部新来的年青人》，或谈"十七年"工业题材小说，皆都别出心裁，令人敬佩。

---

① 王干：《接地气和艺术味》，《隐藏的锋芒》，云南人民出版社，2013年，5页。
② 周明全：《隐藏的锋芒·后记》，云南人民出版社，2013年，277页。

徐刚对当代文学批评介入很深。譬如，他对马原的批评极其到位，说清楚了马原的意义与局限。另对格非、刘震云、莫言、张洁均有着到位的评述。2012 年始，徐刚在《西湖》开设"80 后作家论"专栏，对 80 后作家展开了系统评述，他对孙频、马金莲、马小淘等都有着精到的论述。

《后革命时期的焦虑》书名即可见徐刚有整体性抱负。"后革命时代"乃是对时代精神的命名与理解，"焦虑"乃是对时代的概括与总结。徐刚自述道："唯有'焦虑'或许才是概括社会主义文学及其文化政治的核心命题。"①

全书所论甚广，共分两编。上编所言皆大问题，讨论了"五四与当代文学合法性问题"、"文学史分期问题"、"十七年的舞厅叙述"、"50—70 年代劳动问题"、"十七年中的上海姑娘"、"十七年中的乡下人进城主题"等，所选论题极智慧，论述非常精彩。譬如对"五四"几种解释的梳理，言简意赅；对"十七年上海姑娘"意象的分析让人不由生出敬佩。下编主要是作家作品阐释，分析了马原、格非、刘震云、陈应松、张洁、莫言、阿乙等，亦讨论了"新世纪中国科幻小说的流变"和"新世纪十年城市文学"，高论跌出。

傅逸尘，1983 年，毕业于解放军艺术学院，师从朱向前老师，任职于《解放军报》，现役军人，标准的"美男批评家"。傅逸尘有"两个名字"，他本人不时处于两个名字的"纠结"之中。逸尘是笔名，是青年评论家，此关乎其精神状态，是他安身立命处。"逸尘"似有超凡脱俗之意；其本名为傅强，是军报兢兢业业的记者。

傅逸尘主要研究中国当代文学，尤擅军旅文学研究，另外也写过长篇纪实文学《远航记》。逸尘自述《远航记》的主要内容为："跟随'远望号'出海一百四十天，我也是个'缺席的在场者'。在

---

① 徐刚：《后革命时代的焦虑·后记》，云南人民出版社，2013 年，234 页。

一百四十天的航行里，我记录了大量的船员们的思想、情感、生活以及五次测控现场实况。我用文字将这些东西表达出来，我的观察与体验仿佛便弥漫着一种诗性的光芒，我的无边的孤独与寂寞也便成了诗意的栖居。"①

很早之前，时常在《文艺报》上读到傅逸尘关于军旅文学的论文，只觉其中有一股正气。我们亦同为中国现代文学馆客座研究员，第一次见他是在入馆仪式上，当李冰书记为大家颁发证书时，他以一个标准的敬礼回应，让我印象深刻。不久，我们就熟悉起来，而且发现我们还是邻居，两家只有数步之遥。接触多了，才逐渐发现逸尘之多才多艺。湖北作家协会举办研讨会结束后，刘志荣、李丹梦、逸尘与我同当地的朋友在汉口聚会，氛围极其热烈。宴席边有弹吉他卖唱者，逸尘微醺之际，厌其吉他弹得不好，歌亦唱得不好，于是径取过吉他，独自弹唱起来。一时，席上的小姑娘们春心荡漾，都问逸尘是否已婚。另外，逸尘为人极其热情豪爽，每次吃饭，总是抢着结账，他虽不善饮，但遇到知己，却不推辞，有时候都至于醉酒。

军旅文学是中国当代文学极为重要的组成部分，军队培养了一大批优秀的文学家，推出非常多优秀的作品。1949 年，召开第一次文代会时，傅钟就专门做了《关于部队的文艺工作》报告。②军队也有很多优秀的批评家，"新时期"以来最著名者是朱向前老师，之后则是傅逸尘。朱向前曾说："从军艺文学系创办至今，二十多年来，在文学评论这一行当里，在我和傅逸尘之间隔着一个长长的空白带。"

① 傅逸尘：《远航记》，解放军出版社，2011 年，2 页。
② 参见中国文联理论研究室所编《中国文联第一至八次全国代表大会资料汇编》，101—117 页。

　　《叙事的嬗变——新世纪军旅小说的写作伦理》主要讨论军旅文学，共分三辑。第一辑讨论极为宏大的问题，观题目可知：《国家/民族核心价值观的建构与弘扬——当代军旅小说的叙事伦理嬗变》《新世纪军旅长篇小说的伦理叙事与叙事伦理》《生活质地、思想深度及文学性》《近年来军旅长篇小说的类型化倾向》等。尤其《新世纪军旅长篇小说的伦理叙事与叙事伦理》一文，真是鸿篇巨制。文分上下篇，上篇谈新世纪以来军旅文学的几种伦理叙事，下篇谈新世纪以来军旅文学的叙事伦理。第二辑谈近年军旅长篇小说五论。第三辑是具体军事文学文本分析。第四辑或是对谈，或他谈师友，或师友谈他。

　　逸尘文风朴实很少用大词、西方概念，亦不故作高深，他基于阅读体验，直接感受文学作品的质地、语言、故事的好坏等。他亦极富批判性，对于军旅文学出现的不良倾向都给予了批评。

（2014 年 2 月 18 日深夜于太阳宫）

第 四 辑

对 话

写自己与写他人

——关于《北去来辞》的对话

刘涛：林白老师您好。《北去来辞》发表之后反响很好，我个人也非常喜欢这部作品。本来想就此写一篇评论文章，但后来《百家评论》来约稿，建议可以通过访谈的形式谈一下您这部小说，我觉得也是好主意。我们先从题外谈起吧，可能会涉及一些隐私，请谅解。您能否谈谈这些年您的活动轨迹？从广西到北京等，应该颇多感慨，如此或有助于读者了解《北去来辞》。

林白：1990 年从广西电影制片厂到北京，在《中国文化报》，2004 年调武汉文联。就是这么简单。

刘涛：《北去来辞》您换过几个题目，请问最后名为"北去来辞"，有何用意？

林白：也没什么很特别的用意，觉得这个题目在语言上比较像我的作品。其实也不是特别满意。还是比较文人气，银禾那部分罩不住。不够开阔。但对海红部分还是恰当的。其实我觉得自己在乡下长大，本质上是很不文雅的，相反倒是比较野蛮。

刘涛：我也有类似的感觉。"北去来辞"容易让人想到陶渊明的《归去来辞》，确实文人气浓厚了一些，于银禾、雨喜等未必恰当。《北去来辞》写了三代人，海红的父母，史道良、海红、银禾和雨喜、春泱等。其中有几个人物写得极好，非常鲜活饱满。近年很多小说立不起来人物，但《北去来辞》中有几个人物可以立起来。我们先谈银禾，您这篇小说本来想以此人为主，名为《银河简史》，她让我想起《妇女闲聊录》中的木珍。写银禾时，觉得您让渡出"我"，完全任其自述、表演。同时通过她一方面写了史道良一家和她自己一家，写了城市和乡村。您怎么理解和评价这个人物？

林白：生生不息、壮旺、豁朗、敞亮、自足，基本就是这些了吧。想起《妇女闲聊录》中的木珍是很正常的，这个人物和木珍是同一个原型。木珍就是银禾，银禾就是木珍，只不过银禾写得更充分，闲聊里只有她一个人说话，这是有局限的。

刘涛：嗯。银禾是在关系中、互动中呈现出来的，所以显得全面、饱满。小说对海红的描写亦非常成功，写出一个经受过80年代精神洗礼者的精神状况和生活状况。海红种种容易让人联想到《一个人的战争》，海红是诗人，渴望爱情，爱做梦，失眠，漂浮，纠结。海红最后离婚，走出了家庭，但却不是典型的"娜拉"，她虽出走，但却依然与这个家有千丝万缕的联系。行文中，我感觉您对海红似乎又爱又有些讽喻。您在此人身上寄寓了什么？您怎么评价海红？

林白：一个文艺青年，一个受文艺毒害的人，接受了80年代传入中国的各种时髦理论，缺乏平常心，执着、神经质，不甘心平凡的生活，梦想有奇迹，缺乏现实感。人在成长之后，应该抛弃这种无根的虚浮状态。

刘涛：若表现80年代的精神气质，海红是非常典型的；若想了解80年代的精神，可以通过海红。小说中的史道良亦写得极好。通过史道良，您写出了在80年代具有"左"派色彩人物的日常生活、内心、品味、无奈、愤慨等。您如何评价史道良这个人物？

林白：这个人物是有其格调和品位的，不知我写出来了没有？有他的信仰和尊严，不愿意人云亦云，不愿意拉帮结派混小圈子，不拿他的信仰换取现实利益。这样的人在新的时代不可避免地越来越失意，落伍，被飞速向前的时代所抛弃。他身上有一种不合时宜的"清洁的精神"。所以最后只能出走。

刘涛：我觉得写出来了。当然，虽然未必同意其立场，但读完小说会对他生出敬重之感。海红是经过80年代精神洗礼者，具有自由主义倾向，是先锋派，史道良与其立场不同，写这样一对"夫妇之间"效果令人震惊。写夫妇之间的作品较多，萧也牧写过《我们夫妇之间》，李准写过《李双双小传》，均是通过夫妇之间写大的问题。《北去来辞》也通过"夫妇之间"写出了80年代以来的思想问题。而且，我觉得这对夫妇之间更为复杂，不是单纯写思想冲突，他们当然有思想冲突，但也有割舍不断的、千丝万缕的情感，这样的夫妇之间较之于萧也牧和李准的描写更为真实。您可否谈谈设计这一对"夫妇之间"的初衷？

林白：初衷就是把人的感情写复杂，只有写复杂才有可能具有真实感。只有复杂才能容纳我在这个时代的百感交集。

刘涛：当然通过几个人物，也写出了时代的变迁，革命时期、八九十年代、新世纪和当下。您在创作谈中用"百感交集"一词，我觉得非常恰切。小说的写法也是这样，"百感""交集"，不是如同一般的线性叙事，而是各个人物、各种感受"交集"。您可否谈谈这样叙述的用意？

林白：人物关系、时间等因素"交集"起来，就会呈现自然的厚度。我觉得《银禾简史》有点薄了。

刘涛：现实就是诸多因果的"交集"。《一个人的战争》写"自我"较多，而且似乎沉浸于"自我"，《妇女闲聊录》则鲜及自我，多写她人。当时，读您的《妇女闲聊录》时，非常惊喜，觉得打开了一个新的世界，这个世界依然波澜壮阔，并不亚于"自我"。《北去来辞》似乎介于二者之间，其中涉及"自我"，海红或有着您的影子，您在创作谈中说"我看着她，仿佛看到了自己"。而且，我注意到，在行文中不知道您是有意还是无意，写海红的时候写着写着人称就有所转变，一会儿是"她"，一会儿是"你"，有时候也变成了"我"。但对海红，似乎是在反思地进行观看。另外写史道良、银禾、雨喜都是他人。您怎么看待写自己和写他人这个问题？

林白：《一个人的战争》对自我太沉浸。我现在想，人的自由解放，是否要以放弃"我执"为前提。或者说是超越自我。自我是一个深渊，越沉进去越黑暗。到了《北去来辞》，我是把他人当成自我来写，尤其是史道良和雨喜。我感到把自己深深灌注进去了。也许是我的自我扩充了？银禾是比较自足的。至于人称转换，"你"是一种逼视，"她"是一种远观，一种隔着时空的注视，这两种都有较强的审视和批判。"我"则可看成是一种进入。到书的最后，海红把以前的自己否定了。自己觉得"崭崭如新"。

刘涛：我相、我执未必是好的，若能放掉，世界的阔达会显示出来，所以孔子也说"毋我"。

林白：说得好！

刘涛：海红和史道良对于现实似乎都有"疏离感"，但二者之所以"疏离"原因似乎不同。海红有其理想，史道良亦有其理想，他们的理想与现实格格不入，他们的家龟背竹茂盛，仿佛山洞。通过这两个人，更能让人感受到世界变化之快。您可否谈谈这个问题？

林白：这个时代是加速的时代，也许像"时间的支流"里的列车，是死亡列车。我相信有无数人都深感不适。他们的家龟背竹茂盛，仿佛一个世外桃源，但那是非常脆弱非常虚幻的，是他们的女儿春泱最终要抛弃的。

刘涛：《北去来辞》在写法上也是先锋和现实并行，譬如喜欢写梦境，写失眠，写精神分裂，这是较为典型的先锋写法。另外，也写农村的情况，写史道良一家的情况，写雨喜的打工经历，其中甚至让人看到一些"新闻"的影子，这些都非常写实。您可否谈谈这个问题？

林白：一味先锋与一味写实都太坚硬，交替好，参差一点，多姿一点，一部四十万长篇，叙述上应该有点层次。

刘涛：这部小说语言极好，简练却有表现力，很多处让人击节赞叹。譬如，描写春泱嗜睡一段，真是惟妙惟肖。您这种语言风格是如何修成的？

林白：语言一直是我特别敏感的元素，什么地方不好我自己会很难受。如果语言的表现力不够，我就会对写作不兴奋。

刘涛：关于《北去来辞》，您还有哪些话需要再强调一下？

林白：对自己的长篇，还是说得越少越好吧。

刘涛：谈一个题外话吧。2012年某天，在华侨大厦碰到您，您说一直在练书法。《北去来辞》中有对书法有极好的描写，您主要临哪些帖？在练书法的过程中，有些什么感受？

林白：我小时候就喜欢写毛笔字，但从未临过帖，也没人说个好坏。插队时有一年当了代课老师，那个阶段的日记是用毛笔写的。后来在广西图书馆临过一阵颜体，到北京近二十年没怎么写毛笔，几年前才又开始写，一开始是临唐楷，也临过瘦金。后来明白临帖要从源头开始，唐楷已经是末端了。又到云南一个朋友家去住了些时候，开始临《曹全碑》，还学会了打坐，回来书法就全变了。今年临了《石鼓文》和《泰山经石峪》。这一段病了，有三个月没写。感受是：书法跟生命状态有密切关系。

刘涛：您能否谈谈这些年，您的思想资源主要在哪一块？主要读哪一类书或哪一些书？

林白：俄罗斯文学，中国古代文学。也读南美的，美国加拿大的，早年喜欢普鲁斯特。现在有时也看点佛经。

刘涛：最近有无其他创作计划？

林白：把长篇当成中篇写，甚至当成短篇写。我对这个感兴趣，用一个短篇或者中篇的篇幅，把很长的时间和人物的转折关系容纳进去，可能会有意思。看到张新颖有关短篇的一个发言，他说短篇小说可以胡写（大意），像一块矿石，过于讲究会把自己限制死。长篇小说要变成自足的东西，短篇小说可以不自足，可以敞开。我特别认同这样的说法。一个短篇小说，可以敲成一块矿石的样子，也可以做成精致的项链。我天生觉得矿石好，矿石朴素、广阔、有力量。

刘涛：这种观念，我也非常认同。好的，我们的访谈就此结束吧。谢谢林白老师。

（2014 年 5 月）

颤抖、童年、情结

——关于《颤抖》的对谈

刘涛：凤群你好。学东兄来信，问我能否围绕着你的《颤抖》作一次对谈。我读过你一些小说，印象很好，所以就愉快地答应了。我们先从外围谈起可好？你能否先介绍一下成长经历、读书经历和工作经历？知人论世，这些对于理解你的作品应该会有很多的帮助。另外，你觉得这些经历对于你的创作影响大吗？你如何看待经历与写作的关系？

李凤群：我的成长经历非常简单，我在一个叫江心洲的小岛上长到十八岁。初中毕业的学历。此前，甚至连县城都没有去过。我知道地球很阔大，上面有美国和台湾，但美国和台湾到底跟江心洲有多少不同，我的想象力抵达不了，所以我脑子里的台湾和美国是成片的灰蒙蒙的块状。十八岁，我被获准跟着表姐来到江苏打工，先后做过缝纫工、广告策划人，影视公司经理助理等工作，打工七年，从体力劳动到脑力劳动的转变颇具戏剧性，代价是一场疾病。我有八年卧床不起的经历。实在没有工作能力，于是开始写作。

所以，成长经历就决定了我的命运，决定了我的写作。

关于经历与写作，我猜你想问的是作者会不会把经历写到作品里去，我的回答是会，我们最初的写作，一直会写自己，直来直去写自己，拐弯抹角写自己，重心总是自己，到了一定的时候，我们会脱离，写到他人，但到了一定的时候，又会回过头来写自己，比如杜拉斯，比如黄永玉，但这个时候，那个当初的自己已经跳到一旁，静静观望。

刘涛：您的经历让人感动，讲述很平静，也很真诚。我接触过一些有类似经历的作家，他们成名之后，很不愿意提及当年的经历，现实中也尽量使自己小资或中产阶级化。据我了解，当前很多青年作家有类似的经历，譬如王十月、郑小琼、陈集益等。他们将其打工的经历、在城市中闯荡的经历写进小说，确实让人震惊，也让人了解了农村进城打工者的经历、心态、精神状态等，也反映了一些现实的问题。我知道，你最初用过一个笔名格格，有什么含义吗？

李凤群：因为这个笔名已经基本不用，所以不再回答这个问题了。

刘涛：好的，我们现在谈一下《颤抖》这部小说。"颤抖"是一个非常好的意象，用为小说标题，或有纵贯全篇之意吧。你怎么理解"颤抖"二字？我自己的阅读感受是，"颤抖"应该既是生理现象，但更是心理现象。用弗洛伊德的话"颤抖"就是"情结"，这个结在小说中非常关键，它关联着历史、创伤、记忆，但也关联着现在、解开等。

李凤群：你已经回答了，颤抖最初是一种生理现象，后来变成一个结。这个结把人的过去和现在以及将来捆绑在一起，能否解开取决于机缘和悟性，一凡是"颤抖"主人公的机缘，当然她自己也有一定的悟性。

刘涛："结"解开机缘和悟性当然重要，我觉得还是在于有结者本身有无力量，如果经过长时间的积累，结可能自然而然解开。

一些以前是结的东西，很可能已经无所谓了，我自己就有很多体会，以前很多困扰我的人与事，现在已是"浮云"。关键就是那些总也解不开的结，这是理解自我的根本，也是进步的入手处。要找影响自己那个最为根本的"结"，然后慢慢解开，解开自己甚至会脱胎换骨，人的境界完全两样了。《颤抖》中童年记忆写得非常好。怎么看待小说写童年记忆问题？

李凤群：不记得在哪里看到过，说作家在写的其实都是十八岁之前的生活和记忆，所以，童年记忆影响一个人一生的创作，至少对我来说如此。

刘涛：童年记忆影响一生的创作，这个说法，我保留意见。有些人就可以与时俱进，更新思想和写作资源，有些人可能会较为执着。你小说中的童年记忆和结有关系，写作小说《颤抖》是否为了解开这个结？

李凤群：写作之初，肯定不是为了解开什么结，那样的说法是不诚实的，但写完确实能够解决一些问题，这种结果完全是可能的。写这个小说非常偶然。那时我在北京鲁迅文学院高研班进修，有一次在宿舍聊天的时候，我提到过关于这二十多年来我奶奶一直在梦里问我要水喝的梦境。我说完一抬头，发现周晓枫的睫毛上有泪珠在闪，我被震住了。我以为那痛苦只是我个人的痛苦，我是以一个忏悔者的姿态在说这件事。结果她对我说，你写下来吧。

后来就写成了今天这个样子。

刘涛：嗯。写作之初或不为解开，但写出来，或者经过一段时间，可能慢慢解开。小说中为什么设置一凡这个角色？一凡似乎是"我"的导师，但最后他不知所终，不知道是抑郁了，还是隐居了，导师自己也出了问题。

李凤群：这个问题问得非常好。这么说吧，每个女人心里都有一个一凡。在我们小的时候，引领我们的人是父母，他们帮我们建立审美趣味和价值观。但是遗憾的是，许多年以后我们发现那是错误的，比如，我文中有一个细节，每当母亲看到一个挺胸走路的女人，她会发出她的评价——"丑货"，如果这个女人恰巧还跟男人说话，那么，她的说法是——"骚货"。这些态度严重影响她的孩子对于世界的认知，尤其是70年代生人，有这样家长不足为奇，孩子长到一定的时候，新的引导者会介入他的世界，比如老师、同学，工作后的男女会有上司和同事，等等。在人一生的成长过程中，他身边的人或多或少都在扮演引导者的角色，事实上，每个人都需要有一个一凡，来消解他对世界的困惑，解除过去的意识上的干扰，打开新的窗口，让他发现更大更远更广阔的空间，告诉他真正的是与非，真与假，光明和黑暗。开放的世界使我们得以认识一凡，这是我主人公的幸运。

　　那么，为什么最后他会不知所终呢？这个结局被许多评论家提到过，有的给予很严厉的批评，一凡作为这么重要人物，说他不应该是这样的结局。很遗憾，我想，作者在塑造他的人物时，并不是任何时候都能够做主，一凡最终离开不离开，以怎样的方式离开，我自己也不知道，我只是感觉到他的智慧和他的品性使他在目前的处境很难生存，这是我的认识，我尊重我内心的认识。

　　刘涛：嗯。我倒是觉得这个情节设计得非常好，是小说中非常出彩的地方。真正的导师尚且只是引子，何况还有很多假的"导师"、"先知"、"公知"和"意见领袖"，关键的还是在于自己，要自己"自强不息"，自己解决掉自己的问题，谁都替代不了。一凡离开，我觉得意味着女主人公真正成长了，真正解开了结，自己站起来了，他先是通过导师的引导，但最终依靠自己。母亲这个形象在小说中也塑造得非常成功。中国文学中，有各种母亲形象，但大多是慈母形象。但这部小说中的母亲角色很复杂，母亲不是慈母，但也不是恶母。你怎么定位小说中的母亲形象？

　　李凤群：这部小说中的母亲，很显然，她不够伟大，她不是我们一贯以为和想要的慈母，她只是一个女人，有她的性格，有她的热情，也有她的盲区，更有她的残忍。是的，她不算伟大，她生成什么样，是她的时代和家庭造成的，她把对她的影响放在下一代身上，有许多负面的效果，但是，她是一个母亲，身上有一个母亲应有的母性，她的危害已经形成，或终将过去。

　　刘涛：嗯。小说中的母亲形象非常特殊，也丰富了当代文学中的母亲形象。我有一个阅读感受，《颤抖》中似乎有先锋文学的影子。譬如，"我"和母亲的关系让人想起卡夫卡和他的父亲。能否谈谈对先锋文学的看法？

　　李凤群：说到先锋性，我只谈一件事，我十四五岁的时候，我们村就有许多人在外面做生意。那些二十出头的男孩子，最昂贵的行头就是一套西装，更讲究些的甚至花两块钱买一件丝质的领带，他们在堤岸上优雅地走来走去，很是体面，我于是暗暗攒钱，攒了大约一年，也给自己买了一套西装。我穿在身上的时候，我得说，举村哗然。他们不是被我的气质惊呆了，而是对我的男性化的着装表达了最大程度的诧异，他们看不到如今我们以为平常的那种中性之美，他们看到的是怪异和另类。他们为此恐惧不安。

　　中国文学同样，它需要缩短与世界文学的距离，它需要明白自身形态的多样与多重，它不应该那么单调，它可以更大胆一些，每个小小的尝试都有可能开创文学新的可能性空间。

　　刘涛：哈哈。这个情节有意思，可见你当年的叛逆心情。目前中国文学看似非常多样了，作家们怀瑾握瑜，各有不同的主张，各有不同的创作风貌，但是很多作家都只喜欢读西方小说尤其西方现当代小说，其他资源汲取得较少。所以，其实还是单调。若能突破一些，走出不同的路是比较难的。你怎么给自己定位？觉得自己可以从哪些方面突破？

李凤群：回答这个问题时，我举目打量一下，书房里有三分之二的藏书都是欧美的。我吸收西方文化较之于国内的确更多更广也更长久，实在地说，他们呈现出来的世界、想法、价值观，因为与我们的世界大有不同，所以更有吸引力一些。说到我个人，虽然我一直承认受欧美文学影响较深，但是作为一个中国作家，尤其是从乡村出来的中国作家，我想我这一生的题材都离不开中国乡村，这是我最大的诚意，也是我最大的局限。这片土地赋予我灵感、勇气和力量，但同时也禁锢了我的许多方面。70 年代生人，受意识形态影响很深，比如我们本能地喜欢把人分成"好人"和"坏人"，我记得初中时学校组织看过一部电影《少年犯》，当电影结束，而坏人没有得到拯救，我们一群孩子站在电影院的长椅上，或咆哮，或泣不成声，我们看着昏白的屏幕，坚决不相信电影已经结束，我们更愿意相信是"电影坏了"。这种价值和审美的缺失，使我们的意识里留有许多对立、对峙的阴影。它造成了我们的偏颇和狭隘，如今，我们又身处如此巨大变速的时代，我们要做的突破就是要反省意识，我们不仅要对自己的时代有所领悟，并且要反省我们过去所接受和传达的谬误。比如，过去我们农民把"传宗接代"的思想构成我们安身立命的基础，"断子绝孙"是最大的悲哀，可是后来，由于计划生育政策，另外一些舆论又在说，那些拼命想多生孩子的人，其实是因为他们是"落后的"、"愚昧的"，我们不知不觉被否定了。

以前，我们过分强调尊严，如果被欺负和冒犯不反抗就是弱者的表现，但是，现在，随着年龄的增加，我们后悔过多的，却是因为自己不能从别人狂暴的怒气中发现他们狂暴背后的软弱。现在我们明白，宽容不仅能显示一个人的尊严，更能显示一个人的智慧。

当旧的价值观被否定之后，新的价值观还没有建立，比如现在文化后面会跟上"产业"二字，用金钱的多寡来衡量一个人的价值，

不仅如此，金钱的多寡已经成了我们幸福或者不幸福的标准，这个标准像网一样笼罩住了其他更多元的标准，尤其是人的心灵完全被忽视了，换句话说，人们失去了支撑生存意义的价值观，导致我们的社会呈现出许多急功近利、及时行乐、不为后世着想的状态。这是可怕的状态，更为可怕的是我们的习惯性跟风、习惯性盲从，这种不正常的状态犹如人之昏睡，我想我的《颤抖》就是这昏睡之后的清醒，我已感知心灵的疼痛。我希望知其疼，而又知其所以疼，并且有勇气承认和面对。说到底，文学没有什么即刻实现的好处，但文学一定有它的价值和作用，我想我们能做的就是诚实地发现、诚实地表达，在这个基础上慢慢带动自己和他人重新建立某种价值观。

刘涛：《大江边》主要写农村，《颤抖》既写农村也写在城市中的生存状况。这两部作品显得非常有抱负，农村和城市的关系是这个时代非常重要的问题。你怎么理解这个问题？农村与城市似乎是你目前主要的两块创作资源，有无其他创作计划？

李凤群：《大江边》从头到尾没有离开江心洲，那些生在江心洲后来离开的人，他们进入到《大江边》，完全是因为他们后来又回来，如果他们不回来，他们就不在《大江边》里。《颤抖》里的人是生在大江边，后来她离开了，她带着江心洲的记忆来到美丽陌生的新世界，她必须有勇气回顾大江边，才能直面新世界，从这个意义上讲，我是如此诚实地还原生活。我为自己想象力的贫乏而惭愧，但是忠于当下的自己，忠于自己内心的声音，这对我很重要。正如一位朋友所说，中国四十年完成了西方四百年的发展进程，人被裹挟向前，如此急速和澎湃，对人的心灵带来的冲撞无从逃避。不正视内心的自己，无法轻装向前，《颤抖》就是停下来，敞开自己的灵魂，发出灵魂的颤音，寻求灵魂的共鸣。

说到农村和城市，我恰巧生于农村，在农村完成了少年时代，后有机会在城市工作求生存，我并非刻意选择农村和城市这两种反差较大形成的对立来写，不，城乡的对立，贫富的对立在我眼里都不是最根本的问题，人，人心，人性才是最根本的东西。

刘涛："不正视内心的自己，无法轻装向前"，这句话我觉得非常好。小说若只有虚华的形式和语言，只能显得装，但难以动人，关键还是在于真诚地面对自己的内心。平常读什么书？以哪一类为主？以哪几本为主？

李凤群：很惭愧，我读书少，又单一，我迷上谁都是一阵一阵的，因为受教育的程度有限，我的阅读都是二十五岁之后完成的。人的成长都有机缘，比如我刚刚进城的时候，路遥给了我《平凡的世界》，我卧床写作无从下手的时候，余华送来了《在细雨中呼喊》，比如去年，巴恩斯让我知道了什么叫"阔大和精细"，今年是波拉尼奥，他的《荒野侦探》擦亮了我的眼睛，这是人活在世上的最大理由：永远有人可以膜拜，有更奇妙的旅程在前方。

刘涛：能否谈谈你现在的生活状态？是专业写作，还是有其他工作，只是抽空抓紧时间在写作？

李凤群：我觉得现在是我一生中最幸福的阶段。我这么说并不是我获得多少成就和关注，而是内心的宁静。我发现自己可以坐下来静静地思考我的生活，我们的生活，我们过去的生活，我们将来的生活。虽然不一定有所谓正确的答案，但我会从思考中发现过去的错误，我愿意在错误中久久回望，我希望不至于变成一个愚蠢的人。

说到专业写作，如果说拿工资的叫"专业写作"，那我不是，但我的生活大部分时间在阅读和写作，没有人要求我这么做，那是我自己的选择，我在无人管束的情况下，每天都读书、写作，因为我从中得到快乐。

刘涛：能否谈谈你下一步的创作计划？

李凤群：我手头正在创作一部关于中国几代农民大迁徙的小说。这好像又是一部大书，我只完成了三分之一，已经疲惫不堪。但是我很庆幸每天睁开眼睛，想到自己有事可干，自由地思想和写作，这真是一件无比幸运的事。我已足够幸运，当然也正在老去。我很享受我的生命。谢谢。

刘涛：好的。我们的谈话就到这里吧。谢谢凤群。

（2014 年 6 月）

反身向古，重构当下

1. 农村题材作品的创作最应思考社会根本问题

朱正山：刘老师您好，拜读了一些您的文章，你在《近年三种乡村叙事》中对近年小说中反映"三农"题材划分了三类：第一类是"三农"问题视野下的农村。第二类描写农村山水之美，以安静和谐山水田园之趣和农村隐逸智慧高人着笔。第三类是介于以上两类之间的农村题材，着重描写农村的艰难困苦与坚忍乐观并存为主题。请刘老师谈谈对近年中国农村题材小说的三种分类是基于什么样的划分原则来展开的？这三类不同描写农村题材的作品之间有没有某种联系？

刘涛：谢谢做了这么充分的准备。通过提问，大概知道您主要关注中国当代文学和影视领域，所以也尤为关注我这方面文章。那篇文章将农村题材写作分为三类是有局限的，因为平常读农村题材小说多了，事后一总结，好像有这么三类，遂如此划分。当然，读得更多，可能类别更多；视角一变，分类标准也就换了。目前，世界好比春秋之时，各国处乎大竞争阶段，谁都停不下来，谁也不敢停下来，都在不断地寻找新的经济增长点，中国亦不能外之。城镇化即是中国当前重要的经济增长点，也肯定能够带动未来中国经济

很长一段时间的发展。但在城镇化过程中，会有一些不当之举，故也存在一些问题，譬如近日毕节留守儿童自杀事件。几十年之后，新的经济增长点耗光之后怎么办？如此庞大的人口离开了土地，他们如何安居乐业？社会是否可以提供这么多的就业岗位？如何保持社会稳定？这些才值得深思并预防之。

朱正山：接上一题：刘老师，了解到您 1982 年出生于山东省胶州市，您有过乡村生活的经历吗？谈谈您的乡村感受吧。

刘涛：我在农村长大。上学且同时做农活，之后读大学离乡至今。农村很艰苦，农民大都为生计奔波。人才流失亦严重，离开就是离开了，鲜有返回居住并在经济和文化上反哺者。

朱正山：如果让您创作农村题材小说或其他文艺作品，您会倾向于哪类题材或者会不会创造出当下新形势下的新农村题材，或者称之为第四类"乡村题材"小说？

刘涛：若我写一部关于农村的小说，会致力于描述农村六十多年的变化。在这个意义上我对柳青和路遥评价较高，因为他们都有此志向。当然只有乡村经历不够，必须要研究 1949 年之后（甚至更早时）农村的情况和变化，自己有整体性判断，才能不斤斤于细节问题和个人故事情感。

朱正山：近年，作家肖江虹小说《百鸟朝凤》《求求你和我说说话》《平行线》等深受好评，您也对他们评价很高，您总结了肖江虹小说大多是将眼光放于乡村与城市关系上，以小说来表达'中国城市的发展是建立在对农村的剥夺之上'这一主题。承接上一问题：《近年三种乡村叙事》中对近年小说中反映"三农"题材的三种分类与概括会不会元素有点单一，进一步说会不会像作家肖江虹那样将"城市"这一直接威胁乡村存亡的元素纳入到"三农"题材之中，重新建构"三农"题材小说划分类型？

刘涛：问题较缠绕。肖江虹近年还有新变化，我觉得较之从前更好，所以我更看好他的《蛊镇》等作品。三种类型之分，只是方便说法，只是总结了个人阅读经验，肯定有局限。今日，农村所面临的主要问题是何去何从？几十年之后，中国怎么维持如此庞大的就业人口？写农村，对此问题要有认识。

2. 在承平之际，文学更替不要再通过"革命"的方式，而是要通过自然的年龄演变

朱正山：刘老师，您是一位 80 后作家，网络上流传着对 80 后作家这样的描述："生活环境造就了很多 80 后对社会的观念的不一样，用文字表达出来，有很多空幻的梦境与美丽，在生活方面无忧无虑，在感情方面却脆弱无比。一面对现实社会的时候，在处理这些问题时，容易看得简单，甚至还选择逃避。"有许多关于描述 80 后特征的词语："盲从"、"浮躁"、"随意"、"冲动"、"飘摇"、"逃避"、"脆弱"、"颓废"等。也曾有一位作家说过"80 后没有清晰的世界观"。那么您是怎么看待 80 后的，以及 80 后作家和他们的作品有什么特点？与六七十年代的作家有什么差异性？

刘涛：您所引网上描述或有道理，但也有局限。我参与提倡代际研究是对现实文学生态的反应，但也一直坚持认为，代际研究只是方便说法，不能较真。在承平之际，文学更替不要再通过"革命"的方式，而是要通过自然的年龄演变。年轻人想登台无可厚非，有"影响的焦虑"很正常，但文学"革命"不利于文学生态。作家们、评论家们也不要想着通过再创新思潮、断裂、自别异等方式取得话语权，踏踏实实写作、研究，自然黯然而日章。其实，各领域都一样。大乱之际，拔擢人才不拘一格，左宗棠不是进士，但依然用之，有人二十岁左右当师长，平时则不能躐等，只能按照年龄资历级级递进。80 后大多为独生子女，生于社会安乐阶段，未经历大变故，但长大后面临了很多新问题，尤以住房为主。所以有人

问"80后，怎么办？"其实能怎么办呢？处困时，言无益，唯踏踏实实，自强不息，反求诸己，困难肯定迎刃而解。尤其不要怨天尤人，每个时代有每个时代的困难，平心处之而已。80后，我见过很多优秀人物，学问好，为人厚重，做事踏实，堪当大任。我也见过很多年龄长者为老不尊，飘飘忽忽，略有小成即志得意满。我没法总结80后作家的特点，他们各有生活经历、思想资源、志向抱负。70后亦如此，虽然我写过一部研究70后作家的书，但无法一言蔽之其创作特点。

朱正山：刘老师，在您从事文学的这条路上，给您影响最大的人是谁？是一种什么样的精神力量让您如此执着于文学这条道路？

刘涛：前两天夜读潘雨廷先生《周易虞氏易象释》，有所会，亦颇感慨。遂起身提笔写"消息"二字，并有小跋："是书数复，不得要领。近日再读，方觉有会。消息其易之本欤？余第一部书即以"消息"名之（《当下消息》），志乎以文学观世之消息。然而数年所得甚少，盖因文学家多有执，只见其本人而已。万物皆有消息，可从文学观，亦可从它处观。"对文学而言，对我影响大者当属陈思和老师，他将我带入中国现当代文学研究这一领域。陈老师引领学术潮流几十年，是新时期文学秩序的主要奠基者，是学术领袖，亦是忠厚长者，对学生尽心尽力。若就非文学而言，对我影响最大者莫若张文江老师。若我对中国古典学问稍有所会，略知根本与源流，皆受益于张老师。

3. 关于西藏文学的发展应对其历史与现实，宗教和哲学有切实的了解，抛开成规

朱正山：《南方文坛》刊登过您的《从想象到写实——关于西藏叙事的两种模式》这篇文章，您在文章中总结过关于西藏文学叙事的两种方式：一种是80年代先锋文学的西藏，譬如辽宁作家马

原的《拉萨河女神》和《虚构》；格非的《相遇》；宁肯的《天葬》
等。另一种是现实主义的西藏，譬如次仁罗布的《放生羊》《阿米
日嘎》和尼玛多潘的《紫青稞》等。前一种多是中东部作家的"印
象"西藏写法，后者多是西藏本土作家描绘的西藏，这两种关于西
藏的叙事方式能否理解成是从"虚构的西藏"向"写实的西藏"过
渡？关于现实主义的西藏叙事正在蓬勃发展，这就势必会对传统的
西藏叙事方式（印象或想象中的西藏、宗教西藏、民俗传统西藏、
神秘西藏等）有所颠覆和冲击，请刘老师谈谈在未来的文学创作中
应该如何处理二者之间的矛盾与冲突来更好地发展西藏文学？

　　刘涛：我读高中、大学时非常喜欢先锋文学，某些片段至于成
诵。近年，却尤不喜先锋文学。我的基本判断是，很多先锋文学家
只是借西藏为符号，以适合先锋文学神神道道的气质。现实主义所
写西藏虽然亦不能尽去主观，但其中毕竟有关于西藏的信息，以此
为基可再解读。前几天作协召开"一带一路视野的中国文学"会议，
我也说，要重新调整中国东西部关系。很多东部与西部作家正将西
部自我他者化，此为对社会情绪的反应，亦推波助澜此情绪，若久
之，恐生变故。就西藏而言，应对其历史与现实，宗教和哲学有切
实的了解，抛开成规。若能如此写之，庶几乎。

4. 电影的简单叙事——去掉冗余，只留不可去者

　　朱正山：刘老师知识广博，涉猎面宽，无论是在中国近现代文
学史和思想史还是在小说和电影等方面都有一定的见解，我们也看
到如今将文学小说搬到荧屏改编成电影形式，并且日趋繁荣，达到
制高点，这是当下一种电影与文学互动的新趋势，您如何看待当下
电影与文学的这种关系？电影会不会对文学造成一种冲击，甚至影
响着文学的创作之路？

　　刘涛：小说当年是公共体裁，承载着公共话语，承担"新民"

大任。志乎国师若梁启超者都去写小说，很多作品动辄印刷上百万册。然而现在正趋于没落，原因一是体裁本身有盛衰，二是缺乏人才。昔年小说兴起，鲁迅等参与起了重要作用。电影电视兴起之后承载了公共话题。小说被改编为影视剧，一是因为影视缺乏好本子，于是偷懒用现成的文学作品为蓝本，且部分文学作品已有良好的现实基础，因而用之，可保障票房与收视率。譬如，最近电视剧《平凡的世界》引发热议，即是多方面因素综合的结果。二是因为小说也希望以公共体裁的面貌出现。每一类体裁都有其生命，小说此前是九流十家之"十家"，虽不可废，但致远恐泥。孰料，晚清之后，小说却发挥了大作用，今日则衰迹已见。电影电视亦将经历此过程，目前虽如日中天，但也要看到忧患，因为已经面临着网络的巨大冲击。万事万物皆有盛衰，不必维持，也维持不住，因之顺之而已。

朱正山：在《回到生活世界——漫谈贾樟柯"故乡三部曲"》这篇文章中，您写道："被摄影机观看的事物就是主体对象化了的事物，拍摄电影的过程就是一个对象化的过程，只要电影存在，这就不可避免，因此，电影本身即是敞开，也是隐蔽。"而贾樟柯自己也说过一句话："用最简单的方法，讲最多的东西，所谓最简单的方法，就是去掉跟普通大众之间不必要的鸿沟。"如果电影是敞开叙事的，我们可以理解这个"主体对象化"和贾樟柯所讲到的"简单叙事"不谋而合；如果电影本身是隐蔽的，主体对象化并不明显的话，电影怎样继续做到"简单叙事"呢？二者之间会不会有相悖或冲突的地方？

刘涛：这篇文章写于读硕士时，约在2005年前后吧。当时看到贾樟柯《小武》，有惊艳之感，遂又找其另外作品看。彼时，我专业为西方美学史，读了大量西方理论，正处操练时，所以今天读来觉得过于理论腔，言不及义。这些年，也会再看贾樟柯的作品，但已觉一般，还是《小武》最好。贾樟柯长于描述小县城成长经验，但生活经验毕竟有限，拍罢之后他遂转向大作品，试图描写中国现实，但已露志大才疏之象。贾樟柯这个说法很好，必须简单，"易则易知，简则易从。易知则有亲，易从则有功"。去掉冗余，只留不可去者，但哪些毕竟不可去还须反思又反思。与贾共勉。

朱正山：娱乐贺岁电影也是当下中国商品电影的一支大军，《大笑江湖》是2010年本山传媒投资的动作喜剧电影，由朱延平执导，宁财神编剧，赵本山和小沈阳主演的一部贺岁喜剧片，影片一出来，褒贬不一。刘老师您在《以电影为小品——评赵本山及其电影〈大笑江湖〉》文中提到"赵本山若想突破自己，其影视作品若想更上一层楼，唯有从根子处——"小品"——入手。请您谈谈这里的"根子"意味着什么？我们怎样去理解赵本山要以"小品"作为影视的根子才有出路？这其中，有没有文学功底的影响呢？

刘涛：目前谈赵本山不合时宜。《大笑江湖》以电影的形式拍了一个小品。成就一个艺术家者，将成为其负担，若不能变化的话。

5.重返经典如何提倡——关键有明师。师通经明经，讲之解之释之，必有从者附者，其功久将自见

朱正山："铁肩担道义，妙手著文章。"在当下文学界，您认为对传统文化的精神性继承我们还有多远的路要走？

刘涛：很远很远。今人讲传统文化，喜言《红楼梦》、诗词、文集等，只算入门吧。目前，社会正一点一点地恢复传统文化，是好的苗头。但关键要辨章学术，考镜源流，懂得中华文化的大根大本。

朱正山：承接上一问题，我们西北师大传媒学院徐兆寿院长正在积极推广"重返经典"课程，读经典、谈经典、品经典、抄经典，内容涉猎广泛。旨在解读经典和引导学生重新回味传统经典的

魅力，全面提高文化素养。您认为我们用什么样的方法与途径能更好地传播经典并引导更多的年轻人来重新品读经典？

刘涛：此问题，我与徐兆寿教授交流过。此举很好，有功德，亦产生了广泛的影响。民初蔡元培废读经以来，读经与否大讨论有几次。近年，亦有一次。2004 年，蒋庆出版了一套经典读本，之后引发大讨论。当时有两派观点争论极为激烈，一派认为读经是启蒙，一派以为读经将走向蒙昧。徐兆寿先生这次倡导读经、抄经，争议似较少，或因读经渐成共识。经者，常也，必须读之、体之、思之，以为言行准则。不读，何可知其妙处，遑论缺点。但对经要有再认识，六经云云出乎庄子言，汉代有五经，之后有九经、十三经等变，要乎明白此间变化。另"五四"不可废，"五四"打破经学限制，打倒孔家店、救出孔夫子，有其功绩。如何提倡？关键有明师。师通经明经，讲之解之释之，必有从者附者，其功久将自见。

（2015 年 4 月）

"超短篇"：文体之美与思辨之魅

——关于蒋一谈及其《庐山隐士》对谈

一、关于蒋一谈

刘涛：蒋一谈已出版六部短篇小说集，被誉为"短篇圣手"。他有三部曲写作计划，皆与短篇小说有关。一、出版纯粹的短篇小说集，譬如《伊斯特伍德的雕像》《鲁迅的胡子》《赫本啊赫本》，各篇小说之间没有直接关系；二、出版主题短篇小说集，譬如《栖》，此类集子有共同主题，各篇围绕此主题展开；三、虽为短篇集，但各篇互有勾连、映照，形为短篇，实则为长篇，此类目前尚无作品问世。蒋一谈创作风格多变，他有一篇小说名为《七个你》，可以借用一下，蒋一谈也有"七个你"。他的短篇小说所呈现出来的世界广阔，涉及各种人，谈及各种处境，有朋友称其小说为"情感的博物馆"。

傅逸尘：我觉得在蒋一谈的文学观念中隐含着某种"先锋"的姿态和特质。他的小说创作注重语言形式和文体的探索，善于捕捉独异的感官细节，而且长于思辨，尤其追求思想的深度和观念的突

破，等等，这使得他在当下的文坛显得出挑而扎眼。

刘涛：蒋一谈的先锋与先锋文学不同，他体现了先锋的另外维度。蒋一谈在发表渠道上也有所突破。当下中国文学大概有三种发表渠道，传统者先发表于刊物，后出版为图书；其次绕开刊物，直接出版；再次直接发表于网络。蒋一谈每年出版一部短篇小说集，有些作品绕开期刊，直接出版。

傅逸尘：中国当代作家的写作路径基本上都是先从短篇起始，然后是中篇，再后是长篇，如果模仿梁山英雄排座次列举出前二十名中国当代作家的话，百分之百是先从短篇创作起步，然后写中篇，当中短篇驾轻就熟的时候才开始涉足长篇小说。为什么不是一个相反的过程？这就涉及文学语言、文体特征、生活积淀、创作心理等复杂的因素。然而蒋一谈的写作路子比较独特，早在 20 世纪 90 年代，他就曾创作过畅销的长篇小说，如《北京情人》等。但是十几年后，他回归文坛却始终在深耕中短篇小说。何以会出现如此的反差呢？我以为这是一个有趣的现象。

刘涛：在传统"经史子集"系统中，"经"大都很短，一般集部较长。一段历史、某个事件或人物，其实几句话即可说清楚，几个字即可下断语，何必铺陈细节与过程。在此意义上，我觉得短篇小说值得重视。

傅逸尘：我喜欢读短篇小说，也更看好 21 世纪以来的短篇小说。在市场经济和消费主义意识形态无处不在的时代，短篇小说和它的作家队伍较少受到干扰或影响，一直保持在较高的艺术水准上。近三十年来，短篇小说这一文体在纯文学期刊和稳定的作家队伍的支撑下，迅速地成长与成熟，积极地参与了中国当代文学的所有思潮，而且都有上佳表现。新时期以来的诗歌、散文，还有戏剧，都有一个潮起潮落、跌宕起伏的历程，短篇小说则不然，可以说是诸种文体中发展最稳定、最可持续的，为中国当代文学的总体水平保持了一个最基本的盘面。短篇小说文体本身的独特性契合了中国当代作家对时代、社会、生活的文学性把握。与长篇小说甚至中篇小说相比，短篇小说更重视在一个浓缩的时空或片段的经验中隐喻性地表达作家对生活的理解。其内蕴的人性空间、思想含量以及为了表达这种内蕴所要寻找到的独特言说方式，成就了它显明的文体优长。

刘涛：文体之间肯定有等级。譬如，美术界有"油老大"的说法，油画是顶端的样式。在文学界，似乎有"长老大"的传统，长篇小说是文学的顶端，譬如茅盾文学奖是文学界最高奖。作家们也有长篇焦虑，不写长篇似乎不能奠定地位。目前，很多作家都是憋着劲写长篇，一两年就有一部长篇问世。思想含量与篇幅长短、作品厚薄有关亦无关，关键不在篇幅。

傅逸尘：除了传统意义上的文体等级因素之外，商业化出版的诱惑与类型化写作的误导在其中也起了至关重要的作用。不少作者以为只要有一定的生活积累与经验，只要参照某一类型的模式就可以写长篇，而且马上就可以赚到钱。长篇小说因此而泛滥成灾。说更多的中国当代作家的长篇创作已经纯粹是为稻粱谋亦并非妄言，当然还有一部分作家把长篇创作视为文学成就的重要标志，这样的认知并无大错，问题出在为长篇而长篇，或急于出长篇，急于通过长篇来奠定自己的文学地位。

刘涛：亦不过名利二字。

傅逸尘：在我看来，写短篇小说有点类似演员演话剧，那些演了诸多影视剧的大腕演员为何普遍钟情于话剧舞台？时不时地就要不计报酬地反身步入剧场。不是过过戏瘾，而是真正地全身心投入，他们是在寻找真正的"表演"的感觉。在演员心中，剧场舞台才是艺术的圣殿。短篇小说之于作家也是如此，它不仅仅是文学的基本功训练，而是真正地体现作家的文学功力。换言之，短篇小说文体中所蕴含的文学性并不弱于长篇小说，而某些作家倾心于长篇小说似乎也不是为了探寻长篇小说的文学性，更多的是文学之外的利益驱使。

刘涛：蒋一谈是在经济问题解决之后反身重回文学，他开始寻求心灵问题的解决，于是写小说。目前，很多作家是通过写作改变命运，譬如打工作家等，蒋一谈所走的路则不同。

傅逸尘：蒋一谈本身是一个商人，而且做的就是商业出版，这十余载在出版界的摸爬滚打，使他反而逃脱了商业化出版对文学性写作的牵绊，而中短篇小说，尤其是短篇小说这种文体的特性，或许更加适合承载他日趋纯粹的文学观念。

刘涛：蒋一谈在商场多年，阅人无数，经历丰富，所应对者复杂，其"读图时代"能在众多图书公司中独树一帜，肯定经历过千磨万击，这些或许都化为其写作资源。他能刻画无数种性格，能描绘各种场景，或得益于商场磨砺。

傅逸尘：作家自身的经历对其创作的影响很大。王国维在《人间词话》中，谈到南唐后主李煜的创作时曾做过这样一番论述："客观之诗人，不可不多阅世，阅世愈深，则材料愈丰富，愈变化。《水浒传》《红楼梦》之作者是也。主观之诗人，不必多阅世。阅世愈浅，则性情愈真，李后主是也。"学界对这段话颇有争议，我这里不想讨论这一问题。我感兴趣的是静安先生提出的两个概念——"性情真"、"阅世深"。在我看来，这两点对小说家而言至关重要，而且在蒋一谈身上都能看到。他对人生、对社会、对现实有着超出一般作家的深刻而广博的认知，而他对文学又有着极其纯粹的理想和极高的目标追求。

刘涛：要成为好作家，必也"阅世深"。懂得表面规则不够，还要懂得潜规则；知道大义不行，还要知道微言；明白性本善不足，还须明白人心惟危；世界固然有经有常，也要知道世事无常多变。蒋一谈要以文学安顿身心，且志向宏远。最近他写了一系列鲁迅同名小说，似欲与鲁迅一比高，这也能见其志向。一个人将谁看作对手，大致知道此人之段位。

二、关于"超短篇"

傅逸尘：在长篇小说盛行的时代，短篇小说似乎具有了天然的非功利性，以至于成为文体探索和文学性经营的最后的空间。尤其是面对当今渐趋碎片化的生活，如何从整体上把握这个时代、通过虚构叙事概括现实生活已经成为一种"有难度的写作"。"超短篇小说"这种文体试验，也是从观念上因应了当下现实生活的真实面相。

刘涛：超短篇是今天时代开出的花朵，故也带着时代的气息。今天承平日久，大家鲜有历史感和危机感，对世界、历史、现实的理解缺乏大视野，大都是片段的，局限于一隅。超短篇确实与当下世界是对位的，或者就是当下世界之象。

傅逸尘：超短篇小说是将短篇小说的篇幅进一步压缩，以更为俭省的语言和更富思辨意趣的叙事，表达一种悠长且独异的个性化的观念和感受。在这里，故事是否完整，已经不再重要，蒋一谈也不再等同于"讲故事的人"，而是大大地溢出了故事的肉身，从而在生活经验和审美经验的双重向度上传递出自己新鲜而独特的发现。

刘涛：蒋一谈不满足于做一个"讲故事者"，在这部超短篇小说中，他似乎将自己定位为"智者"，他在言简意赅地、睿智地谈论着世事和人心。在小说的后记中，蒋一谈言"超短篇"，不说因字数长短，而言"超短篇则是一闪即逝的光"，"看见火焰，想象自己在火焰里洗手洗脸"。不管为人做事写文章，关键在于是否看到了那一线光。看到与否有重大差别，看到在门里，不见在门外。评价一部作品，关键要看小说家是否看到了这束光，是否碰到了这股能量。小说若想再提高品质，此应为正途坦路。如果看见碰到，并且实在地分有了部分的能量，写作所呈现出来的面貌会非常不一样。当然所看到的光到底是不是光，还需要反思，对此之体悟永无止境。近年，蒋一谈对中国传统文化颇下功夫，尤钟情禅宗。他曾说，要"止语"，应是其近期体悟。"言语，风波也"，"乱之所生也，言为之阶"，止语则是止因果。蒋一谈欲"止语"，当然要写短。不然，就成了周作人讽刺的博士，讨论沉默，作书数册。超短篇是蒋一谈止语之外见，本身就是止语。

傅逸尘："止语"这个提法很精当，这个判断对于当下的小说创作也很重要。因为在我看来，当下的小说写作存在一种故事泛滥化的趣向，说故事已经成为中国作家写作的焦虑也许并非虚妄。如果说"故事"是小说的肉身，那么小说的精魂是什么？我以为那就是作家的思想，包含了他对"人"的观念，对于世界的省察以及对生活的思辨。

刘涛：小说在近代有大变化，经史化身为小说，经史以小说的面貌出现，故非复"街谈巷议、道听途说"，而要谈治国大道。今天，新文学已经终结，小说逐渐回归昔年定位"小"说，所以大都以故事见长。蒋一谈"超短篇"限于篇幅，不可能过多地讲故事，有些作品就一句话或几句话，或言自己的体悟，或表达自己的见解，以思想性见长。

傅逸尘：我觉得中国当下作家最薄弱之处正在于思想。没有思想的文学是苍白无力的。将所谓的"好看故事"作为小说创作之圭臬，专攻一点，不计其余，这样的写作伦理之下能诞生"伟大的小说"吗？我觉得颇为可疑。虽为 80 后，但我却对 20 世纪 80 年代的文学心向往之，虽然"思想大于形象"是它们被后来的文学史家所诟之病，但那批作家对人生与社会的敏锐思考与倾情介入，以及独特的发现，至今仍然让我激动不已。蒋一谈经由这部超短篇小说集《庐山隐士》，传达出了迥异于当下文学语境的写作伦理，那就是对文体美感的探索和对思辨深度的掘进。

刘涛：诚然，这样格局下的小说充其量只是集部之学，难至史部、子部，遑论经部。"伟大的小说"是分有了经部精神者。《庐山隐士》在这方面确实有一些突破，不计较"好看故事"，而有另外的追求。蒋一谈把所体会到的"火焰"、所证悟到的境界写出来，就是这部《庐山隐士》，为"止语"体悟找到一个合适的形式，就是超短篇。

傅逸尘：所谓的超短篇小说，在我看来并非是单纯的字数与篇幅上的俭省，而是透露出或者标榜了作家文学观念与写作趣向的"向内转"。长期以来，蒋一谈深耕短篇小说文体，在驾驭这种文体时更加自信，创作心态更加自由。作家已经摆脱了主题表达与故事讲述的樊篱，进入更加隐蔽的思想、心理甚至是情感、情绪的场域，这个场域恰恰是当下流行的短篇小说很少触及的。与普通大众的日常生活拉开了一定的距离，呈现出复杂微妙的人性或某种怪诞的心理，有的篇什甚至让我感到一种隔膜与无法想象，让我不能不想到弗洛伊德对人的潜意识与梦境的揭示。而这种复杂的人性与怪诞的心理往往蕴涵着一种形而上的东西，从而让你感受到一种意犹未尽的美感。

刘涛：总结一下，兄似言"微"。《庐山隐士》确实有此追求，要谈精微、微妙、隐微、细微的心理、情感、变化、道理等。《庐山隐士》是有代表性的作品，体现了这类作品的特色，故用为整部小说集名。以禅宗言之，《庐山隐士》是蒋一谈所作"话头"，他邀请读者们参话头。庐山中迷路，让人思及苏轼诗句"不识庐山真面目，只缘身在此山中"。然而，"欲识庐山真面目"，应如何？唯有

上出。庐山真面目是什么？上出高度不同，所见景象不同，"真面目"所呈现者不同。或未必知庐山真面目是什么，但可知很多自诩真面目者其实为假面。隐士者何？有道则见，无道则隐，贤者见几而作，不俟终日。《庐山隐士》中之隐者为何而隐，不知道，可供人思索。此隐士见面言再见，告辞言高兴，为人指路，言行大致没有破绽。当然，蒋一谈所设置的这个话头本身怎么样也可以再讨论。

三、关于"寓言化写作"

刘涛：《庐山隐士》所收作品大部分是近作，也有部分乃从此前作品中抽将出来。整部作品都具有寓言化写作的特征。以第一篇《村庄》为例，据说其意含混，故对之理解多有不同。这部小说起码有两个层次。一、写实。村庄被遗忘，村里唯有老人，几百里早已没有人烟，等等，似乎指涉当前农村现状，视为"三农"题材小说亦可。二、死神、老人、孩子云云似别有意味。孩子生机也、阳也，老人暮气也、阴也，生生死死，人世向来如此，死神洞悉一切，但人不可逆之。

傅逸尘：蒋一谈在开掘人性隐蔽的情绪与心理状态的时候是一种纯粹小说文本上的建构，这种建构起来的东西与现实生活有一定的隔绝和间离，如果说现实生活是在大地之上的话，那么这种建构起来的东西仿佛是在地下或天上。我们很难认定这样的东西的现实逻辑，但在小说文本逻辑上却是自足的，这有点近乎卡夫卡。读《庐山隐士》的时候，我似乎很清晰地认识到我是在读小说，知道作家是在虚构，这与现实主义的文学观念有很大的差异。或许这就是蒋一谈经由超短的篇什所着力表达的现实生活的禅意与文字本身的机趣。毕竟，文学的意义就在于创造一个迥异于庸常经验的崭新世界，并努力探索形而上层面的解决之道。在这个层面上，我对蒋一谈在短篇小说文学性自足意义上的"向内转"叙事表示支持和激赏。回到文本可以看出，《庐山隐士》中充斥着日常生活的纠结与精神心灵的超越。

刘涛：所谓客观写实云云都是相对而言，有其内才有其外，关键在于内中为何。《庐山隐士》是"向内转"的作品，其作品是"寓言"。

傅逸尘：如果把作家分为写自我的和写他人的话，我想蒋一谈是属于后者。他总是居于观察者的地位，旁观着他人的生活。很多时候，他是在寻找小说，注重细节和感官的体验，某一独特的场景、氛围或者情感的波动，就会触发他的灵感。他的超短篇小说有很多也是那种电光火石间闪动的灵感，这与注重讲故事的小说传统不同。蒋一谈在他的《庐山隐士》中，更多地借鉴了中国传统文化资源，采取了一种情绪化的叙事策略，注重日常生活中的情趣的营构，甚至通篇弥漫着一种禅意。

刘涛：昔黄遵宪诗言"我手写我口"，被"五四"一代高度评价，后被大加发扬。80年代，又有大发展，至于今天则被过分强调。蒋一谈反其道而行之，提倡"我手写他心"，且坚持走此路。另，他应该是借鉴了传统资源，《庐山隐士》与《世说新语》似有联系。譬如，《结婚之后》就一句话："结婚之后，她感觉身体里的一部分丢了，但又不能确定到底丢失什么，或者说，有时候，她感觉丢失的那一部分，正躲在某个角落窥视着她。"这句话写出了"她"婚后的状态，扩充而言，或许写出结婚之后的状态。

傅逸尘：我个人比较喜欢《温暖的南极》《杀死记忆》《茶馆夜谈》中的人物，他们都试图挣脱日常生活的羁绊，摆脱庸常现实的逻辑，甚至是超越生与死的界限，蒋一谈将对现代人日常生活中微妙情绪的捕捉和隐秘情感的表达进一步推向了极致。这种极富思辨意味的探索，在整体上构成了现代生活方式与人类审美精神之间激烈冲突的隐喻。

刘涛：我对小说题词"人生是一座医院"略有异议。此语出乎波德莱尔，蒋一谈引用过来就部分地代表了他对人生的理解。但是人生是什么？每个人的答案不同，分析每个人的答案，可以看出其人性格甚至命运。波德莱尔的答案失之于阴。"止语"似阴实阳，可以修身去滓，止祸持盈。人生固然艰辛危险，但也可常处阳面，自强不息。

傅逸尘：超短篇这种小说文体究竟应该怎么定位？我注意到《庐山隐士》中，也有个别篇什，纯粹是作者的一种机趣的表达，似乎无法以小说的标准来衡量。这可能也牵扯到这种写作的问题。

刘涛：寓言写作应稍加注意，能量充盈、名实相副者为活寓言，庄生寓言是也；内中不足、外强中干者为死寓言，先锋文学常有此弊。活寓言生生不息，死寓言则装神弄鬼。现实主义，长于故事、细节，尚可藏拙，寓言写作一眼见底，为之者应慎。愿与一谈兄共勉。

（2015 年 8 月）

就文学批评问题答周明全

周明全：对当下文学批评总体状况如何看？

刘涛：一、理论资源单一、单薄。文学评论功夫既在阅读文学作品本身，但更在所批评研究的文学作品之外，文学评论品质可否提高关键在此。二、文学批评过于学院化。高校、核心类学术期刊等形成了小圈子循环，背离文学评论初衷。

周明全：当下批评失语、批评失效一直是媒体的热门话题，你认为这个批评失语、失效了吗？

刘涛：不至于失语、失效。大多数媒体不了解情况，跟风而已。

周明全：批评家应该如何介入当下的文学创作？

刘涛：认真写文学评论作品。提高自己的见识。如何提高见识？二途而已。一读书，二历练。

周明全：你认为好的文学批评应该具备什么样的品质？

刘涛：具备大视野。评价实事求是。观点具有判断力。文风尽量简短。

周明全：一个好的批评家应该具备什么样的素质？

刘涛：眼光最为重要。某作品境界如何，质量如何，意义如何，应该一眼即可判定、论定。

周明全：纸媒日益边缘化，学术刊物、评论刊物更甚。如何让批评重新建立与这片土地和社会现实之间的血肉关联？

刘涛：目前大牌学术刊物发行量很少，影响弱，几乎唯圈内人阅读，对于评定职称有用，但对于引导作品判定无益。文学评论应与时俱进，积极藉用网络载体，以期在更大范围内产生影响。说白了，就是写评论还是为评称职。

周明全：如何切实加强文艺评论，倡导说真话、讲道理的批评？

刘涛：写本乎判断力，本乎良心。

（2015 年 5 月 28 日于太阳宫）

"君子之道，黯然而日章"

——访 80 后批评家刘涛

一、 "莫言对我早年文学观的养成有较大的影响"

周明全：大多 70 后、80 后作家，其写作之初，都或多或少地受到了先锋文学的影响。彼时，先锋文学虽然日渐衰落，但在年轻一代写作者中，还是具有很大的影响。作为中文系的学生，你上学时受先锋文学的影响很深吧，你在《现在的工作》一文中说，你上大学时，和一帮志同道合的同学，一起写下了不少先锋小说、诗歌，是因为想写好先锋诗歌、先锋小说才涉猎大量的叙事学理论和后现代理论书籍的，是不是因此而误入歧途地搞起文学批评？

刘涛：谢谢明全作了如此充分的阅读与准备。我初中、高中的时候读的文学作品不再是《青春之歌》《红旗谱》等，而是莫言、余华、苏童等。莫言对我早年文学观的养成有较大影响，高中时熟读其作品，一个主要原因是他家乡和我家乡隔得很近。恰是他们这一类作家告诉我，什么是文学，什么样的小说是好的文学。那时候，自己的审美趣味、志向都受到影响。2000 年，我读本科，在南昌大学中文系。身边有几个好朋友，一起写诗，写小说，写评论。其中一位叫陈悟月，是我大学时期见过最有才华的朋友，他的诗写得非常好，书也读得很多。当时南昌大学中文系有一个系刊叫《博雅》（你看，我还记得它的名字），当时在上面发表过先锋调调的小说和诗歌。那时候，叙事学比较流行。我和朋友们都非常有兴趣，搜集了差不多当时可以找得到的全部叙事学理论书籍来看，也找了几本英文叙事学著作。因为藉此可以知道小说的构成，可以分解这些构成，通过小说做叙事实验。于是通过叙事学，我又迷上了后现代理论，那时候开始读拉康、德里达、海德格尔、罗兰·巴特等，整日晕晕乎乎，其实那时候完全没读懂，但是自以为有心得。也就是那个时候，兴趣逐渐发生了转移，小说和诗歌不再写了，迷上了文艺理论。考研时，选择了复旦大学的文艺学，具体报考的专业则是西方美学史。现在回顾这段年少时的经历，也不觉得是"误入歧途"。生活充满偶然，很多路都是误打误撞地走出来的，不可复制。好比《桃花源记》中的那个渔人，走着走着走进了"桃花源"（那是陶渊明所写的悟道境界），后来别人"处处志之"就走不通。我不想读西方美学史，就不会到复旦，不到复旦，就不会碰到上海的各位老师，也就失去了很多因缘。但若走了写作的路，可能会有另外的因缘。

周明全：是啊，每个人所走的道路，都会因各种机缘而改变。要是当时，不做有心人，如大多数写作者一样，只知道闷头写，不去补理论的课，也许兄现在就是有成就的作家了。因为想写好先锋诗歌、小说看了大量的理论书，由此走上了专攻西方美学专业之路，也算是一段缘分吧。

刘涛：硕士的时候，我如愿以偿，读了西方美学史。我硕士生导师是张德兴先生，他是一位非常认真的学者。那一年，他只招了我一个学生。硕士一年级时，每两周我去他家里一次，他给我一个人上课，讲西方美学史，第一个学期是古典部分，第二个学期是现当代部分。因为是两个人面对面，所以我不敢偷懒，每次上课都非常认真地准备。同时，也去哲学系上课，听张汝伦讲康德、黑格尔、海德格尔，佘碧平讲福柯等。硕士论文，我选择研究罗兰·巴特。同时，因为西方理论的书读多了，难免技痒，于是就找文学作品牛刀小试。譬如，2005年，巴金先生去世。陈思和老师、周立民师兄主持召开巴金国际研讨会，那时候他们都不认识我，我写了一篇关于讨论巴金"疾病的隐喻"的文章投稿，此文非常晦涩，基本不懂巴金的志向，就是以西方理论图解巴金，结果还被列为青年论坛的一等奖。之后，受到鼓励，就写现当代文学评论多了起来。

周明全：我本人很佩服陈思和老师，陈老师主编并给《"80后"批评家文丛》写序时，看到我的写莫言的《丰乳肥臀》的评论《颠覆》时，有个笔误，将日本汉学家吉田富夫写成了吉田宫夫，如此小的笔误，陈老师都发现了，并发邮件给我，让我改过来。看到陈老师邮件，我很吃惊，陈老师看书稿如此之仔细。你博士跟随陈思和老师，据说还给陈老师做了一段时间的教学秘书，陈思和在为人为文上对你的影响很大吧。金理在《从兰社到〈现代〉：以施蛰存、戴望舒、杜衡与刘呐鸥为核心的社团研究》的"后记"中，专门讲到了陈老师在手术台还为自己的学生的工作打电话联络请托，能说一件陈老师最让你感动的事吗？

刘涛：陈思和受巴金影响很大，非常重视事功，他除了上课、科研等书斋生活，还做了很多事情，编丛书、编《上海文学》《文学》等，做系主任、图书馆馆长等。我2007年跟陈思和老师读博士，因为他担任系主任，需要助手，我就给他做过一年的助手。他对我的影响很大，将我带入现当代文学研究领域。同时，他的为人处事也对我有很大影响。若说最让我感动的是，陈老师上课非常认真，文学史他讲了很多遍，但每次讲课之前，他还是认真备课。好多次，冬天的时候他一直咳嗽。没课的时候，咳嗽不停，但他坚持去上课。非常奇怪，他一站在讲台上，竟就滔滔不绝，一点都不咳嗽了。

周明全： 看过王德威老师及其书，如《落地的麦子不死：张爱玲与"张派"传人》《被压抑的现代性：晚清小说新论》等，觉得王老师对中国现当代文学研究得很透彻，评述也相当到位。2008年9月至2009年9月，你赴美哈佛大学东亚系跟随著名汉学家王德威做访问学者，主要做哪方面的研究，你对现当代文学的观察受他的影响吗？

刘涛： 在哈佛一年的时间，没有做太具体的研究，以读书、上课为主，但有几个方面的收获。一、跟王德威老师上课，对他的治学思路和方法有了较多地了解，也和他有较多地讨论。王德威老师在台湾长大，留学美国，现在是汉学界现当代文学专业的领军人物，曾在台湾介绍过巴赫金等，其思想资源应以后现代理论为主。他的研究范围非常广，从晚清一直到当代，都有力作；他对当代作家的评论视野开阔。二、和国内很多不同学科的学者有广泛的交流，其中有研究古希腊哲学的魏朝勇教授、研究中国古典哲学的唐文明教授、研究考古学家的李志鹏教授等，大家都在异国他乡，心性又比较相合，交流很多，我很受益。三、在哈佛，我确定下来博士论文题目。当时一度不敢写康有为，因为觉得要了解他，需要补很多课。但还是坚持下来了，在美国读完了《康有为全集》，补了很多公羊学的课。四、听了一些哈佛哲学系的课，接触了一些研究他们自己学问的教授和同学。

周明全： 在《当下消息》中，收录了几篇你和几位比较有名的汉学家如王斑、黄万盛等人的谈话稿，我从你们的谈话中感受到，西方汉学家在评判中国文学时，还是或多或少夹杂着政治因素，是这样吗？

刘涛： 当时，因为和汉学家接触较多，于是在《西湖》开了一个专栏，和汉学家们对话，作了十几篇。兄这个问题比较难回答，因为每个人思想资源、政治立场不一样，不可一概而论。美国的汉学，费正清及其弟子们是主要代表人物。他们的研究可能会考虑美国的利益，美国的对华政策，或许会参考一下汉学家们的意见。

周明全：毕业后，你到北京工作，而工作又主要以行政为主，我自己也做行政工作，总感觉时间被搞得支离破碎的，没有过多的时间看书、写作。这对你的文学研究，一定有不少影响吧？

刘涛：当然会有一些影响。2010 年 8 月，我到北京中国艺术研究院工作。因为院里比较大，职位也很多，一开始不知道自己要去哪个部门。后来，院里直接宣布让我去院办工作。一开始挺不适应，和自己想象的高校工作不同，之后才觉得这样其实也很受益。办公室杂事很多，每天准点上班，晚点下班，时间变得很零碎。来北京的时候，开始想接着作晚清文学研究，但因为每天上班，没有时间去查资料。于是逐渐关注当代文学和当代思想史问题，因为不用查很多资料嘛。自己后来回想，觉得做事不可执，应该随物赋形，根据现实处境应该有所调整。

周明全：对今后的文学研究和文学批评有长远的规划吗？

刘涛：目前手边有几件事，现在要慢慢了掉。一是 70 后作家研究。今年 7 月份，北京大学出版社将出版我的《瞧，这些人——70 后作家论》，其中收录了五六十位 70 后作家论，此事大致结束了。二是对当下一些重要作家和作品会作一些解读，希望能够了解当前文学的整体情况和主要思潮。

二、"自己应该做的就是努力，再努力"

周明全：在上海时，你经常和一帮志同道合的人去听张文江老师的课，你学的是西方美学史，怎么会对张文江的古典学术感兴

趣？我常听一些批评家和学者大肆鼓吹西方如何如何，但对中国传统文化，他们大多持批评的态度，你却由西方转入传统，这其中有什么因缘吧？

刘涛：这一百多年来，中国最优秀的人物基本都扑倒在西学怀抱中。因为太迫切了，西方坚船利炮打进来了，当然要"知己知彼"，研究他们，了解他们的国情，研究他们的经典、生活方式等。所以一直到现在，大家还是在这个脉络上，西学依然强势。佛教进入中华，经历了很长时间才被消化掉，所以开出禅宗这一路学问，也开出了宋明理学。现在，这次中西相遇，会结出什么样的果子，还不知道。我们应该做的就是努力，再努力，大家生在这个时代，都有责任。

张文江的老师是潘雨廷先生，是熊十力、唐文治、薛学潜等人的学生，是当代易学大家。张老师大部分精力花在整理潘先生著作上面，自己对于中国古代经典有着极深的了解，同时也做中西学术沟通的工作，因此也讲古希腊作品。听他的课，自己受益无穷。所以，这些年我虽然做中国现当代文学和思想史研究，但读书的重心基本转到中国古典方面。

周明全：你文学研究的重心在晚清民初这段，目前你有两本专著《晚清民初"个人—家—国—天下"体系之变》《"通三统"——一种文学史实验》，都是研究晚清民初的历史，你想找到"三千年未有之大变局"之"变"究竟是如何"变"的，你找到了吗？

刘涛：对于这个问题，每个人答案不同，立场、志向由此而分。我自己的理解是中西相遇。中西相遇，中国各个方面都发生了翻天覆地的变化，一直到今天还处乎变之中。这一百多年，中国大致处于"憧憧往来，朋从尔思"的状态，后面可能会逐渐好转。

周明全：古即是今，今亦是古，理解古代可以理解今天，理解今天也能理解古代。你的《"通三统"——一种文学史实验》和《晚清民初"个人—家—国—天下"体系之变》两本专著，便是你由古入今，理解当下的方便法门吧，能谈谈你"观"到今了吗？

刘涛：古即是今，今亦是古，说起来容易，但是做到何其难也。真正做到了，看世界会两样，看文学作品更是轻而易举。但做不到而说，会成为口头禅。我还是一直在观。一度，曾以为看懂了。后来，有师友批评我不对。于是再反思，再观。

周明全：李敬泽一次在饭桌上说，你的《"通三统"——一种文学史实验》所选各个段的代表人物是从上到下一路弱下来的，我能不能理解为是文学的一路衰落呢？

刘涛：应该不是。是我自己力量不够。这部书以曾国藩和洪秀全的争斗为起始，结束则是郭敬明、流潋紫，确实有些"每况愈下"。但也有一个原因，当代隔得太近，或许还不知道谁是当代的曾国藩，当然也不便于讨论这些问题。

周明全：作为一个评论家，你觉得应该在传统里找理论资源还是在西学中找资源。

刘涛：每个人走的路不一样，不可强求。有人往传统找，有人往西方找，有人往印度找。中国传统、西方、印度各有极为精彩的东西，也有极为刚健的力量，关键看自己能不能碰到真的东西。

周明全：你说你做文学批评，一是为了认识自己，二是为了认识时代，做了这么多年的研究，你认为你认识了自己和认识了时代了吗？

刘涛：还在进行时。应该审慎，一旦以为自己有了结论的时候，应该时刻反省。

三、突破个人的经历方能成气候

周明全：70后几乎是被遗忘的一个群体，评论界对此的关注亦很好，目前也只有你，山东的张艳梅老师在系统关注 70 后作家。为何当初会选择这个群体作为研究对象？

刘涛：开始没有明确的意识要写这一代作家的评论，因为陆续写了一些青年作家论，之后就干脆当成一项工作来做，希望能够看一下这一代作家的整体情况，看看他们内部的丰富性和多样性。这项工作断断续续做了大概两年，得到《西湖》杂志吴玄老师的支持，所以一直在那里一篇一篇地发表。我也陆续收到一些反馈，有的作家很谦虚，写来长信和我认真讨论问题。也有一些作家，至于恶言相向。他们的反应不同，很好玩。有时候看这些比看作品更有意思。

周明全：近几年来，70 后作家开始受到了广泛的关注，而且的确冒出了一大批优秀的作家，最近看了徐则臣的《耶路撒冷》，感觉相当不错。你如何整体评价 70 后这个群体，你觉得他们能成为中国文学的中坚力量吗？

刘涛：70 后作家只是一个方便的说法，这一代作家极为不同，他们的创作从内容、资源、形式都非常多元。所以不可一概而论。至于能否成为中坚力量，还在于他们自己日后的努力。有两个关键的问题值得注意：一要突破个人的经历，二要拓展自己的思想资源。

周明全：除了集中关注 70 后，你还做了大量的 80 后作家的研究，对这个群体，看法各异，你是如何评价 80 后作家群体的？

刘涛：80 后也是方便的说法，其中有很好的作家，也有一般的，可能也有好作家还没有开始写作，尚在积累。但是早年成名的那几位作家，因为成名太早，自己难免 hold 不住，于是从作家变成了"作"家，折腾了很多事，但是作品日益差了。但是，毕竟还有时间，日后他们发展如何，还是要看个人。

周明全：在创作成就上，你觉得 70 后和 80 后哪个群体更大些？

刘涛：没法比较。而且，变数会很大。

周明全：2013 年年中，连《人民日报》都刊发文章，认为 80 后是具体早衰的一代，现实中，80 后给我的感觉也是上无法有效地融入体制，下无法在日常生活中找到物质上的幸福和满足，你认为，80 后应该如何在当下现实中确立自己？

刘涛：因人而异。我看到很多 80 后的优秀人物，极有潜质，堪当大任。别人管不了，他们有自己的规划和选择。我自己试图走的是"君子之道，黯然而日章"。

周明全：你目前在写《当前思想现状》一书，我此前也看了马立诚的《当代中国八种社会思潮》，马立诚详细梳理了邓小平思想，老左派思潮，新左派思潮，民主社会主义思潮，自由主义思潮，民族主义思潮，民粹主义思潮和新儒家思潮。你写当前思想状况，着手点在哪？为何想写此书？

刘涛：马立诚老师这本书梳理得比较翔实，他另外谈变革的书也很不错。我主要想讨论当前左中右代表人物的思想，想通过看他们如何理解当前世界而得出自己的判断。

周明全：你着手写的另一本书《孔子的形象变迁》，是想通过孔子的形象变迁史来说当下应该重视儒家吗？

刘涛：不是。孔子形象之变关乎中国国体之变，试图通过孔子形象变迁了解这一百多年中国的变化。

四、批评家需具备整体性的视野

周明全：你觉得批评家的职责是什么？你在践行这样的责任吗？

刘涛：批评家基本的职责应该是激浊扬清，褒优贬劣。但何为浊，何为清，何为优，何为劣，要自己判断。所以，围绕一部作品的好坏会有争论，因为看法不同。我在试图践行，但践行得如何，自己不敢确定。另外，批评家应是"观风"者。风关乎政，"观风"就是通过风来观政教。

周明全：当下，批评失语、批评失效的指责不绝于耳，你怎么看待这种指责？

刘涛：与其去指责别人，不如自己踏踏实实，努力去做。

周明全：最近从主流一直在倡导重建文学批评的引领作用，你认为这种倡导有意义吗？若说重建，你给开个药方吧。

刘涛：倡导是好的；重视也是好的。我开不出普遍的药方，中医讲究因人而异地配药。

周明全：最后，想请教一下，你觉得一个好的批评家，应该具备什么样的素质？

刘涛：研究"当代文学"，关键要懂得"当代"。要懂"当代"，关键在于懂"古代"。

（2014 年 6 月 10 日）

后　记

2013 年，我出版《通三统——一种文学史实验》。当时称，三通乃指清代、民国和中华人民共和国，应通此三统，或可了解当下。今日再编评论集，依然延续此名，盖因近年关切及所写文章依未出此范围，故是书称为二编。内容分为思潮、作品、批评、对话四部分，讨论清末至今的相关问题。思潮、作品、批评是文学研究的三驾马车，治文学史必然致力；对话是近年与师友之间的讨论，实录于此。

访落云云典出《诗经·周颂》。访者，谋也；落者，始也。成王即位之初，与群臣谋政事，是诗记之。《礼记》言"四十而仕"，《论语》又曰"贼夫人之之子"，今予学无所成，忽有变化，常怀恐惧之心，故亦名"访落"。

感谢师力斌兄邀请加入这套丛书，感谢黄德海兄拔冗作序，感谢编辑老师为此书付出的艰辛。

刘　涛

2016 年 5 月 1 日 于易文堂